I0597729

UN SOUTIEN POUR HENLEY

LE REFUGE, TOME 2

SUSAN STOKER

DU MÊME AUTEUR

Autres livres de Susan Stoker

Le Refuge

Un soutien pour Alaska

Un soutien pour Henley

Un soutien pour Reese (30 May)

Un soutien pour Cora

Un soutien pour Lara

Un soutien pour Maisy

Un soutien pour Ryleigh

Sauvetage à Eagle Point

Un sauveteur pour Lilly

Un sauveteur pour Elsie

Un sauveteur pour Bristol

Un sauveteur pour Caryn (4 April)

Un sauveteur pour Finley

Un sauveteur pour Heather

Un sauveteur pour Khloe

Delta Force Deux

Un refuge pour Gillian

Un refuge pour Kinley

Un refuge pour Aspen

Un refuge pour Jayme

Un refuge pour Riley

Un refuge pour Devyn (15 Décembre)

Un refuge pour Ember (1 Mar)

Un refuge pour Sierra

Hawaï : Soldats d'élite

Un paradis pour Élodie

Un paradis pour Lexie

Un paradis pour Kenna

Un paradis pour Monica

Un paradis pour Carly

Un paradis pour Ashlyn (7 Feb)

Un paradis pour Jodelle

Mercenaires Rebelles

Un Défenseur pour Allye

Un Défenseur pour Chloé

Un Défenseur pour Morgan

Un Défenseur pour Harlow

Un Défenseur pour Everly

Un Défenseur pour Zara

Un Défenseur pour Raven

Ace Sécurité

Au Secours de Grace

Au Secours d'Alexis

Au Secours de Bailey

Au Secours de Felicity

Au Secours de Sarah

Forces Très Spéciales Series

Un Protecteur Pour Caroline

Un Protecteur Pour Alabama

Un Protecteur Pour Fiona

Un Mari Pour Caroline

Un Protecteur Pour Summer

Un Protecteur Pour Cheyenne

Un Protecteur Pour Jessyka

Un Protecteur Pour Julie

Un Protecteur Pour Melody

Un Protecteur pour l'avenir

Un Protecteur Pour Les Enfants de Alabama

Un Protecteur Pour Kiera

Un Protecteur Pour Dakota

Forces Très Spéciales : L'Héritage

Un Sanctuaire pour Caite

Un Sanctuaire pour Brenae

Un Sanctuaire pour Sidney

Un Sanctuaire pour Piper

Un Sanctuaire pour Zoey

Un Sanctuaire pour Avery

Un Sanctuaire pour Kalee

Un Sanctuaire pour Jane

Delta Force Heroes Series

Un héros pour Rayne

Un héros pour Emily

Un héros pour Harley

Un mari pour Emily

Un héros pour Kassie

Un héros pour Bryn

Un héros pour Casey

Un héros pour Wendy

Un héros pour Mary

Un héros pour Macie

Un héros pour Sadie

Un héros pour Annie

Autre

Un moment suspendu : Recueil de nouvelles

AUDIO

Un paradis pour Élodie

SANS TITRE

Un soutien pour Henley

Le Refuge, tome 2

Susan Stoker

1
____

Henley McClure venait de terminer une séance de groupe particulièrement émouvante au Refuge et, en dépit de sa fatigue, elle était satisfaite. Comme toujours lorsque l'un de ses patients faisait une percée au cours d'une séance.

Le métier de psychologue était sa vocation, elle adorait ça. Elle travaillait dans un cabinet florissant de Los Alamos, mais, ces dernières années, elle avait réduit ses heures de travail en ville pour passer plus de temps au Refuge. Travailler avec les hommes et les femmes qui séjournaient dans cette retraite de renommée nationale, au cœur des montagnes du Nouveau-Mexique, s'avérait plus gratifiant qu'elle ne l'aurait imaginé. Même si elle ne connaissait pas très bien ses patients, puisqu'elle ne les voyait généralement que pour quelques séances, savoir qu'elle les aidait à surmonter les événements traumatisants qu'ils avaient vécus – événements qui les avaient justement conduits au Refuge – remplissait son cœur de fierté.

Elle avait également le plus grand respect pour les sept hommes qui possédaient et dirigeaient cette retraite. C'étaient tous d'anciens militaires, chacun ayant vécu ses propres traumatismes, ce qui les avait amenés à vouloir aider d'autres personnes souffrant de SSPT.

Bien sûr, l'un d'eux l'attirait plus que les autres.

Finn « Tonka » Matlick avait retenu son attention dès leur première rencontre. Pas parce qu'il était extrêmement beau – ce qu'il était. En fait, ces sept hommes l'étaient.

Non... c'était à cause de la douleur qu'elle lisait au fond de ses yeux. Une blessure qui correspondait à la sienne lorsqu'elle se regardait dans le miroir certains matins. Alors qu'elle avait bénéficié de beaucoup plus d'années et d'une excellente thérapie pour gérer son angoisse, celle de Finn était encore brute et viscérale. Il faisait de son mieux pour cacher sa douleur au monde, mais elle était là, tapie dans les profondeurs de son âme.

Depuis deux ans qu'elle le connaissait, Henley n'avait jamais essayé de parler à Finn de ce qui avait mis cette souffrance dans son regard, bien qu'elle soit qualifiée pour le faire. Il était extrêmement distant, préférant s'occuper des animaux du Refuge plutôt que parler aux résidents, ou même passer du temps avec ses amis.

Il avait assisté à de nombreuses sessions de groupe dispensées par Henley, mais il n'avait jamais contribué ni parlé de son passé. Pourtant, sa présence lorsqu'elle partageait son propre passé traumatique avec ses patients en rendait le récit un peu plus facile. En voyant la tristesse et l'empathie dans ses yeux, la colère et le chagrin que lui inspirait ce qu'elle avait enduré étaient un peu moins aigus. Mais leur relation n'allait pas plus loin.

Elle avait pensé que les choses entre eux changeraient peut-être après l'horrible incident survenu deux semaines plus tôt, où un homme était entré sur la propriété avec l'intention de kidnapper Alaska, la petite amie de Drake Vandine, l'un des sept propriétaires des lieux. Au cours de cet événement effrayant, Henley et Finn s'étaient connectés à un niveau qu'ils n'avaient jamais atteint auparavant... ou du moins Henley l'avait-elle pensé.

Mais depuis cette nuit-là, quand il avait pleuré entre ses bras, dans la grange où ils protégeaient les animaux de l'intrus, il ne l'avait pas traitée différemment, à son immense déception. Sa seule consolation, c'était qu'elle avait l'impression de voir Finn traîner désormais plus souvent autour du pavillon. Du moins quand elle était là.

Parce qu'il voulait lui parler ? Peut-être, pourtant chaque fois que leurs regards se croisaient, il se détournait.

Elle était frustrée par cet homme. Et encore plus par elle-même. Elle était psychologue, compétente et indépendante. Malgré cela, elle n'arrivait pas à trouver le courage de faire le premier pas pour voir si leur relation pourrait se développer au-delà de la simple connaissance.

De plus, les années de maternité monoparentale commençaient à faire sentir leurs effets. Le stress lui tenait lieu de compagnon permanent, avec deux emplois et Jasna qui approchait d'un âge où elle ne voudrait plus de la protection incessante de Henley. Et puis, depuis la nuit dans la grange avec Finn, elle avait perçu sa solitude croissante dans toute son ampleur. Elle n'avait pas eu de relation depuis des années.

De plus en plus exaspérée par elle-même et par Finn, elle se jurait chaque jour de lui parler, de voir s'il avait envie de développer leur relation... ou si elle devait tourner son attention ailleurs.

Faisant de son mieux pour cesser de penser à Finn, Henley fouilla dans son sac à main et attrapa son téléphone pour s'assurer que sa fille n'avait pas envoyé de SMS pendant sa séance. Dès qu'elle eut le téléphone en main, il se mit à vibrer, lui flanquant une peur bleue. Ricanant de sa nervosité, Henley porta le téléphone à son oreille. Elle ne reconnut pas le numéro, seulement qu'il était local.

— Allô ?

— J'ai bien affaire à Henley McClure ?

— Oui.

— Je suis Betty Turner, l'infirmière de l'école primaire de Mountain.

Le rythme cardiaque de Henley s'accéléra. Il n'était que 11 heures du matin. Sa fille lui avait semblé un peu éteinte, ce matin-là, mais elles étaient en retard et Jasna n'était pas du matin, si bien qu'elle n'y avait plus trop repensé.

— Quelque chose ne va pas ? Est-ce que Jasna va bien ? demanda-t-elle à l'infirmière.

— Elle a de la fièvre, elle a vomi et dit qu'elle a mal au ventre. C'est probablement le microbe qui circule, mais, à cause de la fièvre, il va falloir que vous veniez la chercher.

Henley fronça les sourcils. Jasna était une enfant plutôt calme. Elle avait quelques amis dans la résidence où elles vivaient, mais, la plupart du temps, elle se contentait de jouer toute seule ou de lire. Cela étant, elle était rarement malade. Et elle ne se plaignait jamais. C'était une enfant solide et facile à vivre. Autrement dit, si elle disait avoir mal au ventre, c'est qu'elle avait vraiment mal.

En regardant sa montre, Henley constata qu'elle avait juste assez de temps pour récupérer sa fille, la déposer chez une voisine, puis revenir au Refuge pour la session de l'après-midi qu'elle avait prévue avec une résidente. D'après ce qu'elle avait compris, cette femme avait été capturée pendant qu'elle était dans l'armée et détenue durant un mois avant d'être secourue. Il était compréhensible qu'elle traverse une période difficile avec tout ce qu'elle avait vécu, et Henley ne voulait pas la laisser tomber ni retarder la séance. Avec un aller-retour en ville, elle allait être vraiment juste.

— Je serai là dans une vingtaine de minutes.

— Ne vous précipitez pas. Jasna est en sécurité ici. Elle fait la sieste sur le lit de camp dans mon bureau.

— Merci. À tout de suite.

Jasna était tout pour Henley. C'était une vieille âme. Douze ans qui en valaient quarante-cinq. Elle avait été conçue au cours de la décennie que Henley avait passée à ses études. Ce n'était pas le moment qu'elle aurait choisi pour avoir un enfant, mais... entre ses horaires de cours, son travail et les démons de son passé, elle avait eu recours aux hommes pour tenter de réduire son stress. Au lieu de quoi, elle s'était rajouté le stress de la maternité. Mais elle ne changerait sa situation pour rien au monde.

Tomber enceinte avait été le coup de semonce dont Henley avait besoin pour se reprendre en main. Ça n'avait pas été facile d'être une mère célibataire – et ça ne l'était toujours pas –, mais elle y était arrivée. Henley était extrêmement fière de la façon dont Jasna et elle avaient jusqu'à présent réussi à surmonter tous les obstacles qui s'étaient dressés sur leur chemin.

Pourtant, que ne donnerait-elle pas pour avoir une épaule sur laquelle s'appuyer ! Un compagnon. Un partenaire. Surtout dans des moments comme celui-ci.

Elle ne pouvait s'empêcher de penser au fait que sa fille était à peine plus âgée qu'elle lorsqu'elle avait perdu sa propre mère. Elle ne voulait pas que Jasna vive une expérience aussi traumatisante. Elle ferait tout ce qui était en son pouvoir pour la protéger. *N'importe quoi.*

Ce fut avec cette pensée en tête qu'elle saisit son téléphone et son sac à main pour sortir de la pièce où elle recevait habituellement ses clients au Refuge. Elle devait appeler Mme Singleton, sa voisine, et voir si elle accepterait de garder Jasna jusqu'à ce qu'elle puisse rentrer chez elle, un peu plus tard.

En regardant autour d'elle, elle ne vit aucun des hommes, mais Alaska était assise au bureau de la réception.

— Comment s'est passée la séance ? demanda-t-elle alors que Henley s'approchait.

— Bien. Il faut que je m'absente pour une heure ou deux, lui dit-elle.

Alaska se leva, les sourcils légèrement froncés.

— Est-ce que tout va bien ?

— Je pense que oui. Ma fille est malade. L'infirmière de l'école a appelé et je dois aller la chercher.

— Oh, zut ! Est-ce que je peux faire quelque chose ?

Henley lui sourit chaleureusement. Beaucoup de gens pourraient considérer Alaska Stein comme ordinaire, mais elle avait un cœur d'or, ce qui était bien plus important que l'apparence aux yeux de Henley. Drake et elle étaient faits l'un pour l'autre. Ils avaient été amis presque toute leur vie, et c'était récemment qu'ils avaient réalisé que l'amitié était un terreau formidable pour l'amour.

Chose que Henley ne pouvait s'empêcher de souhaiter pour elle-même... avec Finn.

Repoussant cette pensée, parce que Finn et elle n'avaient rien à voir avec Alaska et Drake, Henley secoua la tête.

— Merci, mais non. Je vais juste foncer jusqu'à Los Alamos, l'installer chez ma voisine, puis revenir pour ma séance de l'après-midi.

— Je suis sûre que nous pourrions la reporter, lui dit Alaska.

— Je sais, mais je ne veux pas. Je veux vraiment honorer mon rendez-vous avec Christina.

— D'accord, mais si tu as besoin de quelque chose, demande. Je travaille encore une heure ou deux. On fait passer des entretiens à quelques femmes de ménage potentielles pour remplacer Alexis. Je suis heureuse pour elle au sujet de l'héritage que lui a légué son grand-oncle ou je ne sais qui, mais elle nous a laissés dans une situation un peu difficile. On espère engager quelqu'un aujourd'hui. Bref, tu as mon numéro de portable, non ?

Henley hocha la tête. Elle avait en fait les numéros de tous les hommes dans ses contacts, ainsi que celui d'Alaska. Ils avaient insisté pour qu'elle ait un moyen de les joindre en cas d'urgence.

— Je les ai, merci, confirma-t-elle.

— OK. Conduis prudemment et dis à Jasna que nous lui souhaitons tous un prompt rétablissement.

C'était un sentiment agréable... qui s'était développé tout récemment. Après son embauche, Henley avait en quelque sorte caché sa fille de tous les habitants au Refuge. Pas intentionnellement, ou parce qu'elle ne leur faisait pas confiance, mais ses conversations avec les propriétaires n'allaient généralement pas au-delà des bavardages ou des discussions sur le travail, elles n'avaient rien de personnel, aussi Jasna n'avait-elle tout simplement pas été évoquée. Mais la nuit de la tentative d'enlèvement d'Alaska, Henley était restée coincée au Refuge jusque tard dans la soirée et, quand on lui avait suggéré de passer la nuit, elle avait expliqué devoir rentrer chez elle pour retrouver sa fille.

Maintenant que tout le monde avait découvert l'existence de Jasna, on lui demandait souvent de ses nouvelles, et Alaska programmait toujours les séances de Henley de façon à ce qu'elles se terminent avant l'heure du dîner, pour qu'elle puisse rentrer chez elle auprès de sa fille.

— Merci, je n'y manquerai pas.

Henley salua l'Alaska avant de se précipiter vers la porte d'entrée du pavillon.

Alors qu'elle se dirigeait vers sa voiture, elle consulta sa liste de contacts et cliqua sur le nom de Mme Singleton. Sa voisine avait été une aubaine au fil des ans. Elle était en mesure de garder sa fille à la dernière minute et répondait généralement présente pour Jasna et Henley quand elles en avaient besoin. Âgée d'une soixantaine d'années, elle avait des enfants tous adultes qui avaient quitté Los Alamos. Son mari, Gerald, était décédé une dizaine d'années auparavant, et elle semblait adorer s'occuper de Jasna.

Mais en entendant le téléphone sonner et sonner à son oreille, Henley fronça les sourcils. Elle laissa un message, sans trop savoir ce qu'elle devait faire ensuite. Mme Singleton était toujours disponible d'ordinaire.

Prenant une grande inspiration, elle pria pour que Mme Singleton rappelle avant qu'elle récupère Jasna : elle n'avait pas d'autres options de baby-sitting. Ce ne serait pas la première fois qu'elle devrait reporter une séance avec un client du Refuge, mais elle détestait tout de même le faire.

Henley passa devant l'entrée de la grange pour gagner le petit parking réservé aux employés. Il y avait un parking séparé pour les résidents, et les propriétaires du Refuge se garaient près de leurs chalets. Pour l'instant, Jess, l'une des femmes de ménage, et elle étaient les seules à avoir un véhicule sur le parking. Elle s'arrêta devant sa Honda CRV : le véhicule avait vécu, mais se débrouillait bien sur les routes de montagne, surtout en hiver.

Grimpant sur le siège du conducteur, elle inséra rapidement sa clé dans le contact et tourna.

À sa surprise, rien ne se produisit. Pas même un clic.

Après avoir brièvement fermé les paupières, elle tenta de redémarrer la voiture. Même résultat.

Et encore.

Elle frappa le volant, laissa échapper un cri de frustration... fut mortifiée de sentir monter des larmes.

La mort de sa voiture était la goutte d'eau qui faisait déborder le vase aujourd'hui. Le stress qui l'envahissait si souvent, la solitude, la maladie de Jasna, l'impossibilité de joindre Mme Singleton, l'inquiétude à l'idée de manquer une séance, tout cela avait décidé de lui tomber dessus en même temps.

Henley s'agrippa au volant et posa le front sur ses mains, dans l'espoir de refouler ses larmes de frustration... Sans succès.

Son apitoiement ne dura qu'une minute, car on frappa à sa vitre, ce qui la fit sursauter. Les mains sur le cœur, elle s'écarta vivement.

Un coup d'œil à la fenêtre lui révéla que c'était Finn. Et il n'avait pas l'air content. S'éloignant d'un grand pas de sa portière, il leva les mains pour lui montrer qu'il n'était pas là pour la blesser.

Prenant une profonde inspiration afin de recouvrer son calme, Henley ouvrit la portière et sortit du véhicule.

— Qu'est-ce qui ne va pas ? demanda Finn. Tu es blessée ? insista-t-il quand elle lui eut répondu par un soupir. C'est ta fille ? Pourquoi restes-tu assise dans ta voiture ? Il fait trop chaud pour être là-dedans avec les vitres fermées. Et tu as pleuré. Parle-moi, Henley.

Elle s'essuya les joues et faillit éclater de rire. C'était la plus longue tirade qu'elle ait obtenue de cet homme en une seule fois depuis... toujours.

Sur un autre soupir, elle leva les yeux vers lui. Cet homme était si grand. Elle avait toujours eu un peu peur des hommes de haute taille, parce que quand sa mère avait été tuée, les coupables avaient semblé gigantesques à la petite personne de dix ans qu'elle était. Mais elle n'avait jamais eu peur de Finn.

Âgée de trente-six ans, elle savait qu'il était de deux ans son cadet, mais, malgré l'enfer qu'il avait traversé, il semblait encore plus jeune. Il avait des cheveux bruns épais, généralement ébouriffés, comme s'il y passait constamment les mains. Ce jour-là ne faisait pas exception. Sa barbe et sa moustache étaient taillées au plus près de son visage, et ses pommettes ciselées montraient qu'on avait affaire à un homme robuste aimant les activités en plein air. Il portait son habituelle chemise en jean délavée et bien usée sur un tee-shirt kaki et un jean. Ses bottes étaient poussiéreuses et sales. Pour l'heure, ses yeux bruns étaient rivés sur elle.

Elle l'avait surpris à la dévisager plus d'une fois par le passé, mais, dès qu'elle établissait un contact visuel, il détournait les yeux. Pas aujourd'hui. En fait, il la fixait si attentivement que c'en était presque déconcertant. Que voyait-il sur ses traits en ce moment ?

Le stress et l'épuisement, supposa-t-elle.

Elle se força à sourire.

— Je vais bien. Et il ne fait pas si chaud ici. Ça doit juste être toi qui as le sang chaud, plaisanta-t-elle.

Sauf que Finn n'esquissa même pas un sourire ni ne se détendit d'un iota. Elle secoua la tête.

— Jasna est malade. Je doute que ce soit bien grave, comme l'infirmière de l'école l'a dit, il y a un virus qui circule en ce moment. Je dois aller la chercher, ma voiture ne démarre pas et je n'arrive pas à joindre ma voisine, qui s'occupe d'elle habituellement quand j'ai besoin d'une baby-sitter. Sans personne pour garder Jasna, je vais devoir annuler ma séance de cet après-midi avec Christina, et je n'ai vraiment pas envie de lui infliger ça.

Henley parlait trop vite, elle en était consciente, et le ton de sa voix montait légèrement, tout comme son stress, mais elle était à nouveau au bord des larmes, alors peu importait.

À sa grande surprise, Finn se pencha dans la voiture et attrapa son sac à main. Puis il ferma la portière et lui prit le coude, pour l'éloigner de la CRV en direction de la grange.

— Finn ? demanda-t-elle, incertaine.

C'était la première fois qu'il la touchait depuis la nuit dans la grange, où il s'était accroché presque désespérément à elle, pour affronter les démons qui hantaient son crâne.

Il ne répondit pas, se bornant à contourner la grange jusqu'à l'endroit où son pick-up F-250 était garé. C'était un engin impressionnant : un vieux modèle avec des bosses partout et un châssis plein de terre, de foin et d'allez savoir quoi. Il s'agissait d'un véhicule de travail et, bizarrement, cela plaisait à Henley. Finn se fichait qu'il soit abîmé, tant qu'il était fiable et faisait son travail. Et comme il transportait constamment des choses pour les animaux du Refuge, le véhicule était très sollicité.

— Finn ? l'appela-t-elle à nouveau, voyant qu'il se dirigeait vers le côté passager et lui tenait la portière ouverte. Qu'est-ce que tu fais ?

— Je t'emmène en ville chercher Jasna, se contenta-t-il de répondre.

Henley fronça les sourcils.

— Mais...

— On peut passer chez toi, la coupa-t-il. Et si ta voisine n'est pas là, on la ramènera ici. Pendant que tu seras en séance avec Christina, je jetterai un coup d'œil à ta voiture pour voir si c'est quelque chose de simple que je peux réparer.

Henley ne put que le fixer, bouche bée.

— Quoi ? fit-elle, complètement sidérée.

Finn se passa une main dans les cheveux et haussa les épaules.

— Ta voiture ne démarre pas, ta fille est malade et tu dois aller la retrouver. Je vais simplement faire en sorte que cela arrive.

Henley s'obligea à déglutir, de nouveau au bord des larmes. Elle était seule depuis très longtemps. Elle n'était pas habituée à ce qu'on fasse quoi que ce soit pour elle, à part le baby-sitting de Mme Singleton.

— Merci, chuchota-t-elle.

— Grimpe, répliqua Finn en réponse.

Elle lui fut reconnaissante de la main qu'il posa sur son coude pendant qu'elle sautait – littéralement – dans l'énorme pick-up. La hauteur n'était pas un problème pour Finn, car il mesurait près d'un mètre quatre-vingt-cinq, mais avec son mètre soixante, l'entreprise n'était pas aussi facile pour elle. Elle boucla sa ceinture de sécurité pendant que Finn gagnait le côté conducteur. Il démarra le camion sans un mot et s'éloigna de la grange pour s'engager sur la route principale qui menait à la ville.

Il n'ajouta rien, mais, habituée au silence, Henley n'en était pas le moins du monde perturbée. Elle composa à nouveau le numéro de Mme Singleton et raccrocha sans laisser de message quand elle tomba sur sa boîte vocale.

— En arrivant en ville, tourne sur Diamond Drive, murmura-t-elle au bout d'un moment.

Finn hocha la tête.

Il se gara peu après sur le parking de l'école primaire Mountain et Henley leva les yeux vers lui.

— Je reviens tout de suite.

— Prends ton temps, répliqua-t-il de sa voix rauque.

— Je... j'apprécie beaucoup.

Finn se contenta de hocher la tête.

Elle le regarda fixement pendant un moment, brûlant de lui poser une foule de questions. Au lieu de quoi, elle lui adressa un petit sourire et attrapa la poignée de la portière. Quittant le pick-up d'un bond, elle se dirigea vers la porte d'entrée de l'école. Il était difficile de croire que son bébé fréquenterait le collège l'année suivante. Jasna avait toujours été une enfant calme et introspective, et Henley n'était pas prête à affronter d'éventuelles angoisses d'adolescente. Mais si cela devait arriver, cela arriverait, qu'elle soit prête ou non.

Prenant une profonde inspiration, elle poussa la porte et se dirigea vers le bureau principal. Une pensée lui vint à l'esprit alors qu'elle traversait les couloirs. Finn avait dit qu'ils ramèneraient Jasna au Refuge si elle ne trouvait pas Mme Singleton. Ce serait une première. Non qu'elle n'ait jamais amené sa fille là-bas pour une raison particulière, simplement l'occasion ne s'était jamais présentée.

Elle n'était pas sûre de vouloir l'y emmener maintenant. Où Jasna irait-elle pendant que Henley serait avec sa patiente ? La petite était malade, Henley ne voulait surtout pas que sa fille transmette ses germes aux résidents, à l'un des propriétaires du Refuge ou à Alaska. Et Jasna elle-même pourrait ne pas vouloir s'y rendre non plus. Si elle se sentait mal, elle aurait probablement envie de rentrer directement à la maison, dans son lit.

Mieux valait sans doute que Finn les emmène toutes les deux chez elles et qu'il retourne seul au Refuge. Bien sûr, elle resterait ainsi sans voiture, mais Henley réglerait la question plus tard. De toute façon, sa voiture était en panne pour le moment.

Chaque chose en son temps. Et la première chose à faire était d'aller voir sa fille malade.

CHAPITRE 2

Finn « Tonka » Matlick était assis dans son pick-up et pianotait sur le volant, pendant qu'il attendait patiemment. Pourquoi s'était-il porté volontaire pour emmener Henley chercher sa fille ? Mystère.

Non, c'était un mensonge. Il le savait. Depuis ce soir-là, quand les choses s'étaient gâtées avec l'homme qui avait essayé de kidnapper Alaska, et que Henley et lui avaient eu leur... moment dans la grange, Tonka avait essayé de trouver un moyen de lui parler. Pour être un peu plus... proche d'elle.

Bien sûr, déficient émotionnellement comme il l'était, il n'avait pas encore réussi. Pas depuis cette nuit-là, et pas depuis que Henley avait commencé au Refuge.

Mais la voir pleurer dans sa voiture l'avait durement sonné. Elle était normalement une personne calme et positive – ou telle était du moins l'image qu'elle projetait. La voir si bouleversée l'avait mis mal à l'aise. Il n'avait pas eu l'intention de l'effrayer en toquant à sa vitre, il s'en voulait d'ailleurs de ne pas avoir réfléchi avant d'agir. Hors de question qu'il revoie jamais la peur qui s'était peinte sur son visage, surtout à cause de lui.

Quand elle lui avait confié ce qui n'allait pas, il avait répondu sans réfléchir. Pour lui, c'était une solution facile : l'emmener en ville pour récupérer sa fille. Mais à présent, alors qu'il était assis dans son pick-up et qu'il attendait que Henley sorte de l'école avec Jasna, il regrettait encore une fois de ne pas avoir mieux réfléchi.

Il n'avait jamais été en contact avec des enfants. Il ne savait pas quoi leur dire ni comment agir. Même s'il supposait qu'à bien des égards, ils étaient comme les chiens avec lesquels il avait l'habitude de travailler : dépendants d'autrui pour presque tout.

Tonka se força rapidement à penser à autre chose. Il ne pouvait pas penser à son ancien partenaire canin, Steel, pendant plus de quelques secondes sans craquer.

Il revint à la situation actuelle. Le choc avait été grand quand on avait appris que Henley avait une fille, et pas seulement pour lui, mais pour tout le monde au Refuge. À qui ressemblait cette enfant ? Était-elle petite comme sa mère ? Avait-elle les mêmes beaux cheveux longs et bruns et les mêmes yeux noisette ? Était-elle bavarde, garçon manqué ? Aimait-elle le maquillage et la mode ? Il n'en avait aucune idée... et, pour une raison quelconque, cela l'irritait.

Bien sûr, s'il ne savait rien de Jasna, ce n'était la faute de personne d'autre que la sienne. Il aurait aimé poser des questions à son sujet, depuis qu'il avait appris son existence, mais il ne savait pas comment parler à Henley sans passer pour un idiot.

C'était ridicule. Il avait plutôt été un homme à femmes, en fait. Il n'avait eu aucun problème à draguer dans les bars ou sur leur base en Virginie. Mais désormais ? Il avait perdu l'usage de sa langue. Et honnêtement, il n'en avait plus envie.

Sa vie avait été morne pendant des années. Un semblant de couleur n'avait commencé à lui revenir que tout récemment.

Comme il gardait l'œil rivé aux portes d'entrée tandis que ses pensées tourbillonnaient, il repéra donc immédiatement la femme et la fille qui sortirent et se dirigèrent vers son pick-up. Tonka s'empressa d'en descendre et le contourna pour ouvrir la portière arrière. Stupéfait, il constata qu'à douze ans, la fille de Henley était presque aussi grande que sa mère. Mince, Jasna lui faisait penser à un poulain dont les jambes grandissaient encore. Ses cheveux étaient plus blond foncé que bruns, mais il n'y avait aucun doute que Henley et elle étaient apparentées.

La pré-adolescente fixait le sol et Henley ne cessait de la regarder avec inquiétude.

— Nous revoilà, fit-elle un peu timidement en arrivant près du pick-up de Tonka. J'espère qu'on ne t'a pas trop fait attendre.

— Pas du tout, répondit-il.

— Jasna, voici Finn. Finn, je te présente ma fille Jasna.

— C'est un plaisir de te rencontrer, murmura-t-il. Je suis désolé que tu ne te sentes pas bien.

La jeune fille le regarda et il inspira doucement. La couleur de ses yeux ambrés était unique et presque identique à celle des yeux de Steel.

— Merci d'être venu me chercher. Maman m'a dit que sa voiture ne voulait pas démarrer.

Tonka se força à rester immobile et à ne pas reculer. Ce n'était pas qu'il avait peur. Ni qu'il n'aimait pas la couleur de ses yeux, bien au contraire. C'était juste un tel choc.

Le souvenir de la dernière fois où il avait vu des yeux de cette couleur, implorant son aide, était presque écrasant.

La gorge nouée, Tonka fit de son mieux pour recouvrer son équilibre. Il se retourna pour regarder Henley, histoire de conserver sa santé mentale. Mais bien sûr, elle en vit plus qu'il ne l'aurait voulu, comme toujours. Elle avait déjà noté son étrange réaction face à sa fille.

Il entrevit de la déception et du chagrin sur son visage, avant qu'elle ne parvienne à les masquer.

Merde. Ça ne se passait pas bien. Quelle impression produisait-il ! Il n'arriverait jamais à avancer avec Henley si elle pensait qu'il n'aimait pas sa fille. Tonka reporta son regard sur Jasna, prêt cette fois à affronter l'impact de ses yeux.

— Je me suis dit qu'on devrait retourner directement au Refuge, sans nous soucier de votre voisine. Jasna, tu pourras rester avec moi dans la grange avec mes animaux, si tu veux, pendant que ta mère fait son truc au pavillon. Il y a un bureau à l'intérieur avec un canapé-lit, tu pourras faire une sieste si tu es fatiguée. Ou si tu te sens d'attaque, tu me regarderas nourrir tout ce petit monde.

— Vraiment ? demanda Jasna, l'air excité.

Il hocha la tête.

— Je ne suis pas sûre que c'est une bonne idée..., commença Henley, mais sa fille l'interrompit.

— S'il te plaît, maman ! Tu m'as tellement parlé de Melba, j'ai hâte de la rencontrer ! Et de voir les chevaux. Et les chèvres qui essaient toujours de manger les vêtements des gens. Et tu n'as pas dit qu'il y avait de nouveaux chatons ? S'il te plaîîîît !

Tonka ne put étouffer la bouffée de plaisir qui l'envahit en entendant la supplique de Jasna. Il appréciait que Henley ait parlé des animaux à sa fille. Ils étaient sa fierté et sa joie.

— Je ne sais pas, Jas. Tu as 40°C de fièvre. Et rappelle-moi quand tu as vomi ?

— On peut éviter de parler de mes vomissements devant ton ami ? marmonna Jasna.

— Désolée, concéda Henley avec un petit sourire. Je pense juste que tu seras plus à l'aise dans ton propre lit.

— Mais tu as la séance que tu voulais faire aujourd'hui. Et c'est toi qui as dit que Mme Singleton n'était pas là. Je pourrais très bien rester à la maison toute seule, mais je sais que tu ne voudras jamais.

Tonka fronça les sourcils. Laisser cette jeune fille toute seule chez elle ? Jamais de la vie. Mais Henley ne tarda pas à le rassurer sur ce point.

— Tu ne resteras pas seule à la maison. Pas avant que tu aies au moins seize ans, et peut-être même pas à ce moment-là, déclara-t-elle avant de lever les yeux vers lui en se mordillant la lèvre inférieure. Tu es sûr que ça ne te dérange pas ? Si tu préfères, je pourrais la mettre dans une des chambres inutilisées du pavillon.

— J'en suis sûr, répondit Tonka.

Et, à sa grande surprise, il se rendit compte qu'il le pensait vraiment. Il n'avait toujours pas confiance en ses capacités à s'occuper d'un enfant, mais peut-être qu'elle s'endormirait et que ce ne serait pas un problème.

— Youpi ! s'écria Jasna, avant de grimacer et de poser une main tremblante sur son ventre.

— Viens, on va t'installer, décréta-t-il fermement, en lui désignant la banquette arrière.

Il aurait bien aimé l'aider à entrer, mais ne voulait pas la toucher sans son accord, ou celui de sa mère. Avant de refermer la portière, il se dirigea vers l'arrière du pick-up et attrapa un seau en acier qu'il gardait là et plaça sur le sol, aux pieds de Jasna.

— Juste au cas où, dit-il avec un petit sourire, avant de fermer la porte.

Il ne voulait pas embarrasser la jeune fille, mais si elle devait vomir à nouveau pendant qu'ils étaient en route pour le Refuge, il ne voulait pas que son pick-up en pâtisse.

Nettoyer ne lui faisait pas peur – il avait vu des choses pires que du vomi en transportant des animaux –, il avait juste le sentiment qu'elle serait humiliée si elle en venait à vomir partout.

— Merci, dit Henley en tendant la main vers la poignée de la portière suivante.

Tonka acquiesça et lui passa à nouveau une main sous le coude pour l'aider à s'installer sur le siège passager. Une fois qu'elle fut assise, il referma la portière et se dirigea vers le côté conducteur.

Il n'avait aucune idée de ce qu'il faisait. Pourvu que l'invitation lancée à Jasna ne se retourne pas contre lui. Il était terriblement curieux à son sujet. Il n'avait pas eu le courage de lui poser les questions qui le taraudaient et Henley l'avait tout juste mentionnée, puisqu'il n'avait appris son existence que quelques semaines plus tôt. Mais s'il voulait tout savoir sur la psychologue qui passait tant de temps au Refuge, cela impliquait de connaître sa fille.

Tonka désirait s'intéresser aux choses que font les gens normaux. Il voulait aussi agir sur l'intérêt qu'il lisait fréquemment dans les yeux de Henley, parce qu'il ressentait le même intérêt depuis qu'il l'avait rencontrée. Pour ce faire, il savait qu'il devrait parler de choses qu'il avait évitées pendant des années.

L'idée de partager ce qui s'était passé et qui avait fait de lui la coquille d'homme qu'il était aujourd'hui lui répugnait. Mais il avait le sentiment que s'il y avait bien quelqu'un à qui il pouvait parler de cet incident, c'était Henley.

Il avait agi impulsivement aujourd'hui – ce qu'il ne faisait jamais –, pourtant il était étonnamment bien dans sa peau. Il avait voulu faire quelque chose pour montrer à Henley combien il avait apprécié son soutien, quand il avait failli perdre les pédales dans la grange, quelques semaines plus tôt. Mais il s'était depuis conduit en poule mouillée, incapable de l'approcher.

Tonka n'était peut-être plus l'homme d'autrefois, mais il n'avait jamais été un lâche. Et il aurait aimé pouvoir affirmer que son offre d'assistance d'aujourd'hui était une avancée. Au lieu de quoi, il constatait qu'il avait plus répondu à une nécessité profonde.

La décision d'aider Henley et Jasna n'avait même pas été une pensée consciente. Elle avait eu besoin d'aide, il avait éprouvé le besoin instinctif de la lui fournir.

Si les choses se passaient bien avec Jasna, ce pourrait être le début d'un nouveau type de relation entre Henley et lui. Dans le cas contraire, ce serait la fin avant même le commencement.

— Prêtes ? demanda-t-il après avoir démarré.

Il jeta un coup d'œil à Henley, qui lui adressa un signe de tête ainsi qu'un petit sourire. Puis il regarda par-dessus son épaule droite la pré-adolescente assise sur la banquette arrière. Un peu pâle, elle lui adressa aussi un signe de tête. Prenant une profonde inspiration et espérant que c'était signe d'un bon début, Tonka sortit du parking, direction le Refuge.

Trente petites minutes plus tard, il se retrouvait seul avec Jasna dans la grange. Henley avait donné une centaine d'instructions à sa fille avant de l'installer sur le petit canapé du bureau de la grange. Tonka devait admettre qu'il trouvait attachante la façon dont Henley s'occupait de sa fille, laquelle semblait apprécier cette attention, tout en étant gênée.

Après le départ de Henley, partie au pavillon pour sa séance avec Christina, Jasna se rendit immédiatement dans la zone principale de la grange. Tonka mettait un point d'honneur à garder l'espace propre et dégagé. Les chevaux étaient dehors, dans le paddock, les chèvres se promenaient également, mangeant sans doute quelque chose qu'elles ne devraient pas, mais Melba était pour l'heure dans la grange.

Les yeux de la pré-adolescente étaient rivés sur l'énorme bête.

— Je peux la caresser ? demanda timidement Jasna.

Tonka aurait sans doute dû lui répliquer qu'elle devrait plutôt aller dormir dans le bureau, mais il n'en avait pas le cœur. Elle était si excitée de rencontrer la gentille géante qu'il ne pouvait pas le lui refuser.

— Bien sûr. Elle adore ça. Viens, lui dit Tonka en tendant la main.

Il avait seulement l'intention de guider la jeune fille vers l'avant des stalles, mais, à sa grande surprise, Jasna lui prit la main et lui adressa un sourire où il lut une confiance totale.

Il n'en fallut pas plus pour que Tonka soit fichu.

Elle lui rappelait tellement Steel – ses yeux, sa gentillesse, la confiance qu'elle lui témoignait –, même s'il supposait qu'elle n'apprécierait pas d'être comparée à un chien. Sauf que Steel n'était pas seulement un chien. Il avait été son meilleur ami. Son partenaire. La confiance qu'ils avaient l'un envers l'autre était absolue… Ce qui rendait les événements encore plus horribles.

Steel posait sur lui le même regard que Jasna en cet instant. Et c'était ainsi qu'il voulait se souvenir de son vieil ami, les yeux pleins de confiance et d'excitation, en sachant qu'ils allaient faire quelque chose d'amusant, que ce soit au travail ou au parc pour jouer au ballon.

Tonka n'était pas sûr de mériter cette confiance. Il savait que cela impliquait une énorme responsabilité qu'il ne pensait pas vouloir endosser à nouveau. Ou être en mesure de le faire. Mais d'une certaine manière, avec la main de Jasna dans la sienne, ses yeux ambrés rivés aux siens, il ressentait un instinct de protection si intense qu'il en était presque douloureux.

Il fronça les sourcils.

— On va voir Melba ? insista-t-elle.

— Désolé, oui, répondit-il en se retournant et en se dirigeant vers la vache gigantesque qui les fixait de ses yeux bruns alors qu'ils s'approchaient.

Tonka saisit une grosse carotte dans un bac qu'il gardait bien hors de portée des animaux afin qu'il ne leur vienne pas à l'esprit de se servir tout seuls et la tendit à Jasna.

— Il y a deux choses que Melba aime plus que tout au monde : se faire gratter sous le menton et les carottes. Si tu lui donnes ça, elle t'aimera pour toujours.

Le sourire de la jeune fille était radieux et, brusquement, Tonka se rendit compte à quel point elle était jolie. Henley allait avoir du pain sur la planche quand Jasna serait plus grande.

— Génial ! souffla-t-elle.

Elle serra fermement la carotte alors qu'ils approchaient du box.

Melba meugla et Tonka sentit Jasna tressaillir.

— Du calme, c'est bon. Elle est très gentille. Elle est juste excitée par la carotte que tu as dans la main.

— Que dois-je faire ? demanda-t-elle, la voix tremblante.

— Tiens, grimpe sur les lattes de la porte, lui dit Tonka qui posa une main dans son dos, encore abasourdi par le sentiment protecteur qu'il éprouvait à l'égard de la jeune fille. Monte encore, je te tiens.

Lorsqu'elle fut assez haute pour pouvoir facilement atteindre le box par-dessus le portillon, il dit :

— Maintenant, tends la carotte et Melba fera le reste.

— Elle va me mordre ?

Tonka ne put s'empêcher de rire.

— Non, ma chérie. Elle est bien plus intéressée par cette carotte que par tes doigts.

Jasna hocha la tête et tendit la friandise à l'énorme animal.

Comme si elle comprenait que la pré-adolescente était nerveuse, Melba lui prit très délicatement le légume. Tonka aurait pu jurer qu'elle souriait en mastiquant.

— Je peux la caresser ? chuchota Jasna.

Le sourire de Tonka s'élargit.

— Bien sûr.

— Tu peux me tenir bien fort ? demanda Jasna.

Ce sentiment de chaleur envahit une fois de plus Tonka devant la confiance innocente qu'elle lui témoignait. Il lui posa les mains au niveau de la taille et la maintint fermement alors qu'elle se penchait par-dessus le portillon pour se rapprocher de la vache.

Melba, qui n'était pas stupide se rapprocha de la barrière, ce qui permit à Jasna de l'atteindre plus facilement. Le rire de la pré-adolescente était insouciant et joyeux alors qu'elle caressait la vache pourrie gâtée.

Tonka avait beaucoup de choses à faire. Nettoyer les stalles, s'assurer que tout le monde avait de l'eau fraîche, brosser les chevaux... mais rien ne lui semblait plus important à ce moment-là que d'être témoin du bonheur de cette jeune fille.

— Elle est géniale ! souffla Jasna.

— Oui

— Maman m'a dit que tu l'avais adoptée après un incendie ? demanda-t-elle sans quitter la vache des yeux.

De nouveau, un petit frisson parcourut Tonka : Henley avait partagé des informations sur le Refuge avec sa fille.

— Oui. La grange dans laquelle elle se trouvait a pris feu et elle a été traumatisée par cet incendie. Son propriétaire n'a pas eu la patience de travailler avec elle sur sa peur d'être à nouveau enfermée dans une grange et il l'a abandonnée.

— Ce n'est pas juste. Je veux dire, si j'étais à l'intérieur de ma maison en train de m'occuper de mes affaires, et que tout à coup je ne pouvais plus respirer, parce qu'il faisait chaud et que je me pensais sur le point de mourir, je ne serais pas non plus très contente d'y retourner.

Tonka eut du mal à déglutir.

— Exactement, chuchota-t-il.

— Et les chèvres aiment manger tout ce qui leur tombe sous la dent, y compris les chemises des gens, parce qu'elles ont été abandonnées quand leurs propriétaires ont déménagé et qu'elles ont failli mourir de faim, c'est ça ? continua Jasna.

— Oui.

— Et tu as aussi sauvé les chevaux et les chats.

Ce n'était pas une question, mais Tonka hocha quand même la tête.

— Je trouve que c'est vraiment cool. Tout le monde devrait avoir une maison où il est aimé et protégé. Il y a des enfants à l'école qui se moquent de moi parce que je ne connais pas mon père, et ils disent des choses méchantes sur ma mère, mais je m'en moque. Ma mère m'aime et, même si elle me surprotège, je me sens bien parce qu'elle s'intéresse énormément à moi.

La première réaction de Tonka fut de demander à Jasna le nom des enfants qui l'importunaient, mais il ravala ses mots. Ce n'était pas comme s'il pouvait aller menacer un groupe d'élèves de CM2.

— Je pense que tu es ce qu'il y a de plus important au monde pour ta mère, préféra-t-il répliquer.

— Exact, confirma Jasna sans détour, avant d'ajouter : Maman dit que tes amis et toi, vous avez tous vécu des choses difficiles et que c'est pour ça que vous avez ouvert cet endroit. Parce que vous voulez aider les gens.

Avoir ses yeux ambrés qui le fixaient devenait de moins en moins déstabilisant à mesure que Tonka la côtoyait.

— Elle a raison.

Puis Jasna sidéra Tonka en levant une main pour la lui poser sur une joue. D'un ton sérieux, elle dit :

— Je suis désolée de ce qui t'est arrivé. Mais je suis heureuse que tu sois là pour aider les animaux comme Melba. Ils ne peuvent pas parler et ils n'ont pas de pouces, donc ils ne peuvent pas prendre soin d'eux-mêmes. Ils ont besoin que tu le fasses pour eux.

Il voulut rire du commentaire sur les pouces, mais ces paroles avaient touché une corde si sensible en lui qu'il s'avérait incapable de parler. Il fut projeté dans une autre époque, lorsqu'un autre animal, son chien bien-aimé, avait eu besoin de lui et qu'il n'avait pas été capable de faire quoi que ce soit pour arrêter sa douleur.

Ce ne fut que lorsqu'il sentit les cheveux de la jeune fille effleurer son visage que Tonka réalisa que Jasna avait quitté la porte du box de Melba et qu'elle le serrait dans ses bras. Elle avait les jambes autour de sa taille et les bras autour de son cou. Elle ne pesait pas plus lourd qu'une plume et il la serrait trop fort. La dernière chose qu'il voulait, c'était blesser cette enfant trop perspicace pour sa tranquillité d'esprit.

Tonka s'éloigna de la stalle de Melba et retourna vers le bureau, tenant Jasna avec précaution. À vif, il avait besoin d'espace.

Il déposa Jasna sur le canapé qu'elle avait quitté un peu plus tôt. Lâchant son cou, elle le fixa d'un regard qui semblait pouvoir déceler tous ses secrets.

— Je suis désolée si j'ai dit quelque chose que je n'étais pas censée dire.

— Tu n'as rien fait de tel, la rassura Tonka sans hésiter une seconde.

— Maman est très fière de vous tous. Elle vous aime beaucoup, tes amis et toi. Elle dit que la vie n'est pas juste et qu'elle blesse, parfois, mais qu'elle est belle, aussi. Quand de mauvaises choses arrivent, il peut être plus difficile de voir cette beauté, mais elle est là, si on regarde bien.

Tonka examina Jasna pendant un long moment, ne sachant trop comment répondre.

— Maman a vécu de mauvaises choses quand elle était petite. Mais elle dit que j'ai été sa planche de salut. Mon prénom est slave... ça veut dire qu'il vient d'Europe de l'Est. Il est populaire dans des endroits comme la Croatie, la Bosnie, la Serbie et le Monténégro.

On aurait dit que Jasna récitait des phrases maintes fois répétées.

— Ça veut dire « claire » ou « nette ». Maman dit qu'elle m'a appelée comme ça parce qu'avant que j'arrive, sa vie était floue. Mais quand elle m'a eue, tout est devenu plus net. C'était aussi le prénom d'une femme qui est venue la voir quand elle était petite et qu'elle était hospitalisée, après le malheur qui lui est arrivé quand elle était enfant. Elle n'a jamais oublié la gentillesse de cette femme. Et donc elle m'a donné son prénom pour l'honorer.

Tonka s'assit sur le bord du canapé, soudain moins pressé de partir.

— Ah oui ? Je ne le savais pas, dit-il.

— Ton prénom à toi, il signifie quoi ? demanda Jasna.

— Lequel ?

Elle eut l'air confuse.

— Tu en as plus d'un ?

— Eh bien, mon prénom est Finn, c'est comme ça que ta mère m'appelle.

Elle hocha la tête.

— Cela signifie « blanc » ou « cheveux clairs ».

— Mais tes cheveux sont bruns.

Tonka sourit.

— Je sais. N'empêche qu'apparemment, quand je suis né, j'étais très blond. À peu près à ton âge, j'ai effectué des recherches sur mon prénom et j'ai découvert que l'un des grands héros de la mythologie irlandaise, Finn MacCool, était un guerrier aux pouvoirs surnaturels. Il était aussi extrêmement intelligent et généreux. Je préfère penser que j'ai été nommé en son honneur.

— Ooooh, du genre il était capable de voler ?

Tonka gloussa.

— Je suppose que oui.

— J'adorerais pouvoir voler. Ce serait tellement cool, s'enthousiasma Jasna, avant de revenir au sujet de leur conversation. Et ton autre nom ?

— Tonka, répondit-il d'un signe de tête. C'est comme ça que tous mes amis m'appellent.

— En rapport avec la marque de jouets ? demanda-t-elle, perplexe.

— Oui. Plus précisément, en l'honneur d'un petit camion-jouet. Quand je m'entraînais pour entrer dans l'armée, j'étais plus costaud que maintenant. J'avais beaucoup de muscles. Alors les gens se sont mis à m'appeler Tonka.

Jasna eut l'air confuse pendant quelques secondes avant de secouer la tête.

— Je préfère Finn.

— Tu peux m'appeler comme tu veux, la rassura-t-il.

— Finn ?

— Oui ?

— Merci de me laisser passer du temps avec toi dans la grange.

— Pas de souci.

— C'est juste que... je suis bizarre.

Tonka cligna des yeux, décontenancé.

— Quoi ?

— Je suis bizarre, répéta-t-elle d'un ton posé, sans la moindre trace de tristesse ou d'angoisse. J'aime lire. Beaucoup. Et je n'aime pas les garçons, alors que c'est tout ce dont la plupart des filles de ma classe veulent parler. Je n'aime pas le maquillage, parce que ça me gratte le visage, et je préfère porter des baskets et des sweats confortables plutôt que des robes et des chaussures à talons. Je suis bizarre, conclut-elle encore en haussant les épaules.

— Et ça te dérange ? demanda Tonka.

Jasna secoua la tête.

— Pas vraiment. Maman dit que je dois être moi-même : si les autres n'aiment pas ça, ou ne m'aiment pas, moi, c'est leur problème, pas le mien.

— Ta mère est intelligente.

— Je sais.

Tonka avait du mal à croire que, quelques minutes plus tôt, il se soit senti comme au bord d'un épisode dépressif. À présent, il souriait. Cette jeune fille se trouvait peut-être bizarre, pour lui, elle était un petit miracle.

Alors qu'il la fixait, le visage de Jasna se vida de ses couleurs.

D'instinct, Tonka attrapa le seau qu'il avait apporté de son pick-up pour le faire glisser près du canapé. Il le plaça sous elle juste à temps pour qu'elle vomisse le reste de ce qu'elle avait dans le ventre.

Jasna gémit un peu et se passa une main sur la bouche.

— Dégoûtant, marmonna-t-elle.

À n'importe quel autre moment, Tonka aurait souri, mais il était trop inquiet pour la pré-adolescente.

— Allonge-toi, déclara-t-il fermement. Je vais aller nettoyer le seau et te chercher de l'eau pour que tu te rinces la bouche.

— D'accord, concéda Jasna en se laissant pratiquement

tomber sur le coussin. Je pense que je vais juste faire une petite sieste.

Tonka attrapa une couverture qui se trouvait sur le dossier du canapé et recouvrit son corps mince. Elle était grande, oui, mais elle ne pesait pas lourd. Elle avait l'air minuscule, recroquevillée sur le canapé, les mains sous les joues.

En s'obligeant à bouger, Tonka se releva et s'occupa du seau, puis rentra dans le bureau avec l'eau promise. Jasna dormait, il n'eut pas le cœur de la réveiller : il posa l'eau sur la petite table à côté du canapé et plaça le seau sur le sol, de façon à ce qu'elle le voie en cas de besoin.

Il lui fallut plusieurs minutes avant de parvenir à la quitter. Il n'arrivait pas à se détacher de la jeune fille, ce qui ne lui ressemblait pas du tout.

Jasna l'avait clairement ensorcelé. Il n'était pas en sa présence depuis plus d'une heure environ, qu'il était déjà aussi fasciné par elle que par sa mère.

Tonka ne comprenait pas. Il était un peu déstabilisé par cette prise de conscience, mais en même temps, il sentait qu'elle était naturelle, son envie de faire tout ce qu'il fallait pour s'assurer que la mère et la fille étaient en sécurité et heureuses.

En regardant sa montre, il se rendit compte que s'il voulait achever toutes ses corvées avant que Henley ait fini avec Christina, il devait se dépêcher. Il fallait aussi qu'il examine sa voiture pour voir s'il pouvait trouver ce qui n'allait pas. Avec un peu de chance, ce n'était qu'une batterie à plat ou une réparation tout aussi facile.

Jetant un dernier regard à la jeune fille endormie, Tonka se dirigea vers la porte. Il ne la referma qu'à moitié, de sorte que si elle se réveillait et avait besoin de lui, il serait en mesure de l'entendre.

Melba meugla de façon pathétique, comme si elle

demandait où était partie la gentille jeune fille qui lui donnait des friandises, et Tonka se surprit à sourire à l'animal. Ayant rassuré le bovin en lui disant que Jasna lui donnerait sans doute une autre carotte plus tard, il alla prendre une pelle près du mur. Les box n'allaient pas se nettoyer tout seuls... et pour la première fois depuis longtemps, il attendit avec impatience la fin de la journée. Parce qu'il allait revoir Henley.

CHAPITRE 3

Henley continuait à jeter des coups d'œil discrets à Finn pendant qu'il les ramenait, Jasna et elle, à leur appartement. Son rendez-vous avec l'ancienne prisonnière de guerre avait duré longtemps, puis Drake et les autres propriétaires du Refuge l'avaient encouragée à rester pour dîner. Robert, leur chef cuisinier, s'était surpassé en préparant plusieurs plats différents : végétarien, taco, sans gluten, faible en gras, ainsi qu'un plat de pommes de terre, de bacon et de nouilles.

Jasna dormait alors profondément et rien n'aurait pu la réveiller, à part une bombe. Henley avait assuré à Finn qu'ils pouvaient la laisser dormir pendant qu'ils allaient se chercher quelque chose à manger, mais il avait refusé que la pré-adolescente se retrouve seule dans la grange.

Elle trouva son désir de rester à proximité « juste au cas où »... Elle ne savait pas l'exprimer. Surprenant, pour le moins, puisqu'il venait de rencontrer sa fille. Réconfortant, c'était une certitude. Henley avait toujours eu la responsabilité de s'occuper seule de Jasna. Même si l'aide de Finn n'était que ponctuelle, cela faisait du bien que quelqu'un d'autre semble aussi s'inquiéter pour sa fille.

Alors elle retourna au chalet, garnit deux assiettes et les emporta à la grange. Il était hors de question qu'elle laisse Finn seul dehors, à s'occuper de sa fille, pendant qu'elle mangeait à l'intérieur.

Ils dînèrent ensemble dans le grenier, où Melba et les chèvres ne pouvaient pas les atteindre et quémander de la nourriture. Et c'était... bien. Finn ne parla pas beaucoup, mais il lui confia que Jasna avait adoré rencontrer Melba. Il lui annonça également que la batterie de son véhicule était morte et qu'elle avait en besoin d'une nouvelle. Il se proposa de les ramener, Jasna et elle, à leur appartement, d'aller acheter une batterie, de l'installer, puis de lui rapporter la voiture, afin qu'elle puisse se rendre au travail le lendemain matin.

Henley passait généralement la matinée dans son bureau en ville, où elle travaillait avec trois autres psychologues, avant de se rendre au Refuge dans l'après-midi. Au début, elle ne voyait le travail avec les résidents du Refuge que comme une rentrée d'argent complémentaire. Mais au bout de quelques années, elle avait découvert qu'elle l'appréciait beaucoup plus que son autre travail. Ce n'était pas qu'elle n'aimait pas aider les habitants de Los Alamos, mais... quelques clients l'avaient un peu effrayée, en s'avérant au-delà de ses capacités d'aide. Aussi dur que soit cet aveu, il n'en restait pas moins vrai. Et contrairement au Refuge, il n'y avait pas, dans son cabinet de Los Alamos, plusieurs costauds susceptibles de voler à son secours si un patient devenait incontrôlable.

À présent, Finn lui faisait une autre faveur avant de passer un temps infini à travailler sur sa voiture pour s'assurer qu'elle ait un moyen de transport. Elle avait réussi à accepter de l'aide, au fil des ans, mais là, c'était... La plupart des gens n'auraient pas fait tant d'efforts pour l'aider. Ils auraient appelé une dépanneuse ou un Uber, mais ne seraient pas allés aussi loin que Finn.

Cela signifiait-il qu'il parvenait à se détendre avec elle ? Que peut-être, oui peut-être, il voyait autre chose qu'une simple employée du Refuge en elle ? Elle l'ignorait, mais rien ne l'empêchait d'espérer.

— Tu es sûr que Jasna va bien ? demanda-t-il alors qu'ils approchaient de son immeuble.

— Oui. Elle a toujours été comme ça. Quand elle est malade – ce qui est rare –, elle dort d'abord, puis se réveille presque comme neuve. C'est même un peu ennuyeux.

Elle sourit sur ces mots, mais voyant que Finn ne se détendait pas, elle redevint sérieuse.

— Je vais la surveiller plusieurs fois pendant la nuit et prendre sa température. Si elle augmente, ou si Jasna continue à vomir, je l'emmènerai aux urgences en ville. Mais je suis presque sûre que c'est juste le microbe qui sévit dans son école depuis vingt-quatre heures.

Finn acquiesça, l'air toujours préoccupé.

— Merci, lui dit Henley.

— Pour quoi ? demanda-t-il.

Pour quoi ? Cet homme était-il réel ?

— Eh bien, pour avoir veillé sur ma fille aujourd'hui. Et ne pas avoir voulu la laisser seule, même si ça n'était pas nécessaire. Pour avoir réparé ma voiture, pour nous avoir ramenées à la maison, ainsi que mon véhicule. Mais surtout, pour avoir pris soin de Jasna. Je ne me souviens pas d'un moment où quelqu'un d'autre que moi, à part peut-être ma voisine, se soit vraiment soucié d'elle.

— C'est une chouette fille, répliqua Finn avec un haussement d'épaules, ignorant tous ses autres remerciements.

— C'est vrai, convint Henley.

— Qu'est-ce que tu fais avec elle pendant l'été ?

Henley fronça les sourcils.

— C'est-à-dire ?

— Quand tu travailles... tu as dit que tu ne la laissais pas seule, donc lorsqu'elle n'est pas à l'école, je suppose qu'elle ne traîne pas dans ton appartement en attendant que tu rentres.

— Oh ! Bien sûr que non. Ces dernières années, soit elle est allée dans une sorte de centre de loisir pour enfants, soit Mme Singleton l'a surveillée. Mais maintenant, elle est trop vieille pour les centres de loisirs. Il y en a quelques autres pour les enfants plus âgés que j'étudie.

— Que pense-t-elle de l'idée du camp ? demanda Finn.

Ravie qu'il se montre aussi bavard, elle s'étonna vaguement de ce changement soudain.

— Étant donné qu'elle est plutôt solitaire, elle n'est pas très fan, répondit-elle en fronçant le nez. Mais c'est aussi une chouette gamine, qui sait que je m'inquiète, alors elle ne se plaint pas trop.

— Hmm.

Henley ne savait pas ce que ce bruit signifiait, mais elle n'eut pas le temps de l'interroger, car ils se garaient sur le parking de son immeuble.

— Merci infiniment de nous avoir conduites, répéta Henley.

Finn hocha la tête et sortit du camion.

Henley n'était pas vraiment surprise qu'il ne soit pas un grand fan des remerciements, mais cela ne voulait pas dire qu'elle allait se taire. Elle sortit de son côté et alla ouvrir la portière arrière, mais découvrit que Finn l'avait devancée. Il s'approcha de Jasna et réussit à la soulever sans la réveiller.

— Elle dort vraiment profondément, constata-t-il avec un petit sourire.

— Oui. Elle a toujours été comme ça, même quand elle était bébé. En revanche, elle peut mettre du temps à reprendre ses esprits, surtout si elle est excitée par quelque chose.

Il sourit alors qu'ils marchaient vers le bâtiment.

— Comme quand elle va rencontrer Melba pour la première fois ?

Henley gloussa.

— Oui. Par exemple.

Son appartement était au premier étage et Henley fut impressionnée par la facilité avec laquelle Finn portait sa fille dans les escaliers. Elle déverrouilla sa porte et la maintint ouverte.

— Sa chambre est la dernière à gauche au bout du couloir, lui indiqua-t-elle.

Elle le suivit jusqu'à la chambre de Jasna. Il la déposa précautionneusement sur le lit puis se redressa en se passant une main dans les cheveux et, sur un hochement de tête, la laissa border sa fille.

Cela ne lui prit pas longtemps. Henley réussit à enlever les vêtements de Jasna et à lui faire enfiler sa chemise de nuit. Elle partit chercher une cuvette pour la placer à côté de son lit, juste au cas où... et trouva Finn en train de faire les cent pas dans son appartement.

— Oh, je pensais que tu étais parti, lâcha-t-elle.

— Je n'allais pas partir sans m'assurer que tu allais bien, répliqua-t-il en fronçant les sourcils.

Le cœur de Henley s'emballa.

— Tout va bien, lui assura-t-elle.

— La chambre de ta fille est plus grande que la tienne, commenta-t-il.

— En effet, admit Henley en fronçant les sourcils.

— Pourquoi ? Pourquoi n'as-tu pas pris la plus grande chambre pour toi ?

Henley haussa les épaules.

— Je n'ai pas besoin de beaucoup d'espace. Je suis bien

dans la petite chambre. Je n'y suis que pour dormir. Je préfère que Jasna ait plus de place pour ses jouets et ses livres.

Finn la fixa pendant si longtemps que Henley se sentit mal à l'aise.

— Quoi ? demanda-t-elle un peu plus durement qu'elle ne l'aurait voulu.

— Rien. Je trouve ça... gentil.

Henley réussit à ne pas grimacer. « Gentil ». Beurk. Ce n'était pas l'adjectif qu'elle voulait voir cet homme employer à son sujet. Elle se força à sourire. Elle était fatiguée. La journée avait été longue et, si Finn devait s'arrêter au magasin afin d'acheter une batterie pour sa voiture, l'installer et rapporter le véhicule en ville, il fallait probablement qu'il y aille.

— Quand tu reviendras avec ma voiture, préviens-moi et je descendrai chercher les clés, dit-elle.

Mais Finn secoua la tête.

— Non. Il va être tard. Tu as besoin de dormir.

— Comment vais-je récupérer ma clé, alors ? Tu la laisseras dans la voiture ? Sous le tapis de sol ?

— Pas question. C'est un bon moyen pour qu'elle soit volée. Envoie-moi un SMS quand tu te lèveras demain matin et je passerai te la déposer.

Henley fronça les sourcils.

— Non, Finn. Je ne peux pas te demander ça. Le travail à l'étable commence tôt. C'est déjà bien assez que tu doives revenir ce soir. Préviens-moi juste quand tu seras revenu et je descendrai.

— Ce n'est pas grand-chose. Je dois aller en ville chercher de la nourriture et du foin, de toute façon.

Henley n'arrivait pas à lire en lui. Venait-il tout juste d'inventer ce prétexte ?

— En plus, ajouta-t-il encore, ça ne me dérange pas de venir m'assurer que Jasna va bien.

Cet homme était vraiment quelqu'un de bien.

— D'accord, murmura-t-elle.

— OK, confirma-t-il. Tu as mon numéro. S'il y a quoi que ce soit, appelle. Et si Jasna n'est pas assez bien pour aller à l'école demain, ramène-la au Refuge.

Elle allait se remettre à pleurer. Mais elle réussit à refouler ses larmes. De justesse.

— Merci.

Finn hocha la tête et se dirigea vers la porte. L'espace d'une seconde, Henley s'imagina qu'il s'avançait vers elle, mettait un doigt sous son menton, l'obligeait à relever la tête et l'embrassait. Mais on était dans la vraie vie. Et bien que Finn se soit montré moins renfermé que depuis qu'il était venu à son secours, il n'allait pas encore lui déclarer son amour éternel et embrasser la bécasse qu'elle était.

— Ferme derrière moi, dit-il fermement.

Henley brûlait de lever les yeux au ciel et de lui répliquer qu'elle verrouillerait bien sûr sa porte une fois qu'il serait parti, mais elle se contenta de hocher la tête.

Finn s'arrêta dans l'embrasure de sa porte pendant de longues secondes, puis il se retourna et sortit.

Prenant une profonde inspiration, Henley verrouilla le pêne dormant, passa la chaîne et s'assura que l'accroche sur la poignée était tournée avant de prendre une profonde inspiration et de se diriger vers la salle de bain. Elle était morte de fatigue, mais en même temps très excitée.

Sa relation avec Finn avait évolué aujourd'hui, même si rien ne garantissait que cela mènerait à quelque chose de plus qu'une amitié. Dans tous les cas, elle prenait. Elle respectait et appréciait Finn Matlick. Et le fait qu'il ne se contente pas de tolérer sa fille, mais qu'il semble sincèrement l'aimer et se soucier d'elle, représentait un énorme plus.

* * *

Tonka prit une profonde inspiration avant de démarrer son pick-up et de se diriger vers l'atelier automobile. Il avait dû déployer de gros efforts pour ne pas prendre Henley dans ses bras avant de partir. Il l'aurait probablement fait paniquer s'il avait essayé : il gardait son attirance pour elle secrète depuis longtemps. Mais après avoir passé une journée en sa compagnie, à voir l'amour que sa fille et elle avaient l'une pour l'autre, il savait déjà qu'il ne pourrait plus garder ses distances.

Il tenta d'invoquer toutes les raisons pour lesquelles il devrait rester à l'écart : elle était psychologue et finirait par essayer de le psychanalyser. Elle voudrait le « réparer », et il n'était pas sûr de pouvoir l'être. Elle était une de leurs employées. Elle avait un enfant.

Mais il avait beau essayer de se répéter que ça ne marcherait pas entre eux, il ne pouvait pas s'empêcher de penser à elle.

Henley était une sacrément bonne psychologue. Il l'avait vue à l'action avec les résidents. Elle était capable de faire en sorte que même le plus réticent d'entre eux se détende et s'ouvre. Elle semblait aimer les animaux, ce qui était important pour lui. Elle était protectrice, ce qu'il approuvait, et elle avait fait un sacré boulot en élevant Jasna toute seule. Elle était prévenante, travailleuse et, en plus de tout ça... elle était sexy en diable.

Ses longs cheveux bruns étaient toujours légèrement ébouriffés à la fin de la journée, et Tonka brûlait de les lisser pour les éloigner de son visage. Elle était petite, presque une tête de moins que lui, mais, avec sa personnalité amicale et extravertie, elle semblait plus grande que nature. En dépit de l'humour et de l'affection qui pétillaient dans ses yeux noisette, il y décelait aussi de la douleur.

Rien que de penser à ce qui lui était arrivé quand elle avait l'âge de Jasna, ses muscles se crispaient.

Il avait entendu l'histoire plusieurs fois en assistant à ses séances de groupe au pavillon. Les parents de Henley étaient des Amérindiens. Elle était seule à la maison avec sa mère, dans la réserve, quand un soir, deux hommes avaient fait irruption et attaqué cette dernière. Henley s'était cachée sous son lit juste avant que les hommes ne fassent irruption dans la pièce, entraînant sa mère avec eux. Ils l'avaient violée et poignardée, pendant que Henley était cachée sous le lit, terrifiée à l'idée d'être la suivante. Ils étaient partis sans la trouver, mais Henley avait été tellement traumatisée qu'elle n'avait pas parlé pendant cinq ans.

Son père ne s'était jamais remis de ce qui s'est passé et elle venait de fêter ses dix-huit ans quand il avait été tué dans une bagarre au couteau, qu'il avait déclenchée en plein milieu du casino où il travaillait.

Henley avait vécu un traumatisme grave, et Tonka pensait que c'était en grande partie ce qui faisait d'elle une si bonne psychologue. Elle avait de l'empathie pour ses patients à un niveau que beaucoup de médecins ne pouvaient pas atteindre, et ils avaient sans doute l'impression qu'elle comprenait vraiment ce qu'ils vivaient, surtout lorsqu'elle partageait ses traumatismes passés.

Tonka ne pouvait nier qu'une partie de lui ressentait la même chose.

Il s'était même penché sur son cas, désireux de retrouver les hommes qui avaient tué sa mère et de s'assurer qu'ils payaient pour ce qu'ils avaient fait. Arrêtés, les deux hommes étaient morts derrière les barreaux. Ils ne seraient plus jamais un problème pour Henley ou Jasna, ce qui était un énorme soulagement pour Tonka.

Il ne savait pas ce que l'avenir lui réservait, mais il savait qu'il ne pouvait plus rester éloigné de Henley. Serait-il capable de se sortir la merde qu'il avait dans la tête pour avoir une relation saine ? Il voulait en tout cas essayer.

Plus léger qu'il ne l'avait été depuis des années, maintenant qu'il s'était enfin avoué la vérité, Tonka se gara sur le parking du magasin de pièces automobiles. Pip avait déjà dit qu'il l'aiderait à changer la batterie de Henley et le ramènerait en ville pour qu'il la dépose.

Inutile de laisser la voiture sur le parking de Henley ce soir, puisqu'elle serait endormie et qu'il ne laisserait pas les clés. Mais il avait le sentiment que la plupart des gens, en dehors de sa voisine, ne proposaient pas souvent leur aide à cette mère célibataire. Il pouvait lui montrer que ça ne le dérangeait pas de faire des efforts pour elle.

Il appréciait d'autant plus que son ami ne se mêle pas de ce qui se passait entre Henley et lui. Pip pensait qu'il aidait simplement l'une de leurs employés.

Mais bon, Pip n'était pas stupide. Tonka n'avait jamais fait d'efforts pour aider aucun de leurs employés. Il ne pourrait pas garder longtemps secret son intérêt pour Henley. De toute façon, il n'en avait pas vraiment envie.

Comme pour tout le reste, une fois qu'il avait pris sa décision, il s'engageait à cent pour cent. Il en avait été de même avec les garde-côtes et le métier de maître-chien. Et concernant son investissement dans le Refuge, dont il voulait faire un lieu sûr pour les animaux maltraités, négligés et non désirés, ainsi que pour les gens.

Se sentant mieux qu'il ne l'avait été depuis très longtemps, Tonka entra dans le magasin et se dirigea vers les batteries. Henley avait paru surprise qu'il s'inquiète autant pour Jasna et elle, mais elle n'avait encore rien vu. Elle avait eu une vie difficile et il tenait à faire tout ce qui était en son pouvoir pour que ce qu'elle avait traversé ne soit plus qu'un mauvais souvenir.

* * *

Accroupi dans le fort dans les bois derrière sa maison, Christian Dekker regardait avec un détachement froid un écureuil se vider lentement de son sang dans le piège qu'il avait posé. Il avait trouvé la créature en s'approchant du grossier abri de bois qu'il avait construit à l'âge de douze ans, et l'avait traînée à l'intérieur pour la regarder mourir.

Toute sa vie, il avait été fasciné par la mort. Il ne se souvenait plus de l'âge qu'il avait la première fois qu'il avait vu un animal mort sur la route… peut-être six ans. Il s'était faufilé hors de la maison plus tard pour examiner la carcasse.

Il était différent. Il le savait. Ses parents le savaient. Sa sœur le savait. Mais Christian s'en fichait. De tout, vraiment. Il ne se souciait pas de sa famille, ou de se faire des amis. L'école c'était nul. Les garçons de sa classe étaient des chochottes, les filles des salopes. Les profs se foutaient d'enseigner, tout ce qui les intéressait, c'était leur salaire et en faire le moins possible.

Il avait huit ans quand il réalisa le plaisir qu'il prenait à effrayer les gens. Cela satisfaisait un besoin profond en lui. Caché dans la chambre de sa petite sœur, il avait sauté de son placard. Son cri lui avait donné la chair de poule… dans le bon sens du terme.

Il avait besoin de ce frisson excitant et, depuis, il faisait tout ce qu'il pouvait pour l'éprouver encore et encore. Chaque fois, ses facéties devenaient plus sombres.

Tuer le chat du voisin et le déposer sur le pas de sa porte.

Mettre le feu au terrain derrière l'école et voir les enfants paniquer, persuadés que leur école allait brûler.

Se faufiler dans la chambre de ses parents et se tenir à côté de leur lit, tout nu, sans bouger d'un pouce, jusqu'à ce qu'ils se réveillent et le voient là, en train de les regarder.

Il avait pris les couteaux de la cuisine pour faire peur à ses parents, les obliger à se demander ce qu'il allait en faire. S'asseoir de façon précaire sur le toit de la maison... enfermer sa sœur dehors la nuit.

La peur des autres remplissait un trou béant à l'intérieur de lui.

L'année de ses douze ans, ses parents l'avaient amené chez une thérapeute. Au début, il s'était ouvert à elle de bon gré, partageant ses pensées les plus sombres. Mais il avait rapidement commencé à sentir qu'elle était comme tous les autres adultes : elle faisait simplement semblant de l'écouter. Elle se montrait gentille avec lui pour recevoir son chèque. Alors il avait changé de tactique et commencé à faire tourner cette femme en bourrique. Au cours d'une séance, il lui disait tout ce qu'elle voulait savoir, même si c'était dérangeant, et la fois suivante, il prétendait n'avoir rien dit du tout. Comme s'il n'avait aucune idée de ce dont elle parlait.

Le jour où il réalisa qu'il s'était mis dans la peau de sa thérapeute, Christian comprit tout le pouvoir qu'il avait sur les autres. Les effrayer était une chose... mais les amener à modifier leur comportement, à changer leurs habitudes et leurs routines juste pour éviter d'être en contact avec lui était un plaisir unique en soi.

Il fut déçu quand, venu un jour pour une séance, il découvrit qu'il avait un nouveau thérapeute. Un homme. La femme avait renoncé à lui, tout comme ses parents. Ça l'avait énervé à l'époque, et ça l'énervait encore maintenant.

Christian détestait ne pas avoir le contrôle de sa propre

vie et elle était une personne supplémentaire dans la longue lignée de ceux qui lui avaient ôté une partie de ce contrôle. Et avant de le larguer, la garce avait même suggéré qu'il soit enfermé « pour sa propre sécurité » ! Une trahison qu'il n'était pas près d'oublier.

Il vivait pour manipuler les gens. Il aimait les effrayer au point qu'ils soient prêts à tout pour l'éviter. Mais une thérapeute, c'était différent. Elle était payée pour supporter ses conneries. Elle n'aurait pas dû avoir d'autre choix que de continuer leurs séances. Tout comme ses parents n'avaient pas le choix...

Il était bien conscient que ses parents avaient peur de lui, de ce qu'il pourrait faire. Ils verrouillaient la porte de leur chambre à coucher et avaient depuis longtemps déplacé sa chambre au sous-sol pour l'éloigner de sa sœur. Ce qui convenait parfaitement à Christian. Il se faufilait hors de la maison tous les soirs et faisait ce qu'il voulait.

Au fil des ans, Christian constata que son besoin d'effrayer les gens devenait de plus en plus envahissant. La peur et l'impuissance dans les yeux d'un animal quand il se savait en train de mourir étaient excitantes, comme une drogue. Le contrôle que Christian ressentait dans ces moments-là était écrasant et excitant.

Même si tuer des écureuils n'était plus aussi amusant, il ne laisserait pas passer la chance de voir celui-là mourir. La créature dans son piège se débattait, cherchant désespérément à s'échapper et à vivre, mais cela ne se produirait pas. Christian avait le contrôle.

La chose était morte bien trop vite à son goût. Il en jeta la carcasse hors de son fort avec impatience. Il voulait plus. Il avait récemment trouvé un chien errant qu'il s'était attaché puis avait torturé pendant une semaine avant de lui trancher la gorge. Trouver de nouvelles méthodes pour mettre un chat à mort devenait ennuyeux.

Non. La prochaine cible de Christian serait l'âne qui vivait dans un champ, en contrebas de l'école secondaire. Il voulait savoir si tuer quelque chose d'aussi gros était plus satisfaisant que la mise à mort des petits animaux qu'il avait torturés dans le passé.

Il avait le sentiment que oui.

Et il ne s'arrêterait pas là.

Il ne pourrait pas.

Un plan s'était formé dans son esprit depuis quelques années maintenant. Tous ceux qu'il connaissait à Los Alamos avaient peur de lui et étaient assez intelligents pour l'éviter. Il allait quitter cette ville de merde et se rendre à Albuquerque. Prendre un nouveau départ.

Mais avant de partir, il voulait faire une déclaration.

Il pourrait tuer ses parents et sa sœur, mais ce serait trop prévisible et tout le monde le suspecterait. Il voulait lancer un défi à la société. Il devait frapper là où on l'attendrait le moins.

Et Christian savait exactement où. Il avait un compte à régler.

Afin de s'assurer que son plan se déroule sans accroc, il devait étudier sa cible. Décider exactement où et comment frapper. Ce qui aurait le plus d'impact.

Le docteur McClure avait été la première personne qu'il avait voulu impressionner. Quand elle l'interrogeait sur ses pensées et ses actes, fouillant dans son esprit, il avait stupidement pensé qu'elle se souciait de lui. Qu'elle le comprenait ! Mais elle l'avait trahi comme tous les autres. Elle l'avait refilé à l'un de ses collègues. Un connard qui tournait autour du pot et tressaillait chaque fois que Christian remuait sur la chaise en face de lui.

Cela faisait quelques années qu'il avait refusé d'assister à d'autres séances de thérapie, mais il n'avait jamais oublié la femme qui l'avait abandonné sans hésiter. Elle allait payer pour son forfait.

Elle était sa cible.

Christian pouvait presque sentir la peur qu'elle ressentirait pendant qu'il jouerait avec elle. Mais il devait se montrer intelligent. Ne pas lui faire savoir qu'elle était suivie ou observée. Il devait découvrir sa routine, attendre le moment parfait, puis frapper vite et fort.

Un gloussement s'échappa de ses lèvres, et Christian ressentit une bouffée d'excitation qu'il n'avait pas connue depuis longtemps. D'abord l'âne. Puis le médecin. Puis il se dirigerait vers la ville et entrerait dans l'histoire comme le tueur en série le plus redoutable que le pays ait jamais vu.

Il brûlait d'impatience.

CHAPITRE 4

Le lendemain matin, Tonka était plus impatient que d'habitude de se lever et de commencer la journée. Parce qu'il allait bientôt voir Henley et Jasna. C'était un peu étrange qu'il ait inclus la jeune fille dans son impatience. Il n'avait pas côtoyé beaucoup d'enfants dans sa vie, il avait toujours pensé les trouver irritants et tout le temps dans ses pattes.

Cela étant dit, son interaction de la veille avec Jasna n'avait probablement pas été normale. Malade, elle avait dormi la plupart du temps à l'écurie. Mais ses questions ne l'avaient pas dérangé lorsqu'elle était réveillée et il avait aimé voir l'excitation dans ses yeux lorsqu'elle avait rencontré Melba.

Le temps lui dirait, après le retour à la normale, si elle l'ennuyait ou non. Il penchait pour la seconde hypothèse. Quelque chose en elle le mettait à l'aise, éveillait son instinct protecteur.

Lorsqu'il se gara sur le parking de l'immeuble de Henley, il réalisa qu'il souriait. Il ne se souvenait pas de la dernière fois où il avait aussi facilement souri.

Le véhicule de Henley était garé à l'endroit où il l'avait laissé la nuit précédente, non que ce soit étonnant, vu qu'il avait la clé. Il avait inventé le prétexte de courses pour le Refuge ce matin, mais il ne le regrettait pas. Henley avait l'air épuisée la veille au soir, et il ne voulait pas qu'elle reste debout jusqu'à Dieu sait quelle heure, à attendre qu'il revienne. Et la décision s'était avérée sage, car il était plus de minuit lorsque Pip et lui avaient fini de changer la batterie et ramené le véhicule à son appartement.

Tonka sortit de son pick-up et se dirigea vers l'immeuble de Henley. Il était content qu'elle ne soit pas au rez-de-chaussée. Même dans une petite ville, c'était plus sûr de ne pas être aussi accessible aux individus en quête de méfaits.

Il frappa à sa porte et souriait encore quand elle s'ouvrit. Mais son sourire disparut dès qu'il vit Henley. Elle avait le teint brouillé et les yeux rougis.

— Qu'est-ce qui ne va pas ? s'empressa-t-il de demander. Jasna va bien ?

— Oui. Elle se sent beaucoup mieux aujourd'hui. C'est Mme Singleton.

— Ta voisine ?

Henley hocha la tête.

— Je viens de découvrir que si je n'ai pas pu la joindre hier, c'est parce qu'elle est à l'hôpital. Elle a eu une attaque.

Tonka fit doucement reculer Henley et entra dans son appartement. Refermant la porte, il la prit instinctivement dans ses bras.

Elle ne lui opposa aucune résistance, elle parut au contraire fondre contre son corps alors qu'il la tenait. Elle passa les bras autour de son dos et il sentit ses doigts s'enfoncer dans sa peau.

— Je me sens affreusement mal ! D'après ce que j'ai compris, elle n'a pas pu atteindre son téléphone, et elle est restée allongée par terre pendant un moment avant de pouvoir ramper jusqu'à la cuisine où elle avait laissé son téléphone pour appeler à l'aide.

Tonka posa une joue sur la tête de Henley et la serra encore plus fort. Cela prit quelques minutes, mais elle finit par se calmer et par s'écarter. Tonka relâcha ses bras, geste qu'il trouva extrêmement difficile. Henley s'essuya les joues, mais ne se dégagea pas complètement.

— Est-ce qu'elle va s'en sortir ? demanda-t-il doucement.

Henley haussa les épaules.

— Je pense que oui, mais, quand elle sortira de l'hôpital, sa fille l'emmènera à Albuquerque, le temps de sa convalescence. Elle devra passer plusieurs mois dans une maison de repos, je pense, puis elle emménagera chez sa fille. Je doute qu'elle revienne ici.

Henley avait l'air si triste qu'il dut résister à l'envie de la serrer à nouveau dans ses bras.

— Tu veux aller la voir aujourd'hui ?

Elle hocha la tête.

— Oui. Je pensais passer à l'hôpital après mes séances du matin, avant de me rendre au Refuge.

Tonka opina.

— Tu veux que je demande à Drake ou à Alaska d'annuler tes rendez-vous ?

Henley lui adressa un sourire reconnaissant.

— Non, je pense que cela me fera du bien d'y aller.

— Et Jasna ? Elle retourne à l'école aujourd'hui ?

Henley hocha la tête.

— J'ai pris sa température ce matin et elle est revenue à la normale. Elle dit qu'elle se sent bien. Elle est très triste pour Mme Singleton.

— C'est normal, convint Tonka. On dirait que cette femme vous a été d'une grande aide au fil des ans.

— En effet, confirma Henley avec un hochement de tête,

avant de soupirer. L'école va bientôt fermer et, sans son aide, je vais avoir une décision à prendre. Il n'y a pas assez de camps pour occuper Jasna tout l'été et je ne veux pas la laisser seule dans l'appartement.

— Tu peux trouver quelqu'un d'autre pour s'occuper d'elle ? demanda Tonka en fronçant les sourcils.

Honnêtement, il ne se serait pas douté que la garde des enfants était aussi difficile pour un parent célibataire. Ce n'était pas quelque chose dont il avait déjà eu à se soucier.

Henley haussa les épaules puis prit une profonde inspiration.

— Je suis sûre que oui, dit-elle.

Mais il voyait qu'elle essayait de minimiser ses inquiétudes.

— Et si elle venait au Refuge quand elle n'est pas au centre ? lâcha Tonka.

Une fois de plus, il n'avait pas réfléchi avant de parler. C'était sorti tout seul.

Henley avait l'air choquée.

— Quoi ?

— Tu pourrais l'amener au Refuge. Je suis sûr que je pourrais lui trouver des choses à faire dans la grange avec moi et je parie qu'Alaska pourrait aussi l'occuper. Il y a toujours beaucoup d'activités possibles là-bas. On pourrait même la payer. Elle gagnerait de l'argent de poche.

— Je... je ne sais pas quoi dire. Je ne pensais pas que les enfants étaient autorisés au Refuge.

Tonka haussa les épaules.

— En théorie, non. Les pleurs des bébés déclenchent des crises chez certains de nos résidents, ou les cris des enfants lorsqu'ils jouent. Mais dans ce cas, nous veillerons simplement à ce que Jasna garde ses distances.

— Tu en as parlé avec les autres ? demanda-t-elle, même si elle connaissait la réponse.

— Non, répondit-il honnêtement. Mais je suis certain que personne ne trouvera rien à y redire. Surtout si l'alternative est que tu ne viennes pas travailler au Refuge de tout l'été, à cause de problèmes de garde d'enfant.

À la grande surprise de Tonka, des larmes coulèrent à nouveau des yeux de Henley.

— Henley ?

Elle pencha la tête et la posa sur son torse.

— Je ne sais pas quoi dire, marmonna-t-elle.

— Dis « oui », répliqua-t-il.

C'était presque effrayant de voir à quel point cette femme avait l'air d'être à sa place dans ses bras. Impossible de se souvenir d'un moment de sa vie où il s'était senti aussi heureux en tenant un autre être humain. On aurait dit qu'elle remplissait toutes les béances de son âme avec sa bonté.

Comment avait-il réussi à rester aussi longtemps sans lui faire savoir qu'il l'admirait et l'appréciait ?

Henley releva la tête une fois de plus et le regarda fixement.

— C'est juste que… Mme Singleton a toujours été là pour moi. Elle n'a jamais eu de problème pour s'occuper de Jasna, et maintenant qu'elle est partie – pas « partie » au sens de « morte », mais incapable de m'aider –, je réalise à quel point j'ai profité d'elle. Je ne veux pas répéter l'expérience au Refuge.

— Tu n'as pas profité d'elle, protesta Tonka avec un petit mouvement de tête. Je suis sûr qu'elle a aimé passer du temps avec ta fille. Tu as dit qu'elle était seule ici à Los Alamos, non ?

Henley hocha la tête.

— Je parie qu'elle a chéri chaque moment passé avec Jasna.

— Je l'espère, fit Henley sur un soupir. Que dis-tu de ça :

tu parles à tes amis aujourd'hui, tu vois ce qu'ils en pensent. Si l'un d'eux a des réserves, même mineures, je trouverai une autre solution pour l'été. La dernière chose que je souhaite, c'est perturber vos résidents et donner du travail supplémentaire à quelqu'un. Jasna est une chouette gamine, mais elle est aussi extrêmement curieuse. Et elle devient de plus en plus lunatique avec l'approche de l'adolescence.

— Ça va aller, la rassura Tonka.

Henley ouvrit la bouche pour objecter, mais elle fut interrompue par sa fille.

— Finn ! s'exclama-t-elle en accourant.

Comme Tonka avait toujours ses bras autour de Henley, il dut s'écarter d'un pas lorsque Jasna lui fonça dessus, mais il se reprit vite, levant un bras et l'enroulant autour de la jeune fille, qui l'enlaçait maintenant par le flanc.

— Salut, dit-il, un peu surpris par l'exubérance de cet accueil.

Elle le regarda avec ses étonnants yeux ambrés, et Tonka vit qu'elle aussi avait pleuré.

— Maman t'a dit pour Mme Singleton ?

— Oui. Je suis désolé.

Jasna renifla et hocha la tête, mais sans le lâcher pour autant. Les bras couverts de chair de poule, il réalisa que deux McClure s'accrochaient désormais à lui.

Une vague de peur l'envahit soudain. La dernière fois que quelqu'un avait compté sur lui, il l'avait laissé tomber de façon spectaculaire.

Il s'éclaircit la gorge.

— Eh bien... je suis venu rapporter les clés de votre voiture, pour que vous puissiez vous rendre là où vous voulez aujourd'hui.

Le sentiment de perte, lorsque Jasna et Henley s'éloignèrent de lui, fut presque écrasant. Il avait merdé, et il le savait. Il avait laissé son passé influencer son présent, encore une fois.

Pendant un instant, Tonka se demanda s'il serait un jour capable de surmonter le sentiment d'insuffisance et de culpabilité qui l'assaillait à chaque instant.

— Merci d'avoir réparé ma voiture. Combien a coûté la batterie ?

Tonka haussa les épaules.

— Pas beaucoup. C'était le moins que je puisse faire pour quelqu'un d'aussi précieux pour le Refuge.

Il vit un voile tomber sur ses yeux et, pour la deuxième fois en autant de minutes, il s'en voulut d'avoir dit ce qu'il ne fallait pas. Il voulait ravaler ses paroles, expliquer qu'il ne l'aidait pas parce qu'elle était une employée. Qu'il tenait à s'assurer personnellement qu'elle était en sécurité sur la route... mais l'instant s'était enfui quand elle se tourna vers Jasna.

— Va chercher tes affaires et je te conduirai à l'école ce matin. On a déjà raté le bus.

Jasna se dirigea sans discuter vers sa chambre.

— Je t'offrirais bien le petit déjeuner, mais nous allons nous arrêter et prendre quelque chose sur le chemin de l'école, lui expliqua Henley.

— Pas de problème, répliqua Tonka. Fais-moi savoir si tu as un problème avec ta voiture.

— Je n'y manquerai pas. Et encore une fois, merci pour tout, Finn.

Il lui opina et fourra les mains dans ses poches, soudain mal à l'aise. Quel imbécile d'avoir ainsi gâché leur moment d'intimité.

— On se voit tout à l'heure au Refuge.

Elle hocha la tête. Il ne leur restait plus qu'à partir. Tonka hocha lui aussi la tête et fit un pas vers la porte.

— Finn ?

Son cœur manqua un battement.

— Oui ? fit-il en se retournant.

— Ma clé ?

Merde. Il avait oublié de la lui donner. Il lui lança un regard penaud et la sortit de sa poche. Il lui effleura la paume lorsqu'il la lui remit et dut déployer de gros efforts pour ne pas l'attraper et l'attirer à nouveau dans ses bras. Mais il réussit à ne pas se mettre dans l'embarras et se retourna une fois de plus pour partir. Cette fois, elle ne l'arrêta pas.

Tonka ne savait pas trop pourquoi il avait proposé à Jasna de passer l'été au Refuge. Il devait absolument en parler aux gars, mais il était sûr qu'ils ne protesteraient pas, surtout après avoir entendu que Henley risquait de ne pouvoir organiser des séances avec leurs résidents si elle n'avait pas de garde d'enfants fiable.

En rentrant chez lui, il était plus sûr que jamais de vouloir Henley et Jasna dans sa vie. Par miracle, la proximité de la première chassait certains des démons dans sa tête. C'était bon de se préoccuper d'autre chose que de ses erreurs passées. De se concentrer sur la résolution des problèmes de Henley. Était-ce une bonne base pour une relation ? Il n'en était pas certain.

Tout ce dont il était sûr, c'était de ce qu'il ressentait lorsqu'il était près d'elles. Il souriait ce matin... pour la seule raison qu'il les avait vues toutes les deux. Si ce n'était pas un signe, il ne savait pas ce que c'était.

Il ne serait pas facile de sortir de la mélancolie qui s'était emparée de sa vie après son départ des garde-côtes, mais pour la première fois depuis la mort de Steel, Tonka ressentait autre chose que la culpabilité et le chagrin qui l'accablaient. L'impatience coulait dans ses veines, excitation à l'idée que peut-être, juste peut-être, il serait capable de reléguer le passé derrière lui.

Il n'oublierait jamais son partenaire, la vigilance de Steel qui assurait ses arrières, mais Tonka savait que la façon dont il vivait sa vie ne rendait pas justice à la bravoure et à la force de Steel.

Il voulait être une meilleure personne, sortir du marasme où il baignait depuis des années. Peut-être Henley n'était-elle pas la femme avec laquelle il était destiné à vivre. Peut-être était-elle juste le coup de pouce dont il avait besoin pour reprendre le cours de sa vie. Quoi qu'il en soit, il avait le sentiment que les McClure avaient été mises sur son chemin pour une raison.

Il avait assez ignoré son attirance pour Henley. Il fut un temps où il n'était pas lâche, et il voulait redevenir cet homme. Henley lui donnait envie de redevenir cet homme.

* * *

Henley fit de son mieux pour se concentrer sur ses séances, ce matin-là. Elle avait l'impression que son cerveau allait exploser avec tout ce qu'elle avait à faire. Le stress lié à la garde de sa fille, son inquiétude pour Mme Singleton, sa gratitude pour la compréhension dont son patron avait fait preuve face à son retard de ce matin-là... et bien sûr, la confusion liée à l'intérêt soudain de Finn pour sa vie.

C'était beaucoup. Et Henley ne voulait rien d'autre que rentrer chez elle et dormir. Mais c'était impossible. Elle avait une tonne de choses à faire et pas le temps de s'asseoir ni de prendre un moment pour elle.

Après sa dernière séance, elle passa la tête dans le bureau de son patron. Mike Mackey, la cinquantaine, avait vécu toute sa vie à Los Alamos et ne s'était jamais marié. Il avait ouvert son cabinet vingt-cinq ans plus tôt et Henley lui était très reconnaissante de l'avoir engagée. À l'époque, elle venait d'arriver en ville, avec une enfant de cinq ans, et elle avait désespérément besoin d'un emploi. Elle avait été stupide de déménager dans cette ville de montagne sans avoir trouvé de travail au préalable, mais elle avait besoin de quitter la mégalopole. Hors de question que Jasna grandisse dans une jungle de béton. Elle voulait qu'elle profite de mère Nature.

— Henley ! lança Mike dès qu'il la vit. Entre donc !

— Tout va bien ? s'enquit aussitôt Henley.

Mike lui avait demandé de passer avant qu'elle parte pour le Refuge. La dernière chose dont elle avait besoin, c'était d'un stress supplémentaire sur les épaules.

— Oui. Enfin, à peu près. Assieds-toi et parlons.

Hissant mentalement ses boucliers, Henley s'assit avec précaution sur le bord de la chaise en face de son bureau.

— Ça va ? demanda-t-il.

Henley sourit et haussa les épaules.

— Oui. Encore désolée pour ce matin. Ma voisine a eu une attaque et a été hospitalisée.

— Cheri ?

Cela faisait bizarre d'entendre Mme Singleton appelée par son prénom. Depuis qu'Henley la connaissait, elle l'avait toujours appelée par son nom de famille.

— Oui.

— Mince. Est-ce qu'elle va s'en sortir ? demanda Mike.

— D'après ce que j'ai compris, oui. Mais elle va déménager à Albuquerque pour se rapprocher de sa fille.

— Ah... et tu n'as donc plus de nounou, compatit Mike.

— En effet.

— Je suis sûr que tu vas trouver une solution.

Henley se contenta de sourire. Elle n'en voulait pas à son patron de minimiser un peu ses problèmes. Il n'avait jamais eu à se soucier de faire garder des enfants, puisqu'il n'en avait pas.

— Mais bref, je voulais te parler de Christian Dekker.

Henley fronça immédiatement les sourcils. Ce n'était pas comme si elle ignorait de qui parlait Mike. Bien sûr qu'elle le savait. Elle était juste perplexe sur la raison pour laquelle il l'évoquait devant elle. Oui, elle avait été la thérapeute de ce garçon, quelques années plus tôt, mais ça ne s'était pas bien passé.

Enfin, ce n'était pas exactement vrai. Au début, elle pensait que tout allait bien, mais elle avait fini par comprendre qu'il la manipulait délibérément et essayait de lui faire peur.

Henley croyait fermement dans la bonté innée des gens. Mais le garçon de douze ans qu'elle avait connu avait sérieusement ébranlé ces croyances pendant un certain temps. Les parents du garçon étaient désemparés et ne savaient pas quoi faire de lui. Rien de ce qu'ils avaient entrepris de leur côté n'avait pu freiner son comportement destructeur et dangereux. Au bout du rouleau, ils avaient même admis avoir peur de leur propre fils.

Henley avait cru être en mesure de l'aider. D'aller à la racine de ce qui le motivait et de l'aider à s'en sortir. Mais elle n'avait pas été capable de découvrir quoi que ce soit de traumatisant dans son passé. Aucune difficulté avec quiconque à l'école – élèves ou personnel. Pas de déclencheurs particuliers qui l'auraient poussé à s'emporter. Elle avait même eu une séance avec sa jeune sœur, qui jurait que leurs parents avaient toujours été aimants et justes.

En fin de compte, après de nombreux mois de thérapie, elle était arrivée à la conclusion que Christian Dekker constituait un danger pour la société, sa famille... en fait pour tous ceux qu'il rencontrait.

Ce n'était pas une décision prise à la légère. Personne ne voulait croire qu'un enfant était trop atteint pour qu'on l'aide. Pourtant, après s'être assise en face de lui, semaine après semaine, et n'avoir vu dans son regard que de froids calculs, Henley avait fini par aller voir Mike et admettre qu'elle ne faisait aucun progrès. Peut-être cela vaudrait-il la peine de voir si Christian s'en sortait mieux avec un thérapeute masculin, avait-elle suggéré à Mike.

Et même si c'était vrai..., Henley était surtout extrêmement mal à l'aise avec certaines des affirmations du garçon. Son fantasme de blesser et de violer sa professeure, sa sœur... et même sa mère. Il lui avait raconté calmement et sans émotion avoir essayé de brûler la cabane derrière sa maison, gratté les restes d'un coyote sur la route pour les examiner et, à l'en croire, l'une de ses activités préférées était de trouver les souris coincées dans les pièges à colle de leur garage et de leur écraser la tête.

Sortant de ses pensées, elle se rendit compte que Mike la fixait du regard, attendant patiemment. Avec un temps de retard, elle demanda :

— Et de quoi s'agit-il ?

— Tu sais qu'il a cessé de fréquenter le cabinet il y a quelques années, répondit-il avant d'attendre que Henley acquiesce pour continuer : eh bien, sa mère a appelé. Selon elle, il est encore pire qu'avant. Elle m'a supplié de venir lui parler, mais je lui ai répondu qu'honnêtement, je ne pensais pas que cela serait d'une quelconque utilité.

Henley pinça les lèvres et hocha de nouveau la tête.

— Ils sont coincés entre le marteau et l'enclume. Comme il est mineur, ils ne veulent pas le renvoyer de chez eux, mais ils ont aussi une peur bleue de ce qu'il pourrait faire. Il n'existe pas d'école privée où ils puissent l'envoyer, pas avec ses notes et son dossier, et pour une raison qui m'échappe, ils hésitent à l'envoyer dans un centre d'accueil. Jusqu'à présent, il n'a pas été pris faisant quoi que ce soit d'illégal qui l'enverrait en maison de correction, conclut-elle.

— Exactement. Tout ce que j'ai pu faire, ça a été de

compatir avec elle et de lui souhaiter bonne chance. Mais, Henley... ce n'est pas pour ça que j'ai voulu te parler ce matin.

Elle leva les yeux vers Mike et l'enjoignit d'un signe de tête à poursuivre.

— Je voulais te prévenir.

— Me prévenir ? De quoi ?

Mike poussa un gros soupir.

— La mère de Christian a trouvé un cahier dans sa chambre. Elle m'a expliqué qu'elle y allait quand elle était sûre qu'il n'était pas dans la maison. Elle ne sait même pas ce qu'elle cherchait ni ce qu'elle ferait si elle trouvait quelque chose d'alarmant, comme des armes ou autre, mais elle m'a dit qu'elle ne pourrait plus se regarder en face si elle ne m'appelait pas après avoir trouvé le cahier.

Henley se raidit.

— Il y avait une liste de noms à l'intérieur, sous la rubrique : « Personnes qui doivent mourir ». Vingt noms : le sien, celui de sa fille, de son mari, de professeurs et de voisins. Même la fille qui le gardait quand il avait cinq ans et qui a déménagé à New York il y a dix ans.

Mike marqua une pause avant d'ajouter :

— Et ton nom figurait aussi sur la liste.

Henley se crispa, bien que, pour être honnête, elle ne soit pas vraiment surprise. Le garçon qu'elle avait reçu en séance était manipulateur, colérique et carrément méchant. Et lorsqu'il avait été transféré parmi les patients de Mike, il lui avait lancé des regards furieux chaque fois qu'il la croisait dans un couloir.

La méchanceté diabolique à l'état pur que Henley avait vue dans son regard l'avait troublée. Elle n'avait pas été mécontente le jour où Mike lui avait annoncé qu'il avait cessé de venir à ses séances de thérapie.

C'était plus de deux ans auparavant et il était un peu

difficile de croire qu'il lui en voulait toujours. Mais bon, ça ne l'était pas tant que cela. Il y avait quelque chose qui n'allait vraiment pas chez ce jeune homme. Elle regrettait que Mike et elle n'aient pas été capables de l'aider... mais honnêtement, elle n'était pas sûre que quelqu'un puisse le faire.

Elle n'aurait jamais cru que certaines personnes étaient nées mauvaises, cependant, après avoir rencontré Christian, elle avait changé d'avis.

— Je voulais juste m'assurer que tu étais au courant, poursuivit Mike.

— Quand a-t-il dressé sa liste ? demanda Henley.

— Sa mère n'est pas sûre, mais elle pense que c'était il y a un moment. Toutes les pages suivantes étaient également remplies... de divagations aléatoires, de dessins, de poèmes sur la mort.

— À quoi tu penses ? demanda Henley.

Elle avait toujours respecté l'approche pondérée de Mike dans la vie. Il ne s'énervait pas pour grand-chose. Il avait tendance à affronter chaque jour à la fois. Il ne cessait de répéter qu'il faisait de son mieux pour ne pas se stresser devant ce sur quoi il n'avait aucun pouvoir. La devise semblait fonctionner.

— Je vais surveiller un peu plus mon environnement, mais je ne suis pas trop inquiète. Les adolescents sont toujours un peu impétueux. Ils s'énervent facilement, mais la plupart du temps, ça s'arrête là.

C'était la partie « la plupart du temps » qui inquiétait Henley. Et Christian Dekker n'était pas comme la plupart des adolescents, Mike le savait. Elle hocha quand même la tête.

— Fais attention à toi, lui dit-il. Si quelque chose te semble anormal, prends-en note et fais ce que tu dois faire pour vous protéger, Jasna et toi.

— Attends : le nom de ma fille figurait sur la liste ? s'enquit Henley, qui se raidit.

Sur sa dénégation, elle soupira de soulagement.

— Mais fais tout de même attention, reprit-il. Juste au cas où.

Henley hocha la tête.

— Merci de m'en avoir informée.

— C'est la moindre des choses. Tu as toujours été comme une fille pour moi.

Elle leva les yeux au ciel.

— Je suis un peu vieille pour être ta fille, le taquina-t-elle.

— Pas vraiment. Les jeunes de seize ans ont des enfants tout le temps, répliqua-t-il avec un clin d'œil, ce qui fit glousser Henley. Bref, tu vas au Refuge cet après-midi ?

— Oui. Je vais d'abord aller voir Mme Singleton à l'hôpital, puis j'irai là-bas animer une séance de groupe avant de revenir et de retrouver Jasna à la maison.

— Très bien, je te laisse partir dans ce cas. Prends soin de toi, Henley. Tu es trop importante pour moi, en tant qu'employée et amie, pour qu'il t'arrive quelque chose.

— Ne t'inquiète pas. Et pareil pour toi.

Mike se leva, bientôt imité par Henley. À sa grande surprise, il contourna le bureau et la prit dans ses bras. Depuis qu'elle le connaissait, il ne l'avait jamais embrassée spontanément. Il était manifestement un peu plus inquiet à propos de Christian qu'il ne le laissait paraître, mais elle fit de son mieux pour repousser ses préoccupations.

— À demain.

Henley hocha la tête et retourna à son bureau pour prendre ses affaires. En marchant vers sa voiture, elle prit le temps d'étudier son environnement. Tout était calme. Personne ne semblait tapi dans l'ombre et, comme le parking se trouvait juste à côté du bâtiment et de l'un des principaux axes traversant Los Alamos, il n'y avait pas d'arbres derrière lesquels quelqu'un pouvait se cacher afin de sauter sur une femme sans méfiance.

Se sentant mieux une fois dans sa voiture aux portes verrouillées, Henley prit la direction de l'hôpital. Elle avait besoin de voir Mme Singleton elle-même pour s'assurer de son état.

Puis elle frissonna un peu en pensant à retourner au Refuge. Elle y allait depuis des années maintenant, mais, pour une raison qu'elle ne s'expliquait pas, elle se sentait un peu plus excitée aujourd'hui. La situation entre Finn et elle évoluait... pour le mieux, espérait-elle. Même s'il avait semblé un peu distant quand il avait quitté son appartement ce matin-là, elle ne cessait de se repasser la façon dont il l'avait serrée dans ses bras... et elle n'avait pas non plus manqué la façon dont il l'avait regardée.

Elle avait vu quelque chose dans son regard. Quelque chose qui n'était pas là une semaine plus tôt. Une certaine détermination... et la conscience aiguë qu'elle était une femme.

Oui, quelque chose avait vraiment changé. Elle ne savait pas trop quoi, mais elle en était ravie. Maintenant, elle priait juste pour ne pas faire un geste susceptible de tout gâcher.

CHAPITRE 5

Tonka cherchait Henley depuis au moins une heure maintenant. Il voulait lui envoyer un message pour lui demander si elle allait bien. Si sa voiture marchait. Quand elle comptait arriver. Mais il ne voulait pas non plus la harceler. Il devait la jouer cool. Il ne pouvait pas passer du stade où il l'ignorait à celui où il voulait savoir en permanence où elle se trouvait.

Après ses corvées matinales, Tonka se retrouva à faire quelque chose qui lui arrivait rarement : il monta au pavillon pour déjeuner.

— Tonka ! Salut, lança Alaska quand il entra.

Il tiqua en remarquant la surprise de la jeune femme, malgré ses efforts pour la cacher.

— Salut.

— Quelque chose ne va pas ? C'est Melba ? Les chèvres ont encore mangé des chaussures abandonnées devant leur enclos ?

— Non, tout va bien. J'ai juste eu envie de monter déjeuner... et peut-être discuter un peu avec Brick et les autres, s'ils sont dans le coin.

Elle le dévisagea un instant, visiblement étonnée, avant de se reprendre et de désigner l'autre côté de l'immense espace ouvert.

— Drake et Owl sont déjà à table, ils mangent et discutent avec quelques résidents. Stone et Tiny devraient arriver plus tard, et Spike et Pip sont partis en randonnée avec d'autres résidents. Ils sont montés jusqu'au Rocher-Table et, si tout le monde est d'accord, ils ont prévu de continuer jusqu'au Rocher-Assis.

Comme Henley n'était pas encore arrivée, le moment était idéal pour parler à Brick du fait que sa fille allait passer du temps au Refuge cet été.

— Cool. Tu vas bien ? Tu as besoin de quelque chose ? demanda Tonka.

Alaska le regardait maintenant avec une expression incrédule.

— Quoi ? demanda-t-il.

— J'ai juste... rien.

Tonka soupira. Il savait qu'il ne passait guère de temps au pavillon, mais il détestait que sa présence ici soit si exceptionnelle qu'elle laissait pratiquement Alaska sans voix. Il se promit d'essayer d'être un peu plus sociable. Il sourit à la femme de Brick avant de se diriger vers la salle à manger.

Quatre résidents déjeunaient en compagnie Brick et Owl. Robert, leur chef cuisinier, arrivait derrière Tonka avec un plateau de lard confit, l'un des mets préférés des résidents.

Il en prit un morceau au passage et gloussa devant la mine renfrognée de Robert.

— Désolé, lâcha Tonka, sans être le moins du monde désolé du tout. L'une des meilleures décisions qu'on ait prises, ça a été d'engager votre fille comme assistante, puisqu'elle a mis ça au menu, ajouta-t-il, en désignant son morceau de bacon.

À la mention de Luna, Robert sourit.

— Si j'avais su à quel point il était facile de vous rendre heureux, vous, les garçons et les résidents, je les aurais fait figurer au menu bien avant.

Luna ne travaillait pas au Refuge depuis longtemps, seulement deux semaines, mais elle s'avérait déjà un atout important. Elle travaillait à temps partiel le matin avec son père, avant de retourner en ville pour suivre des cours à l'université du Nouveau-Mexique-Los Alamos. Elle voulait décrocher un diplôme d'associée et avait déjà décidé de poursuivre ses études pour obtenir un diplôme en quatre ans. Quand son emploi du temps le permettait, elle revenait parfois aider Robert à préparer le dîner.

C'était une belle jeune femme. En fait, avec ses longs cheveux bruns, ses pommettes saillantes et ses cils naturellement longs encadrant des yeux marron foncé, elle aurait facilement pu être mannequin. Mais elle ne s'intéressait pas à son apparence – ni aux hommes –, au grand soulagement de Robert. Elle préférait aider son père et poursuivre ses études.

Tonka se dirigea vers le buffet et se prépara un hamburger, puis empila de la salade de pommes de terre, des fruits et une autre portion de lard confit dans son assiette avant de tirer la chaise vide à côté de Brick.

— Eh, tout va bien à la grange ? lui demanda son ami en haussant les sourcils.

— Oui. J'ai juste eu envie de monter déjeuner.

— Et ? demanda Brick après une longue pause.

— Je ne peux pas juste venir ici pour manger ? demanda-t-il en se fourrant un autre morceau de bacon dans la bouche.

Il n'avait aucune idée de la façon dont Luna s'y prenait, mais ce lard confit était irrésistible.

— Bien sûr que si. Mais comme tu ne manges presque jamais avec nous, je me demande quelle autre raison tu pourrais avoir de vouloir nous rendre visite, raisonna Brick.

— Il se peut que j'aie quelque chose à discuter avec les gars et toi, admit finalement Tonka.

— Eh bien, voilà. Stone et Tiny devraient bientôt être là. Ils font visiter les lieux à notre nouvelle femme de ménage, avant de la laisser avec Carly et Jess pour qu'elles lui apprennent les ficelles du métier.

— Nous avons une nouvelle femme de ménage ? s'étonna Tonka.

Brick sourit.

— Voilà pourquoi tu devrais venir plus souvent au pavillon. Oui. Alexis a démissionné parce qu'un grand-oncle à elle ou quelque chose comme ça, lui a légué pas mal d'argent en mourant. Elle est retournée chez elle en Géorgie.

Tonka hocha la tête.

— Cool.

— Oui, mais il a fallu la remplacer rapidement. Alaska a fait paraître une annonce et nous avons auditionné les candidats hier. Ryan était clairement le meilleur choix. C'est son premier jour, aujourd'hui. Bref, quand ils seront là, on pourra parler... à moins que tu veuilles attendre que Spike et Pip reviennent de leur randonnée ?

Tonka secoua la tête.

— Je leur parlerai plus tard.

— Très bien, fit Brick avant de se tourner vers les résidents. Vous vous en souvenez peut-être : voici Tonka. Il s'occupe de tous les animaux du Refuge.

Tonka fit de son mieux pour réfréner son impatience en conversant avec les résidents pendant les dix minutes suivantes. Une fois son repas terminé, il se leva et annonça qu'il devait travailler avec Owl. Après leur avoir souhaité une bonne journée, il se dirigea vers une salle de conférence.

Il remarqua l'impatience avec laquelle Brick avait immédiatement recherché Alaska alors qu'ils traversaient le pavillon, comme s'il tenait à s'assurer que tout allait bien pour elle. Ils se sourirent et, même s'il ne fit pas un détour par le bureau, on aurait dit qu'ils avaient une conversation secrète d'un bout à l'autre de la pièce.

Il était heureux pour son ami. Alaska était parfaite pour lui, et vice versa. Sans oublier qu'elle avait aussi été d'une grande aide au Refuge, en prenant en charge les tâches administratives.

Les trois hommes entrèrent dans une petite salle de conférence, où Owl s'appuya contre la table.

— Il vaut mieux qu'on s'assoie ? demanda-t-il.

Tonka secoua la tête.

— Non, je serai rapide. C'est à propos de Henley.

Owl se redressa.

— Est-ce qu'elle va bien ?

— Oui, le rassura Tonka, partagé entre le plaisir de voir son ami s'inquiéter... et la crainte que Owl réagisse ainsi parce qu'il avait lui aussi des sentiments plus profonds pour elle.

— C'est à propos de sa fille. Enfin, je veux dire, en quelque sorte. Elle va bien. Jasna, c'est-à-dire...

Tonka soupira de frustration. Il ne s'expliquait pas bien du tout. À son soulagement, Brick se contenta de sourire.

— Respire, Tonka.

— Exact. Donc, nous ne savions même pas que Henley avait une fille. Elle ne nous en a parlé que récemment. Jusqu'à maintenant, sa voisine l'aidait à la garder, mais elle a eu une attaque hier et va déménager à Albuquerque pour se rapprocher de sa famille. Avec l'été qui arrive, Henley n'a plus personne pour garder Jasna. Alors... je lui ai proposé de l'amener ici. Vous n'aurez pas à vous soucier d'elle, se hâta-t-il de poursuivre. Je veillerai à ce qu'elle ne s'attire pas d'ennuis. Et lorsque nous aurons des résidents pour qui les enfants sont source d'angoisse, je la tiendrai éloignée d'eux. J'ai peur que nous perdions Henley si elle ne trouve pas un mode de garde abordable. Or elle est trop précieuse pour le Refuge et nos résidents.

Tonka savait qu'il parlait trop vite, mais il ne voulait laisser à aucun de ses amis la possibilité de protester. C'était important.

— Je l'ai observée hier – Jasna, je veux dire – et elle a été super. Bon, comme elle était malade, elle a dormi une bonne partie de l'après-midi, mais quand même. Avant, quand elle était éveillée, elle s'est montrée polie, courtoise et très intéressée par les animaux. Je suis sûr d'être capable de l'occuper quand elle sera ici. Et puis, Henley dit qu'elle sait s'occuper toute seule. Elle aime lire, donc je ne pense pas qu'elle causera des problèmes.

Brick, qui riait carrément à présent, leva une main.

— Doucement, mec. On n'est pas contre l'idée.

Tonka fixa ses amis, retenant pratiquement son souffle.

— Je pense que c'est une bonne idée, déclara Owl en haussant les épaules. Il y a beaucoup de choses ici qui pourraient l'occuper : des randonnées avec les clients, ou même suivre les employés si elle veut apprendre ce qu'ils font... à condition qu'ils y soient disposés. Elle pourrait aider à l'entretien des locaux, même si ce n'est sans doute pas ce qu'elle préférerait. Elle pourrait aussi te donner un coup de main dans la grange ou aider avec Robert et Luna en cuisines. Je parie que Hudson ne verrait pas d'inconvénient à ce qu'elle l'accompagne pendant qu'il s'occupe de l'aménagement paysager et, si elle est intéressée, Jason pourrait lui montrer certaines des tâches d'entretien les plus simples.

— Alaska adorerait lui montrer certaines de ses tâches administratives. Et même si le travail de comptabilité de Savannah n'est peut-être pas très excitant pour une enfant, je suis sûr qu'elle ne verrait pas d'inconvénient à se faire aider elle aussi, déclara Brick.

Tonka laissa échapper le souffle qu'il avait retenu.

— Merci, les gars.

— Pas besoin de nous remercier, répliqua Brick en secouant la tête. Henley est l'une des nôtres et, si elle a besoin d'aide pour sa fille, nous sommes plus que désireux de la lui fournir. Je suis toujours un peu fâché qu'elle nous ait dit si tardivement qu'elle avait un enfant. On aurait pu l'aider bien avant.

Tonka était d'accord avec son ami sur ce point.

— Je ne sais pas quel sera le programme de son été ni combien de fois elle viendra ici. Je crois que Henley a parlé de camps de vacances auxquels elle pourrait inscrire Jasna, mais je vais me renseigner. Et l'école ne s'achève pas avant une semaine.

Owl hocha la tête.

— On va trouver une solution, dit-il avant de tourner des yeux inquisiteurs vers Brick. D'ailleurs, ce serait bien d'avoir des enfants dans le coin... tu sais... pour te préparer.

Brick leva les yeux au ciel.

— Alaska et moi, on n'a pas l'intention d'avoir un bébé tout de suite, Owl.

— Je sais, mais vous pourriez finir par en avoir envie.

Brick se borna à sourire.

— Là-dessus, je m'en vais, annonça Tonka. Henley ne devrait plus tarder. Elle voulait rendre visite à sa voisine à l'hôpital, avant de venir. Je lui annoncerai que Jasna peut rester ici pendant qu'elle travaille. Que nous garderons un œil sur elle.

— Si ça marche, ce serait vraiment utile qu'elle nous donne ses dates à l'avance, dit Brick. Comme tu l'as dit, on pourra de cette manière garder un œil sur les personnes susceptibles d'être perturbées par une enfant et faire un planning pour Jasna et les résidents.

— Bien sûr. Je m'assurerai qu'elle nous communique son emploi du temps à Alaska et moi. Comme ça, on pourra gérer la chose, déclara Tonka.

Brick acquiesça.

— Je pense que c'est une bonne idée, mec. Personnellement, j'aime l'idée d'avoir des enfants par ici. Bon, pas s'ils crient à tue-tête et courent dans tous les sens, mais tu sais...

Tonka hocha la tête. Non, il ne savait pas vraiment, car il n'avait pas côtoyé beaucoup d'enfants, mais Jasna semblait plutôt calme. Elle n'était visiblement pas du genre à courir partout en criant. Mais là encore, il ne l'avait côtoyée que lorsqu'elle était malade. Il pouvait se tromper.

— Comme elle semble vraiment intéressée par Melba et les autres animaux, je pense qu'au moins au début, elle va probablement rester autour de la grange, annonça-t-il à ses amis.

— Bien, commenta Brick. Et, Tonka... ?

— Oui ?

— C'était super de t'avoir au petit déjeuner. Tu es un membre à part entière de notre équipe et ce serait bien qu'on passe plus de temps avec toi.

Tonka hocha la tête.

— Je ferai de mon mieux.

— On n'a pas insisté, et on ne le fera pas. Mais si jamais tu veux parler de quoi que ce soit... on est là, ajouta Owl.

Tonka avait toujours été très discret sur ses démons personnels. Mais peut-être était-il temps de desserrer la main de fer qui enfermait son passé. S'il ne pouvait pas faire confiance à ces hommes, il y avait peu de gens en qui il pourrait avoir confiance.

Mais il n'était pas le seul à avoir érigé de hautes protections autour de ses émotions. Owl était un Night Stalker, l'un des pilotes d'hélicoptère d'élite de l'armée, lorsque son hélicoptère avait été abattu et, lui, fait prisonnier. Stone avait été le copilote d'Owl, et les deux hommes s'étaient retrouvés en captivité pendant plusieurs semaines avant d'être secourus. L'expérience les avait endommagés tous les deux. Ni l'un ni l'autre n'était enclin à partager les détails de ce qu'ils avaient enduré.

Le Refuge leur avait donné une chance de tout recommencer. De vaincre leurs démons... ou du moins de les chasser de leur esprit. Tonka savait mieux que quiconque que les mauvais souvenirs ne disparaissaient jamais vraiment. Ils étaient toujours là, attendant de jaillir en pleine lumière et de foutre en l'air une journée parfaitement réussie.

— Je sais... et je ne suis pas prêt, admit Tonka à ses amis. Mais j'essaie.

Les deux hommes hochèrent la tête et Brick lui tapa sur l'épaule.

— C'est un progrès, constata-t-il avec sincérité.

Car c'était vrai. Un an plus tôt, Tonka n'aurait même pas envisagé de raconter à quelqu'un ce qu'il avait vécu. D'une part, il ne voulait pas mettre des mots dessus, revivre ce jour en en parlant. Et d'autre part, il était encore en train de digérer tout ce qui s'était passé, même si c'était des années auparavant.

Personne ne pouvait comprendre la souffrance émotionnelle que ce jour avait imprimée dans sa psyché. Même son ami Raiden Walker, qui s'était trouvé à ses côtés, ne pouvait pas. Il avait été inconscient pendant la plus grande partie de l'horreur. Oui, il avait lui aussi perdu son partenaire canin... mais Raiden n'avait pas vu ce dont Tonka avait été témoin.

Non. Il pensait que personne ne comprendrait jamais complètement... mais cela ne voulait pas dire que ses amis n'étaient pas prêts à écouter.

Se rendant compte qu'il était aspiré par le passé, Tonka fit de son mieux pour se concentrer sur autre chose. Quelque chose de mieux. Henley n'allait pas tarder à arriver et il lui annoncerait que Jasna pourrait passer l'été au Refuge.

Bien sûr, il devait encore obtenir l'accord des autres, mais ils ne devraient pas y avoir de problème avec la présence de la fille de Henley.

Au sortir de la salle de conférence, il ne fut pas surpris que Brick se dirige directement vers Alaska. Il regarda son ami lui prendre les joues entre ses mains, se pencher vers elle et lui donner un baiser. Il se redressa un peu, mais sans la relâcher. Certes, Tonka ne pouvait pas entendre ce qu'ils se disaient, mais il était évident que ces deux-là étaient follement amoureux.

Tonka ne comprenait pas vraiment ce genre de connexion. Il aimait ses parents, bien sûr, et il tenait énormément à ses amis... mais l'amour profondément émotionnel, le besoin d'être constamment près de quelqu'un, l'envie instinctive de poser ses mains sur cette personne à peu près tout le temps, juste pour s'assurer qu'elle allait bien..., ce n'était pas quelque chose qu'il avait connu.

Cependant, il comprenait mieux que quiconque ce genre d'émotion lorsqu'il s'agissait d'animaux. Il aurait fait n'importe quoi pour Steel. Tout comme son chien aurait fait n'importe quoi pour lui. Voilà pourquoi ce qui s'était passé lui fait aussi mal, même à présent.

Voulait-il vraiment éprouver des sentiments aussi

profonds pour une femme ? Perdre son chien avait déjà été assez difficile...

Merde. Et voilà qu'il recommençait à plonger dans le gouffre du désespoir qui l'avait retenu si longtemps captif après cette horrible journée. À son grand soulagement, la porte d'entrée du pavillon s'ouvrit et une dizaine de personnes entrèrent, Spike et Pip en tête, suivis de ceux que Tonka supposait être les résidents de la randonnée, puis de Stone et Tiny.

— Il reste à manger ? lança Spike d'une voix tonitruante.

Le groupe se dirigea vers la salle à manger, à l'exception de Tiny et d'une femme avec des cheveux noirs qui lui tombaient à hauteur d'épaules. Elle examinait le pavillon, sur le qui-vive. Elle n'avait manifestement pas passé beaucoup de temps à l'intérieur, si l'on se fiait à ses yeux écarquillés.

— Ryan, lança Alaska en se levant de son bureau pour se diriger vers la femme. Comment s'est passée ta visite ? J'espère que Stone et Tiny se sont bien comportés et que tu n'es pas sur le point d'abandonner ? plaisanta-t-elle.

La femme gloussa.

— Pas du tout. Cet endroit est génial ! Les cabanes sont adorables. Et nous n'avons pas eu le temps d'aller à la grange, mais je suis impatiente de rencontrer Melba.

Alaska rit.

— Oui, elle a beaucoup de succès par ici, c'est sûr. En parlant de ça, voici Tonka. C'est lui qui s'occupe de tous les animaux.

Il opina en guise de salutation et Ryan lui sourit avec naturel.

— Tu as pu rencontrer Carly et Jess ? lui demanda Alaska.

— Brièvement, oui. Ils ont l'air très gentils.

— En effet, confirma Alaska en regardant Tiny, comme

si elle venait de réaliser qu'il était toujours là. Qu'est-ce que tu fiches encore là ? Ouste, lui dit-elle. Va manger. Ou flirte avec les dames. Vu que tu es le plus beau de la bande.

Tiny leva les yeux au ciel, puis se tourna vers Ryan.

— Comme je te l'ai dit plus tôt, si tu as besoin de quelque chose, il y a toujours quelqu'un dans les parages. Je suis sûr que Jess et Carly te le rediront, mais une fois que tu auras préparé toutes les chambres pour les nouveaux résidents, tu pourras prendre une pause et manger un bout. Si le buffet a été débarrassé, va dans la cuisine. Robert ou Luna se feront un plaisir de te préparer quelque chose, ou apporte ta propre nourriture. Contrairement à la plupart des chefs, Robert n'est pas du tout susceptible. Assure-toi simplement de nettoyer après ton passage.

Ryan acquiesça.

— Merci pour le tour guidé. Tu remercieras Stone pour moi ?

— Pas de problème. Ravi de t'avoir rencontrée. Bienvenue dans la famille du Refuge.

Tonka remarqua l'air pensif de la nouvelle venue, qu'elle masqua bien vite avant d'acquiescer. Mais toute autre observation qu'il aurait pu faire fut interrompue par la porte qui s'ouvrit derrière Ryan, car Henley entra.

— Y a-t-il une fête à laquelle je n'ai pas été invitée ? plaisanta-t-elle en voyant tant de gens debout juste près de la porte.

Alaska s'esclaffa.

— Non. Les gars viennent de rentrer d'une randonnée avec certains des résidents, et Stone et Tiny faisaient visiter l'endroit à Ryan. Ryan, voici Henley. Henley, Ryan. Ryan est notre nouvelle femme de ménage.

— Oh ! C'est un plaisir de te rencontrer, dit chaleureusement Henley en tendant la main à la nouvelle venue.

— La réciproque est vraie, répliqua Ryan avec un sourire.

— Henley est notre psychologue. Elle travaille surtout l'après-midi et reçoit nos résidents s'ils en ont besoin.

— Cool, commenta Ryan, qui ne semblait pas du tout perturbée à l'idée de travailler dans un endroit dont les résidents avaient besoin d'une thérapie pendant leurs vacances.

Mais elle avait dû se renseigner sur le Refuge avant de postuler pour le poste. Ce n'était donc pas comme si elle ne savait rien de leur mission ou de la raison qui expliquait la présence de ces gens ici.

— Je vais aller parler aux gars qui viennent de rentrer, glissa Brick à Tonka de manière significative. Si tu veux discuter avec Henley...

Tonka hocha la tête et, comme il n'avait pas quitté Henley du regard, vit la façon dont elle fronça les sourcils en les dévisageant, Brick et lui.

— Discuter avec moi ? Je vais avoir des problèmes ?

Elle souriait, mais son inquiétude était perceptible, même si elle essayait de la cacher.

— Non, répondit Tonka. Ravi de t'avoir rencontrée, Ryan, ajouta-t-il avec un temps de retard.

Puis il tendit la main à Henley tout en faisant un geste vers la salle de conférence qu'il venait de quitter. Il dut se faire violence pour ne pas poser sa main au creux de ses reins quand elle passa devant lui, car le geste n'aurait pas été très professionnel, surtout devant les autres.

Il la suivit dans la pièce et referma la porte. Henley se retourna aussitôt vers lui. Le dos droit et l'air soucieux, elle demanda :

— Qu'est-ce qui ne va pas, Finn ?

— Tout va bien, lui dit-il, avant d'ajouter, pour éviter qu'elle ne stresse : J'ai parlé aux gars, et ils sont d'accord pour que Jasna vienne ici cet été quand tu n'auras personne pour la surveiller. Elle pourra rester avec moi dans la grange, et peut-être même suivre les autres employés. J'ai oublié de leur en parler, mais si elle aime faire quelque chose en particulier, j'ai sérieusement envisagé de la payer pendant qu'elle est ici. Pas beaucoup, puisqu'on ne peut pas l'embaucher officiellement, mais assez pour que ça ait l'air cool de traîner avec les femmes de ménage, de passer l'aspirateur et tout ça.

— Je... je ne pensais pas que tu allais leur demander aujourd'hui, balbutia Henley.

— Pourquoi ?

— On a eu cette conversation sur la garde de Jasna ce matin.

— Et ?

— Je ne sais pas. Je ne pensais pas que tu reviendrais immédiatement ici pour demander aux autres ce qu'il en est.

— Eh bien...

Tonka se passa une main dans les cheveux.

—... L'école se termine bientôt, et je... je t'aime bien, Henley. Je sais que je ne l'ai pas beaucoup montré, continua-t-il devant son air surpris. Mais c'est le cas. Et même si je n'ai rencontré ta fille qu'hier, je l'aime bien aussi. Tu contribues énormément à rendre le Refuge spécial, et tu sais aussi bien que moi que l'été est chargé pour nous. Te perdre pendant quelques mois, ça craindrait. Alors... T'aider à résoudre tes problèmes de garde d'enfant, ça permet à tout le monde d'y gagner.

Il haussa les épaules sans quitter Henley des yeux pendant qu'il parlait. Il avait aimé le petit sourire sur son visage quand il avait commencé... mais au moment où il terminait, elle fronçait légèrement les sourcils.

— Oui, c'est logique. Je ne voudrais pas que le Refuge perde des clients si je n'étais pas là. Non que je sois irremplaçable. Je veux dire, je pourrais demander à Mike, mon patron, de parler aux autres thérapeutes de notre cabinet et voir s'ils voudraient travailler ici cet été.

Tonka réalisa qu'elle avait mal pris ses propos. Tout comme ceux de la nuit dernière.

La tête baissée, elle avait l'air perdue dans ses pensées. Il fit un pas vers elle, lui mettant le doigt sous le menton pour la forcer à croiser son regard.

— Je me suis mal exprimé, murmura-t-il, ayant du mal à croire qu'il touchait son beau visage.

Sa peau était lisse et chaude, et il eut bien du mal à ne pas lui attraper la nuque pour l'attirer à lui. Une image de Brick près d'Alaska, en train de l'embrasser, surgit dans son esprit, mais il la repoussa.

— Ce que je voulais dire, c'est que... je ne pense pas que je pourrais passer tout l'été sans te voir.

— Oh, dit doucement Henley, en le regardant avec de grands yeux.

— Oui, renchérit-il en fronçant légèrement les sourcils. Une autre raison pour laquelle je me cantonne aux animaux, c'est que je ne suis pas très doué avec les mots.

Il ne lui avait pas lâché la main, mais, comme elle ne semblait pas s'en soucier, il la garda là où elle était.

— Je pense que tu t'exprimes plutôt bien, répliqua-t-elle.

Tonka la regarda fixement pendant un long moment. Devait-il l'embrasser ? Le voulait-elle ? Dieu savait qu'il avait envie de se pencher et de voir si ses lèvres avaient un goût aussi agréable qu'il y paraissait. Mais il n'était pas sûr que ce soit le lieu et l'heure.

— Je ne t'ai jamais remercié.

Elle fronça les sourcils.

— De quoi ?

— Quand le type est venu ici, pour mettre la main sur Alaska. J'ai un peu perdu les pédales... et tu m'as aidé. Beaucoup. Tu ne m'as pas poussé à parler, tu étais juste là. J'ai apprécié.

Les yeux de Henley s'adoucirent.

— Ce n'était pas grand-chose. Et Finn ?

— Oui ?

Henley passa la langue sur les lèvres et Tonka retint à grand-peine le gémissement qui menaça de s'échapper de ses lèvres.

— Je t'aime bien, moi aussi.

Elle avait parlé d'une voix douce et basse et, lorsqu'elle tendit la main et enroula les doigts autour de son poignet, la résolution de Tonka de demeurer sur la réserve fut sérieusement mise à l'épreuve.

— Est-ce qu'on est en train... de faire ça ? demanda-t-elle avant qu'il puisse répondre.

— Ça ? répéta-t-il.

Elle rougit et Tonka trouva sa réaction adorable. Même s'ils étaient des adultes, il avait pourtant, d'une certaine manière, l'impression d'être un adolescent qui tâtonnait encore une fois dans sa première relation.

— Oui. Tu m'aimes bien, je t'aime bien...

Il sourit. Il se sentait encore rouillé, mais bien.

— Oui. On est en train de le faire, confirma-t-il avant de lâcher : Tu veux aller dîner avec moi un de ces jours ?

Elle lui rendit son sourire.

— Oui. Ça ne te dérange pas si Jasna vient ?

— Bien sûr. Je veux apprendre à la connaître aussi. Mais je pense qu'il y a des moments où ça ne m'embêterait pas non plus qu'on ne soit que tous les deux.

Henley hocha la tête.

— Je dois admettre que... je commençais à penser que ça n'arriverait jamais. Je veux dire, je t'aime bien depuis un bon moment maintenant. Mais je n'étais pas sûre de ce que tu ressentais.

— Je t'aimais bien aussi. Malheureusement, je n'étais pas dans un état d'esprit où je pouvais m'occuper de ce genre de sujet.

— Alors que maintenant si ?

C'était une question sensée. Tonka hocha la tête.

— Après ce qui est arrivé à Brick et Alaska, j'ai en quelque sorte réalisé que je laissais les connards de mon passé gagner. Je ne dis pas que je serai normal un jour. Je suis brisé, Henley. Et je le sais. Mais je me suis mis en colère. En rage parce que même si l'homme qui a causé ma douleur pourrit derrière les barreaux, je pourris en même temps que lui.

— Je ne sais pas ce qui s'est passé et tu n'as pas à me le dire. Pour être exacte, j'ai envie que tu le fasses, mais je comprends que tu ne puisses pas. En revanche, Finn, tu n'es pas en train de pourrir. Pas du tout. Tu fais partie intégrante du Refuge. Tu accomplis quelque chose qu'aucun de tes amis n'est en mesure de faire. Prendre soin des animaux, c'est ce pour quoi tu es né. Tous ceux qui te voient avec Melba et les chèvres, et tous les autres animaux ici, le savent. Nos passés façonnent ce que nous sommes aujourd'hui et, même si je déteste que tu aies vécu quelque chose d'horrible, l'homme qui se tient devant moi est tout sauf brisé.

Ces mots étaient un baume pour l'âme de Tonka.

— Voilà, tu me fais le coup de la psychologue, objecta-t-il avec un autre petit sourire.

Henley haussa les épaules.

— C'est le risque à courir quand on sort avec une thérapeute. Est-ce que ça te dérange ?

— Honnêtement ?

— Toujours.

— Un peu. C'est en partie pour cela que je ne t'ai pas dit à quel point tu m'attirais. Mais cette nuit-là dans la grange... ça m'a aidé à comprendre que tu ne me forcerais jamais à parler contre mon gré. Et peut-être que le fait que tu saches qu'il y a un événement énorme de mon passé dont je ne peux pas parler me donnera envie de le faire au bout du compte.

Henley lui lâcha le poignet et posa une paume sur sa joue. Tonka inclina aussitôt la tête, pour peser un peu sur elle. Ce contact était si agréable. Ça l'enracinait. La dernière fois qu'il s'était senti aussi à l'aise, c'était quand Steel était encore en vie et qu'il se blottissait contre son chien qui ronflait sur le canapé pour regarder la télévision.

— Est-ce que je veux que tu me dises ce qui t'est arrivé ? Je ne mentirai pas : oui. Mais est-ce que j'ai besoin que tu me le dises pour t'apprécier ? Pour avoir envie de sortir avec toi ? Pour avoir envie de mieux te connaître ? Absolument pas. Nous n'avons pas besoin de tout savoir à la seconde même. Savoir que tu ressens la même attirance que moi est suffisant pour aujourd'hui. Nous prendrons les choses un jour après l'autre. D'accord ?

Tonka hocha la tête, savourant le contact de la paume de Henley sur son début de barbe.

— Merci d'avoir parlé aux autres de Jasna. Je te promets que je ne profiterai pas de ta générosité. Et si ça ne fonctionne pas, si ma fille pose trop de problèmes, nous pourrons réévaluer la situation.

— Henley, elle a douze ans. Quels problèmes pourrait-elle poser ?

Elle s'esclaffa et laissa retomber sa main. Tonka comprit que c'était le moment de s'éloigner d'elle, mais il ne s'était pas attendu à ce que ce soit si difficile.

— C'est presque une adolescente, Finn. Ses hormones la travaillent et, même si nous avons une bonne relation en ce moment, je m'attends à ce qu'elle entre dans la phase « ma mère est une idiote » d'un instant à l'autre.

— Ça n'arrivera pas, répliqua Tonka en secouant la tête.

Ce fut au tour de Henley de secouer la tête.

— Promets-moi simplement de m'informer si les choses deviennent bizarres et que sa présence ici s'avère plus difficile que prévu.

— D'accord, concéda Tonka, certain de toute façon que Jasna s'en sortirait très bien.

— OK. Je devrais probablement me préparer pour ma séance afin de pouvoir retourner en ville avant que Jasna ne rentre de l'école.

L'idée de son départ contrariait Tonka, mais il hocha toutefois la tête.

— Vas-tu assister à la session de groupe d'aujourd'hui ? demanda-t-elle.

Il secoua la tête à contrecœur.

— J'ai des choses à faire à la grange. Mais j'aimerais te revoir avant ton départ... si tu n'as rien contre...

— Je n'ai rien contre, le rassura Henley avec un sourire. Je descendrai te retrouver quand j'aurai fini.

Il n'en fallut pas davantage pour que Tonka se sente mieux : savoir qu'il allait la revoir suffisait à booster son moral.

— Très bien. J'espère que ta séance sera bonne. Et si quelqu'un s'énerve trop, appelle l'un d'entre nous.

Henley leva les yeux au ciel.

— Je connais la procédure. Et tout se passera bien. Combien de fois les résidents ont-ils échappé à tout contrôle depuis que je travaille ici ?

Tonka haussa les épaules.

— Jamais.

— Exactement, confirma Henley en riant.

— Mais je pense que c'est en partie parce que j'ai tenu à assister aux séances avec certains des résidents les plus... blessés, nuança Tonka.

Henley le regarda fixement.

— C'est donc pour ça ?

Il hocha la tête.

— Je me posais la question...

— Ils remplissent tous un questionnaire avant leur arrivée, où nous leur demandons d'être honnêtes sur ce qui déclenche des angoisses chez eux et sur leur état d'esprit. Lorsque des résidents ont admis avoir des difficultés à gérer leur colère, j'ai tenu à être présent pendant les séances de groupe.

— Je... Je l'ignorais.

Tonka haussa les épaules.

— Il m'a peut-être fallu beaucoup de temps pour trouver le courage d'admettre mon attirance pour toi, mais ça ne veut pas dire que je n'ai pas gardé un œil sur toi. Et maintenant que je te le dis à haute voix, ça semble un peu effrayant.

— Ça ne l'est pas, s'empressa de le rassurer Henley. C'est... agréable.

Elle lui sourit.

— Bien. Alors... à tout à l'heure, conclut Tonka, mal à l'aise avec les émotions qui l'habitaient.

Il avait traversé la vie dans le brouillard pendant si longtemps qu'il lui était difficile de gérer tous les sentiments qu'il éprouvait en ce moment.

— OK, convint Henley.

Tonka recula, incapable de la quitter des yeux avant d'y être obligé. Elle gloussa lorsqu'il se heurta à la porte, et Tonka ne put s'empêcher de lui rendre son sourire.

Il tourna la poignée et gagna la grande salle du pavillon. Adressant un petit signe du menton à Alaska, il se dirigea vers la porte arrière, le pas plus léger qu'il ne l'avait été depuis longtemps.

CHAPITRE 6

Deux semaines plus tard, Henley était assise dans son CRV avec Jasna sur la banquette arrière pour se rendre au Refuge. C'était le premier jour que Jasna allait passer là-bas et Henley ne cessait de lui prodiguer des mises en garde.

— Ne te conduis pas en peste. Si quelqu'un est occupé ou a l'air de ne pas avoir le temps de répondre à tes questions, garde-les pour un autre jour.

— D'accord, maman.

— Et arrange-toi pour ne pas trop croiser le chemin des résidents. Nous en avons parlé et, même si tu n'es pas une enfant incontrôlable, certains d'entre eux ont vécu des choses qui leur rendent difficile la vue des enfants.

— Je sais.

— Et veille à faire ce qu'on te dit, continua Henley.

— Ça suffit, maman. Je ne vais pas me transformer en voyou qui se promène avec une bombe de peinture et crie à tue-tête. Tout va bien se passer.

Henley gloussa. Comment de telles idées venaient-elles à l'esprit de Jasna ?

Une nouvelle année scolaire touchait à sa fin et sa fille

était officiellement collégienne. Enfin, elle le serait à la rentrée de l'automne. Elle allait entamer sa sixième au collège de Los Alamos et Henley n'y était pas préparée. Pas du tout.

Elle se souvenait que le collège avait été un enfer pour elle, à l'âge de sa fille. Mais à cette époque-là, elle était encore en train de gérer le traumatisme de ce qui était arrivé à sa mère, toujours incapable de parler à qui que ce soit et essayant de naviguer dans les eaux délicates gorgées d'hormones de sa pré-adolescence.

Henley attendait que sa fille entre dans la phase sensible de l'année de sixième, mais en attendant, elle était toujours sa douce petite fille. Plus intéressée par les livres et la lecture que par les garçons ou son physique. Henley ne savait pas si cela allait durer, mais elle l'espérait, au moins pour encore quelque temps.

— Finn sera là, n'est-ce pas ? demanda Jasna.

Sa fille ne l'avait pas vu depuis le matin où il était venu à leur appartement pour rendre ses clés à Henley, toutefois elle demandait de ses nouvelles tous les jours. Elle voulait aussi des nouvelles de Melba, des autres animaux et de ce qui se passait au Refuge. Lorsque Henley l'avait informée qu'elle passerait une grande partie de l'été au refuge, la jeune fille avait été ravie.

Pour l'heure, Henley ne put éteindre le sourire qui se dessinait sur son visage.

— Oui, confirma-t-elle à sa fille.

Chaque fois qu'elle pensait à Finn, elle souriait. Elle était passée d'une situation où elle ne le voyait presque jamais à une situation où elle l'avait tout le temps à ses côtés. Quand elle arrivait, il mettait un point d'honneur à venir lui dire bonjour au pavillon. Il assistait à la plupart de ses séances de groupe. Il ne participait toujours pas, mais il était là. Sentir son regard fixé sur elle était un peu déconcertant, mais elle ne pouvait nier qu'elle aimait son attention.

Il l'avait invitée à passer du temps avec lui dans la grange, les jours où elle n'avait pas besoin de rentrer tout de suite à Los Alamos pour retrouver Jasna à la sortie de l'école et une fois ils avaient même fait une petite randonnée ensemble. Henley voulait voir le Rocher-Table depuis qu'elle avait commencé à travailler au Refuge, mais entre son emploi du temps et son désir d'être là quand Jasna rentrait de l'école, elle n'en avait pas vraiment trouvé le temps. Alors quand Finn lui avait demandé timidement si elle voulait faire une promenade, elle avait accepté. Et, à sa grande surprise, ils n'avaient eu aucun problème pour trouver des sujets de conversation.

Si quelqu'un lui avait prédit, un mois plus tôt, qu'elle ne ferait pas seulement une randonnée dans les bois avec Finn Matlick, mais qu'il jacasserait comme s'il n'avait rien d'autre à faire, elle l'aurait traité de fou.

Et elle appréciait énormément le fait que Finn soit presque aussi excité que Jasna par cette journée. La veille, il l'avait interrogée trois fois sur sa visite, s'assurant qu'elle voulait rester dans la grange avec lui, plutôt que dans le pavillon avec Alaska.

Sa nervosité était attachante et, comme elle s'expliquait par la bonne impression qu'il voulait produire sur sa fille, Henley en était encore plus touchée.

En vérité, même s'ils n'avaient fait que se tenir la main en marchant dans les bois, Finn était un meilleur petit ami que tous les hommes avec qui Henley était sortie. Il veillait constamment sur elle, lui demandant si elle avait faim, trop chaud ou trop froid. Il appelait brièvement chaque soir pour s'assurer qu'elle était bien rentrée chez elle après le travail. Il demandait des nouvelles de Jasna. Il se montrait protecteur, faisant en sorte que rien de fâcheux ne se produise lors des séances de groupe auxquelles il assistait. Il lui apportait des bouteilles d'eau avant les séances et, les rares fois où ils mangeaient ensemble, Finn vérifiait qu'elle avait tout ce dont elle avait besoin avant de se détendre assez pour manger son propre repas.

Bref... jusqu'à présent, Henley n'avait rien vu qui puisse la dissuader de voir où leur attirance pourrait mener. Finn se battait peut-être contre ses démons, mais, même avec sa tendance à fuir les gens et son penchant à se perdre dans ses pensées, il restait l'un des êtres les plus attachants qu'elle ait jamais rencontrés.

— J'ai tellement hâte de voir le bébé génisse ! s'exclama Jasna, en bondissant pratiquement sur son siège. Et tu es sûre que Finn a dit que je pourrais lui trouver son nom ?

Henley sourit.

— J'en suis sûre.

— C'est trop cool ! Je n'ai encore jamais donné de nom à une vache. Je vais devoir la contempler un moment pour être certaine de choisir un nom qui lui conviendra. Et j'ai trop hâte de voir les chatons !

Henley sourit alors qu'elles approchaient du Refuge. Jasna attendait ce jour avec impatience depuis que sa mère lui avait expliqué qu'elle l'accompagnerait au Refuge chaque fois qu'elle ne serait pas au camp.

Avec la permission de Mike, elles passeraient leurs matinées à la clinique psychologique pendant que Henley recevrait des patients, puis elles se rendraient au Refuge. Jasna n'étant pas vraiment une personne du matin, le planning devrait bien fonctionner. Elle pourrait lire et faire d'autres activités calmes le matin, dans la salle de repos de la clinique, tout en visitant occasionnellement Mike et les autres psychologues, et l'après-midi, elle serait suffisamment réveillée pour profiter d'activités plus physiques.

— Maman ? demanda Jasna.

— Oui, ma chérie ?

— J'aime bien Mme Singleton et je suis désolée qu'elle soit tombée malade et qu'elle ait déménagé... mais ça va être le meilleur été de tous les temps !

Henley gloussa.

— J'espère que tu seras toujours de cet avis après quelques semaines et que tu ne t'ennuieras pas.

— Que je m'ennuie ? s'étonna Jasna, les sourcils froncés de façon comique. Impossible ! Comment pourrais-je m'ennuyer avec tous ces animaux et en apprenant comment fonctionne le Refuge ? Quand j'ai dit à mes copines ce que je faisais cet été, elles étaient toutes jalouses ! Les filles populaires de ma classe se seraient focalisées sur les propriétaires sexy du domaine – je répète ce qu'elles ont dit –, mais moi, ce qui m'intéresse, c'est passer du temps avec Melba.

Henley éclata de rire. Sa fille était plus enthousiaste à l'idée de passer du temps avec une vache qu'avec des gens. En y réfléchissant, Finn et Jasna avaient plus en commun qu'ils le pensaient.

— N'oublie pas que Finn et les autres gars aiment leur intimité, tout comme les résidents. Donc, ne prends pas de photos sans leur permission.

Jasna leva les yeux au ciel.

— Bien sûr que non. Bon sang, je peux quand même prendre des photos de Melba et des autres animaux, non ? Et de la génisse que je pourrai nommer ?

Henley souriait toujours.

— Oui, je pense que ça ne posera pas de problème, mais demande d'abord à Finn.

— D'accord, consentit Jasna avec joie.

Alors qu'elle s'engageait sur la route menant au pavillon, Henley réalisa qu'elle n'avait pas été aussi détendue depuis très longtemps. Élever un enfant toute seule n'était pas facile. Elle s'inquiétait constamment pour Jasna, autrement dit, elle était reconnaissante à Finn et à ses amis de lui permettre d'emmener sa fille cet été. Pourvu simplement que leur enthousiasme à l'idée d'avoir Jasna au Refuge ne s'émousse pas au fil des semaines. Bien qu'elle soit en général facile à vivre, sa fille avait tendance à poser un million de questions. Sans compter qu'elle était une pré-adolescente. Ce n'était pas le moment le plus facile dans la vie d'un enfant.

Alors qu'elle garait la voiture, Henley voulut recommander une nouvelle fois à Jasna d'être polie et de ne pas gêner les adultes, mais avant qu'elle ne puisse dire quoi que ce soit, sa fille avait ouvert sa portière et courait vers la grange plus vite que Henley ne l'avait vue bouger depuis longtemps.

Après être sortie à son tour de la voiture, Henley regarda vers la grange et réalisa que Finn se tenait devant les portes ouvertes. Croisant son regard, il lui adressa un petit signe de la main, puis se retourna et suivit une Jasna surexcitée dans la grange.

Elle aurait voulu rejoindre sa fille et Finn, mais elle devait se préparer pour une séance individuelle. Puis elle avait une autre séance de groupe. De plus en plus indépendante, Jasna serait parfaitement à l'aise avec Finn. Henley prit donc une grande inspiration et se dirigea vers le pavillon.

Son portable émit un bip l'informant de l'arrivée d'un SMS. Qui pouvait bien en être l'expéditeur, alors que les textos les plus fréquents provenaient de sa fille et qu'elle venait juste de la déposer ? Henley s'arrêta et fouilla dans son sac. Un sentiment de chaleur et de confort l'envahit quand elle découvrit l'auteur du message.

Finn : Salut. Ne t'inquiète pas pour Jas, tout ira bien. Si j'arrive à l'éloigner de la génisse, je te l'amènerai pour le déjeuner, après ta première séance.

Finn : Désolé, j'ai appuyé sur « Envoi » trop tôt. Au fait... tu es très belle aujourd'hui. Le moment fort de ma journée, c'est de vous voir arriver saines et sauves.

Bon sang, cet homme... Sur un nuage, Henley se dirigea vers le pavillon.

* * *

Tonka se tenait à l'extérieur de la stalle où la nouvelle génisse se reposait et, amusé, regardait Jasna babiller sans arrêt avec le petit animal. Elle était pleine d'énergie à son arrivée et cela faisait longtemps qu'il n'avait pas vu quelqu'un d'aussi enthousiaste. Elle faisait tout ce qu'il lui demandait, y compris nettoyer les box des chèvres, sans se plaindre.

Tonka ne doutait pas que les corvées allaient devenir ennuyeuses et que la jeune fille préférerait s'adonner des choses plus amusantes, comme nourrir les chatons et passer du temps avec les animaux comme elle le faisait maintenant, mais il ne s'en souciait pas. Et au lieu d'avoir l'impression que son domaine avait été envahi, il appréciait d'avoir quelqu'un qui semblait aimer les animaux autant que lui.

Pour l'heure, Jasna était assise dans la paille, la tête de la génisse sur les genoux. Elle marmonnait pour elle-même, essayant différents noms. Tonka avait été informé de l'arrivée de la génisse lorsqu'il était en ville, quelques jours plus tôt. Un éleveur lui avait demandé s'il voudrait la prendre parce que la mère était morte et qu'il n'avait pas le temps de s'occuper d'une nouvelle génisse. Si Tonka n'en voulait pas, il devrait la vendre au boucher.

La décision n'avait pas été facile à prendre. Le Refuge n'avait pas besoin d'une autre vache, mais il était hors de question que Tonka laisse la génisse aller à l'abattoir. Il n'avait pas demandé à ses amis s'ils étaient d'accord pour accueillir un autre animal, mais, à son grand soulagement, il s'était rendu compte que cela ne les dérangeait pas. Il arriverait un moment où le Refuge ne pourrait plus accueillir d'autres animaux, d'autant que Tonka était le seul à s'en occuper, mais, pour l'instant, ils s'en sortaient bien. Il y avait d'autres éleveurs dans la région qui recueillaient les animaux blessés et négligés et, en cas de besoin, Tonka était presque certain qu'ils accepteraient de prendre en charge certains des secourus s'il les contactait.

Pour l'instant, en tout cas, voir Jasna s'attacher au veau lui faisait chaud au cœur. La jeune fille était trop excitée pour songer à déjeuner et Tonka n'avait pas insisté. Elle mangerait et dormirait bien ce soir, il n'en doutait pas. Il ne voulait pas non plus la laisser seule dans l'étable et, si Jasna ne voulait pas faire de pause, Tonka n'en prendrait pas non plus.

Ce qui signifiait aussi qu'il ne pouvait voir Henley. Il lui avait envoyé quelques textos, pour la prévenir qu'ils ne seraient pas là pour le déjeuner et qu'elle ne devait pas s'inquiéter, mais ce n'était pas la même chose que de la voir en personne.

— Scarlet Pimpernickel ! s'exclama Jasna depuis le box.

Confus, Tonka baissa les yeux vers elle.

— Quoi ?

— Scarlet Pimpernickel, répéta-t-elle. C'est son nom. Scarlet pour faire court.

— Ça sonne bien, gloussa Tonka.

Jasna le regarda en souriant.

— Ça ira, si je te laisse un petit moment ? demanda Tonka.

Le besoin de voir la mère de la pré-adolescente était presque écrasant. Il se sentait plus à l'aise de laisser Jasna seule pendant quelques minutes, maintenant qu'elle se trouvait ici depuis quelques heures et qu'elle n'était plus surexcitée par la nouveauté.

— Bien sûr.

— Je reviens tout de suite. Si les chèvres viennent et réclament à manger, ne cède pas. Elles savent quand c'est l'heure de manger, mais elles vont essayer de t'amener à les nourrir plus tôt. Si tu t'ennuies, tu peux toujours aller voir comment se portent Chuck et sa dame. Assure-toi qu'ils aient beaucoup de cacahuètes et de noix.

Chuck était l'écureuil qu'il avait sauvé. Le pauvre avait perdu deux pattes et failli mourir de faim. Bien sûr, Tonka l'avait nourri et le petit gars était désormais quasi apprivoisé, vivant avec sa petite amie dans un logis pour écureuils que Tonka leur avait construit à l'arrière de la grange.

— M'ennuyer ? Tu es fou ? répliqua Jasna d'un air complètement abasourdi.

Tonka gloussa.

— Bien. Si tu as besoin de quoi que ce soit, je serai au pavillon.

La jeune fille acquiesça, mais son attention s'était déjà tournée vers la génisse, qui semblait parfaitement satisfaite de rester couchée là où elle était. Jetant un dernier regard à la jeune fille, Tonka se dirigea vers la sortie. À chaque pas qu'il faisait, des papillons s'agitaient dans son ventre. Il avait l'impression d'avoir treize ans et d'être sur le point de demander à une fille de sortir avec lui.

Il salua Carly, Jess et Ryan, qui pliaient des draps dans le bâtiment d'entretien situé à côté d'un des chalets. Il était content que la nouvelle femme de ménage s'en sorte, car il y avait vraiment trop de travail pour deux personnes. Et c'était d'autant plus un soulagement que les trois femmes s'entendent bien. Elles travaillaient dur pour s'occuper du pavillon, nettoyer les chalets et les préparer pour les nouveaux résidents. Le Refuge n'offrait pas de service de ménage quotidien pendant le séjour d'un client. S'ils avaient besoin de nouvelles serviettes ou d'un changement de literie ou autre, ils pouvaient simplement le demander. Mais l'absence de nettoyage pendant un séjour signifiait parfois beaucoup de travail pour les femmes de ménage, après le départ des clients.

Avec la démission d'Alexis, le nettoyage du pavillon avait été laissé aux gars, et ils avaient tous été soulagés quand Ryan, une fois embauchée, avait pris cette tâche en charge.

En regardant autour de leur vaste propriété, Tonka esquissa un sourire plein de fierté. Lorsque Brick l'avait invité à investir et à faire partie du Refuge, il avait accepté, simplement parce que s'il ne le faisait pas... il risquait de ne plus être là très longtemps. Tonka avait alors du mal à sortir de son lit chaque jour, et le volume de travail nécessaire à la mise en place de la retraite lui avait fait oublier la merde qui lui était arrivée.

Mais maintenant, alors qu'il marchait vers le pavillon, la satisfaction qui l'emplissait était immense. Il n'avait pas été facile de faire du Refuge ce qu'il était aujourd'hui. Mais ses amis et lui avaient œuvré sans relâche pour en faire l'un des premiers endroits du pays où les personnes souffrant de stress post-traumatique pouvaient s'éloigner de la vie réelle pendant un certain temps. Grâce à leur ténacité et au travail acharné des personnes qui travaillaient à leurs côtés jour après jour, ils s'étaient développés.

Il poussa la porte du pavillon et inspira profondément. L'odeur des délicieux cookies aux pépites de chocolat de Robert flottait dans tout le bâtiment. Le ventre de Tonka gargouilla. Il avait pris un rapide bol de flocons d'avoine dans son chalet avant de se rendre à la grande pour ses corvées matinales, et comme il avait sauté le déjeuner, il était définitivement prêt à manger quelque chose.

Mais, plus que de nourriture, Tonka avait besoin de voir Henley. Il voulait poser les yeux sur elle et s'assurer qu'elle allait bien. Il ne savait pas pourquoi ce besoin était toujours aussi fort, en tout cas il ne pourrait pas se calmer tant qu'il n'aurait pas vu par lui-même qu'elle était en sécurité.

Il jeta un coup d'œil dans la salle de conférence qu'elle utilisait pour ses sessions et la vit assise sur une chaise, en face de trois de leurs résidents. Elle hochait la tête à quelque chose que l'un d'eux disait. L'une des nombreuses qualités que Tonka aimait chez Henley, c'était que lorsque quelqu'un parlait, elle lui accordait toute son attention. Elle ne donnait jamais à personne l'impression de s'ennuyer ou d'être pressée : en lui parlant, chacun avait le sentiment d'être la personne la plus importante au monde et de tenir des propos très importants.

Tonka avait vu plusieurs thérapeutes différents après ce qui lui était arrivé, mais il n'avait fait confiance à aucun. L'un d'eux l'avait interrompu en milieu de phrase pour lui dire que son temps était écoulé et qu'il pourrait reprendre là où il s'était arrêté lors de la séance suivante. Il n'y en avait pas eu. Une autre thérapeute était si souvent distraite par son téléphone posé à côté d'elle sur son bureau que Tonka avait finalement réalisé qu'elle ne l'avait même pas écouté. Un troisième thérapeute lui avait même dit qu'il ne devrait pas dramatiser autant, puisque personne n'était mort.

C'étaient des exemples extrêmes. Il le savait. La plupart des thérapeutes n'étaient pas mauvais à ce point, ils voulaient sincèrement aider leurs clients. Mais ses expériences l'avaient dégoûté de la thérapie et, après ces trois-là, il avait décidé qu'il en avait fini.

Jusqu'à ce que Henley arrive au Refuge.

Il lui avait fallu des mois pour se joindre à l'une de ses séances de groupe et, même là, il était uniquement venu parce que, troublé par le comportement de l'un des résidents, il tenait à s'assurer que Henley et ses patients étaient en sécurité pendant qu'elle menait la séance. Mais lorsqu'il s'était assis dans la pièce et qu'il l'avait écoutée parler, qu'il avait vu à quel point elle se souciait de ses patients, les écoutant, faisant preuve d'empathie..., Tonka avait compris qu'elle était différente des thérapeutes consultés dans le passé.

Elle ne leur servait pas des platitudes, ne prétendait pas comprendre alors qu'elle ignorait ce que cela faisait de devoir tirer sur un autre être humain pour survivre. Elle était à la fois stricte et chaleureuse. Elle donnait aux résidents la permission d'être tristes, en colère et même effrayés.

Et elle se rendait vulnérable. Elle s'ouvrait en partageant ses propres expériences traumatisantes, encore et encore.

En bref, si Tonka avait eu une thérapeute comme elle juste après que sa propre vie lui avait explosé à la figure, peut-être qu'il ne serait pas aussi perturbé désormais.

Il se força à revenir au présent et observa Henley à travers la vitre de la porte pendant encore une dizaine de secondes, le temps de s'assurer que tout allait bien, avant de se diriger vers la cuisine.

Le temps de se préparer un sandwich au rôti de bœuf, de manger les restes de haricots verts du déjeuner, de dévorer trois des biscuits de Robert, puis de retourner dans le hall du pavillon, la séance de Henley était terminée.

Elle était en train de dire au revoir à l'un des résidents quand elle le vit. La façon dont ses yeux s'illuminèrent et dont elle sourit donna à Tonka l'impression de mesurer trois mètres de plus.

— Salut, dit-il en approchant.

— Salut, répondit-elle. Tu n'as pas l'air trop mal en point, après quelques heures avec Jasna.

— En fait, elle m'a été d'une grande aide, répliqua-t-il en gloussant. Et Scarlet Pimpernickel et elle s'entendent comme larrons en foire.

— Qui ? s'esclaffa Henley.

— C'est comme ça qu'elle a baptisé la génisse.

— Oh, bon sang. Je suis désolée. Ne te sens pas obligé de garder ce nom, dit-elle en fronçant adorablement le nez.

— Je n'ai aucune intention de le faire. Elle a cogité tout l'après-midi. Nous l'appellerons donc Scarlet. Et ça me plaît, conclut-il, avant d'ajouter, en baissant la voix : je dois admettre que trouver des noms n'est pas mon fort, alors elle m'a fait une faveur. Tu n'imagines pas toutes les remarques que je me suis prises à propos du nom de Melba.

— C'est toi qui l'as baptisée comme ça ? s'esclaffa Henley.

— Oui. Je trouvais que c'était génial jusqu'à ce que les autres gars essaient de mettre leur veto. Je m'en foutais, vraiment, mais c'était pour le principe. Je devais camper sur ma décision. Et je sais qu'aucun des gars n'en voudra à ta fille pour le nom qu'elle a choisi. C'est gagnant gagnant pour moi.

— Eh bien, j'apprécie. Elle attend ce jour depuis deux semaines.

— Tu as déjeuné ? demanda Tonka, pour changer de sujet.

— Oui. Je ne sais pas ce que Robert et Luna ont fait avec ces haricots verts, mais moi qui ne suis pas fan, d'ordinaire, j'en ai pris deux portions.

Tonka était constamment étonné de la joie que cette femme trouvait dans les choses les plus simples. Lui avait lutté pendant des années pour sortir du lit, et elle lui vantait les mérites des haricots verts. Voilà pourquoi il était attiré par elle depuis leur rencontre. Et pourquoi il ne pouvait pas rester loin d'elle maintenant.

— Quoi ? Pourquoi est-ce que tu me regardes comme ça ? demanda Henley, gênée, en glissant une mèche de cheveux derrière son oreille.

— Tu es incroyable, lâcha-t-il.

Le rouge monta aux joues de Henley, qui devint encore plus jolie.

— Vraiment, insista-t-il. Tu as élevé toute seule une fille merveilleuse. Tu es une thérapeute incroyable. Et quand je suis près de toi, je me souviens de ce que c'est que rire et être heureux.

Entrant dans son espace personnel, Henley lui posa une main sur le torse.

— Il y a un type qui écrit des livres sur l'éducation des enfants que j'aime beaucoup. Je ne vais pas le citer mot pour mot, mais le sens y sera, je pense. Il dit que la vie est géniale. Puis elle est affreuse. Puis elle redevient géniale. Entre le génial et l'affreux, il y a l'ordinaire et l'ennuyeux. Nous devrons profiter de ce qui est génial, serrer les dents dans l'affreux, nous détendre et respirer dans l'ordinaire, et nous réjouir quand tout redevient génial. Je suis passée par le génial, l'horrible et l'ordinaire. Ce que je sais, c'est que je ne renoncerai pas à ce qui est génial pour faire disparaître ce qui est horrible. Nous sommes façonnés par les choses que nous traversons... et je referais tout ce que j'ai vécu si cela me garantissait d'être là où j'en suis aujourd'hui. Avec une fille qui me donne un but dans la vie, un travail que j'aime et les amis que je me suis faits ici, au Refuge.

Tonka ne put s'empêcher d'enrouler un bras autour de sa taille et de l'attirer contre lui.

— Je vais t'embrasser, indiqua-t-il d'un ton bourru.

— Il était temps, lâcha-t-elle avec un sourire en entrelaçant ses doigts au bas de son dos.

Au fond, Tonka s'était attendu à ce qu'elle lui dise que c'était trop tôt, ou qu'elle n'était pas encore à l'aise avec l'idée de faire évoluer leur relation à ce niveau, mais en entendant ces mots, il sentit fondre une pression dans sa poitrine, dont il n'avait même pas eu conscience.

Déterminé à faire durer ce moment, Tonka baissa lentement la tête. Ses doigts s'enfoncèrent légèrement dans le dos de Henley et il la tint serrée. Haussée sur la pointe des pieds, elle leva le menton.

Ses lèvres effleurèrent les siennes une fois. Deux fois. Et au troisième passage, il lui mordilla la lèvre inférieure. Henley laissa échapper un petit gémissement et fondit contre lui, pesant contre son corps en s'ouvrant à lui.

Sans hésiter, Tonka glissa sa langue dans la bouche avide de Henley. Elle avait le goût des bonbons à la menthe qu'elle aimait sucer. Il avait embrassé beaucoup de femmes au cours de sa vie, mais aucun baiser ne l'avait affecté comme celui-là. Si on le lui avait demandé, il n'aurait pas été capable d'expliquer ce qui était si différent dans ce baiser avec elle. C'était comme ça.

Elle ne se laissait pas embrasser passivement. Elle donnait autant qu'elle recevait. Leurs têtes se déplaçaient lentement pour apprendre le goût de l'autre, ce qui les faisait gémir tous les deux.

Quand il s'écarta enfin, Tonka eut l'impression que sa vie entière avait changé pendant les quelques instants qu'ils avaient passées à s'embrasser. Il la regarda fixement, incapable de trouver les mots.

— Waouh, lâcha-t-elle au bout de quelques secondes, en se passant la langue sur les lèvres.

— Oui waouh, répéta Tonka dans un état de semi-étourdissement.

Quelqu'un se racla la gorge derrière eux. Sans réfléchir, Tonka pivota sur lui-même et repoussa Henley derrière lui.

Voyant Alaska et Brick, il se détendit.

Alaska gloussa.

— Désolée, nous ne voulions pas... vous interrompre, mais je désirais savoir si Henley aurait envie de passer la nuit de samedi ici. Nous avons eu une annulation et je me suis dit que ce serait amusant si Jasna et Henley pouvaient participer au feu de joie que nous avons prévu.

Tonka se retourna pour regarder Henley, qui écarquillait les yeux.

— C'est sûr ? demanda-t-elle. Je veux dire, ça ne sera pas une contrainte ? Je ne voudrais pas donner du travail supplémentaire à Carly, Jess ou Ryan.

— Ce n'est pas un problème du tout, répondit Brick, devançant Tonka. Cela fait un moment que je songe à laisser nos employés séjourner dans les chalets quand ils sont disponibles. À la fois en guise de remerciement et comme un moyen d'instiller plus de fierté dans ce que nous faisons ici. Nous savons tous combien la terre nous soigne, et je pense qu'il en est de même pour tout le monde. Tu es plus que bienvenue pour séjourner ici. Je dois t'avertir cependant que quand Al prétend que nous allumons un feu de joie, il s'agit juste d'un feu de camp de taille normale, en réalité. Nous ne voulons pas allumer quelque chose de trop gros et risquer que le feu devienne incontrôlable, termina-t-il avec un sourire.

— Je ne me souviens pas de la dernière fois où je me suis assise autour d'un feu et où je me suis détendue, déclara Henley.

— Il y aura des marshmallows aussi. On ne peut pas avoir un feu sans guimauve ! renchérit Alaska. S'il te plaît, dis « oui ». Même si j'adore Drake et ses amis, j'aimerais bien passer du temps avec une femme.

— J'aimerais bien aussi, concéda Henley avec un sourire timide.

— Hourra ! Maintenant... vous deux, retournez à ce que vous faisiez quand on vous a interrompus, lança Alaska avec un sourire coquin. Faites comme si on n'avait jamais été là. Même si, je préfère vous avertir, j'ai vu un groupe de résidents se diriger par ici. Je pense qu'ils rentrent de randonnée et sont probablement à la recherche d'une collation.

Brick adressa un petit salut du menton à Tonka tout en guidant Alaska vers la porte d'entrée.

Espérant que Henley n'était pas gênée d'avoir été surprise en plein baiser, il se retourna vers elle. Il ne lut pas de gêne sur son visage. Au contraire, elle lui souriait. Ses lèvres étaient un peu plus pulpeuses qu'avant, et Tonka ne put étouffer un sentiment de possessivité, sachant ce qui leur avait valu de devenir ainsi.

— Ça va ?

— Pourquoi ça n'irait pas ? demanda-t-elle en inclinant légèrement la tête.

— Je ne voulais pas vraiment faire ça ici, où quelqu'un pouvait nous voir.

— Je ne suis pas gênée d'être avec toi, Finn. Mon attirance pour toi n'est probablement pas une surprise pour Alaska ou le reste des gars, et ce, depuis un moment. Vous êtes tous très observateurs. Et je dois dire... ce baiser...

Voyant qu'elle se taisait, Tonka insista :

— Oui ?

— Quand tu auras envie de m'embrasser comme ça, peu importe où on est ou qui est là, n'hésite pas. OK, peut-être pas à proximité de Jasna pour l'instant. Elle a besoin de s'habituer un peu plus au fait que sa mère sort avec quelqu'un.

Comment pouvait-il avoir autant de chance ? Cette femme était faite pour lui. Il le savait jusque dans ses os. Il espérait juste la mériter.

— En parlant de ça, je devrais probablement aller la

voir, lâcha-t-il enfin, faisant de son mieux pour contrôler son envie d'enlacer à nouveau Henley et de continuer à l'embrasser. Non pas que je m'inquiète, mais bon, c'est son premier jour.

— Tu veux un peu de compagnie ? demanda Henley.

— Ta compagnie, oui, lui assura-t-il.

Mais avant qu'ils aient pu se faufiler par une porte latérale, le pavillon était soudain rempli d'une demi-douzaine de résidents. Avisant Tonka, ils décidèrent que voir la nouvelle génisse était plus important que prendre un goûter.

Tonka fit de son mieux pour ne pas s'agacer de leur intrusion dans les minutes qu'il comptait passer avec Henley. Il se rassura en se disant qu'il profiterait de beaucoup de temps avec elle, à l'avenir. Elle allait être là tout l'été, et aussi le week-end qui arrivait. Il aurait l'occasion de passer du temps avec elle toute la nuit, pas seulement quelques minutes volées à leurs heures de travail.

CHAPITRE 7

Le reste de la semaine se déroula sans problème et avant que Henley s'en rende compte, on était samedi. Leur sac préparé, Jasna et elle étaient impatientes de passer la nuit au Refuge. Jasna était en pleine forme, plus excitée que Henley ne l'avait vue depuis longtemps. Aussi, après un arrêt rapide à son bureau en ville, elles se rendirent au Refuge plus tôt que prévu.

Henley avait eu une brève discussion avec Mike au sujet de quelques-uns de leurs patients. Il passait souvent quelques heures dans son bureau, le samedi matin, c'était donc un moment propice pour lui faire part de ses idées et lui demander conseil sur la meilleure façon d'aider ceux qui avaient le plus de difficultés. Elle était également heureuse du soutien que son patron apportait à son travail au Refuge. Elle avait vraiment une chance folle d'exercer une profession qu'elle aime tant.

Mike avait à nouveau évoqué Christian Dekker, enjoignant une fois de plus Henley à se montrer toujours vigilante. Il avait admis n'avoir aucune idée de la viabilité de la menace qui pesait sur elle, mais il serait imprudent d'ignorer les inquiétudes de la mère du garçon.

Henley ne pouvait pas imaginer à quel point Mme Dekker devait se sentir mal. Comme ce devait être horrible d'avoir un enfant dont on avait vraiment peur. Christian avait seize ans, pesait plus que la plupart des enfants de son âge et mesurait presque un mètre quatre-vingts. Apparemment, il entrait et sortait de chez lui comme il voulait, ignorait les règles que ses parents avaient cherché à mettre en place pour tenter de le contrôler. Il avait également abandonné l'école au milieu de l'année et traînait en ville toute la journée, rendant nerveux tous ceux qu'il rencontrait. D'après sa mère, il avait bâti une sorte de fort dans les bois derrière leur maison, où il passait le plus clair de son temps, mais elle n'avait aucune idée de ce qu'il y fabriquait.

Henley avait essayé d'aider le garçon, mais elle n'avait tout simplement pas établi de connexion avec lui qui lui aurait permis de découvrir pourquoi il était aussi en colère contre le monde. Il avait assez vite cessé de s'ouvrir à elle, passant la plupart de leurs séances à la faire tourner en bourrique.

Selon Mike, Mme Dekker avait également fait part de ses inquiétudes à la police locale, qui était donc avertie que Christian pouvait être une menace, mais, pour l'instant, à leur connaissance, il ne s'était pas montré agressif envers qui que ce soit ni n'avait proféré de menaces... Pour l'heure, ils se contentaient donc d'observer et d'attendre.

— Salut, lança Finn, en s'approchant d'elle près du feu de camp qui attendait d'être allumé.

Passant un bras autour de sa taille, il se pencha et l'embrassa légèrement.

Henley était ravie de la rapidité avec laquelle ils étaient

passés de l'amitié à une relation amoureuse, puis à la possibilité de se toucher si facilement.

— Salut, répondit-elle en se penchant elle aussi vers lui.

— Tu avais l'air perdue dans tes pensées. Tout va bien ?

— Oui. Je réfléchissais juste.

Finn acquiesça. C'était une autre de ses particularités. Il ne l'obligeait jamais à parler. Si elle disait qu'elle allait bien, il la croyait sur parole.

— Jasna est à la grange en train de border tout le monde, indiqua-t-il avec un petit rire.

— Donc on sera prêts à allumer le feu dans deux heures environ ? plaisanta Henley.

Sa fille déambulait désormais au Refuge comme un poisson dans l'eau. Elle ne se plaignait jamais de la difficulté du travail pour nourrir tous les animaux et garder leurs box propres. Elle n'était pas dégoûtée par les excréments qu'elle devait ramasser à la pelle dans la grange ni par leur odeur. Elle semblait aimer chaque seconde qu'elle passait avec Finn et les animaux, et en ce qui concernait le premier... Henley devait admettre qu'elle était un peu jalouse de sa fille.

Finn gloussa.

— Elle ne va pas tarder. Elle est trop excitée par les guimauves. Et la perspective de passer du temps avec les adultes.

Henley hocha la tête. Cela ressemblait à sa fille. Elle aimait être entourée de personnes plus âgées qu'elle. C'était quelque chose qui l'avait inquiétée plus d'une fois dans le passé. Elle ne voulait surtout pas que Jasna fréquente des personnes plus âgées et plus mûres et qu'elle soit poussée à faire des choses pour lesquelles elle n'était pas prête.

— Putain de merde, Tonka va vraiment rester avec nous autour du feu, ce soir ? plaisanta Spike.

— Dingue ! renchérit Pip en se joignant à la plaisanterie. La dernière fois qu'il nous a honorés de sa présence, c'était... oh, c'est vrai, jamais !

— Tais-toi, grommela Finn. Je passe tout mon temps avec vous, les gars.

— Non, pas vraiment, rétorqua Stone. Quand nous avons des réunions sur le Refuge, bien sûr. Quand tu veux notre avis sur quelque chose qui se passe avec les animaux, oui. Mais quand il s'agit simplement de se détendre ? Non.

Henley jeta un coup d'œil à Finn et vit qu'il avait l'air extrêmement mal à l'aise. Elle détestait ça.

— Eh bien, il est là maintenant, répliqua-t-elle d'un ton neutre. Qui va allumer ce feu ? Jasna a parlé de faire des guimauves toute la journée et, s'il n'y a pas de feu le temps qu'elle remonte ici, je pense qu'elle va essayer d'en allumer un elle-même.

Sa déclaration détourna l'attention générale et l'on s'attela à l'allumage du feu, tout en s'assurant que les ingrédients pour les guimauves étaient prêts sur une table voisine.

— Merci, lui glissa Finn à l'oreille.

Elle se retourna entre ses bras et leva les yeux vers lui.

— De rien.

— Ils ont raison, tu sais, précisa-t-il en haussant les épaules. Ça n'était pas trop mon truc jusqu'à maintenant.

— Si tu ne veux pas rester, ne te force pas, se sentit-elle obligée de lui dire.

— Tu restes ? demanda-t-il.

Henley hocha la tête.

— Oui. Jasna a attendu ce moment toute la journée.

— Alors je reste, déclara-t-il d'une voix ferme.

Elle lui sourit.

— Ce n'est pas que je n'aime pas les autres, poursuivit-il,

même si Henley ne l'avait pas poussé à expliquer pourquoi c'était le premier feu de joie auquel il assistait. C'est juste que... je suis bien avec les animaux. Ils ne posent pas de questions. Ils ne font pas attention à mes humeurs. Je n'ai pas besoin de faire semblant d'être... normal avec eux.

— Finn, aucun de tes amis ne veut que tu sois quelqu'un d'autre. Et si tu penses qu'ils ne ressentent pas exactement la même chose que toi, tu te trompes. Je ne connais pas leur histoire, mais si vous êtes tous ici, c'est à cause de votre passé. En apparence, ils peuvent tous sembler parfaitement heureux et bien adaptés, mais, la plupart du temps, les gens déploient de gros efforts pour cacher leur douleur à ceux qu'ils aiment le plus.

Finn resta silencieux un moment avant de hocher la tête.

— Oui.

Ce simple mot suffit à Henley pour comprendre qu'il réfléchissait vraiment à ses paroles.

— Allez, insista-t-elle. Trouvons une bonne place avant qu'elles ne soient toutes prises.

Elle le tira vers l'un des énormes troncs d'arbres placés autour du feu en guise de sièges.

En balayant les environs du regard, Henley vit qu'il y avait là six résidents, certains assis, d'autres debout. Elle les avait tous rencontrés à un moment ou à un autre et savait qu'aucun d'eux ne serait perturbé par le feu, ce qui était probablement l'une des raisons pour lesquelles les gars avaient jugé le moment propice pour un feu de joie. Deux des hommes avaient été dans l'armée, un autre avait survécu à une fusillade sur son lieu de travail, une femme avait été victime d'un carjacking, une autre avait été violée et le dernier résident présent autour du feu avait perdu son bras sur la chaîne de montage où il travaillait.

Tous les six étaient en train de parler et de rire comme

s'ils n'avaient pas le moindre souci au monde. À bien y regarder, tout le monde souriait. Ce rassemblement était un bon rappel de la résilience de l'esprit humain.

Tonka et elle en étaient de bons exemples aussi. Il y avait eu des moments, quand elle était adolescente, où elle pensait ne jamais s'en sortir. Elle se sentait très vulnérable, tremblait de peur en permanence. Mais elle avait survécu. Pourvu qu'il en aille de même pour les hommes et femmes rencontrés au Refuge.

— Jeune fille à l'approche, murmura Finn alors que Jasna sortait de la grange et trottinait vers eux.

— Est-ce que je l'ai manqué ? cria la gamine d'une voix excitée.

Henley éclata de rire.

— Manqué quoi ? demanda-t-elle. L'allumage du feu ? Oui. Les guimauves, non.

— Ouf, lâcha Jasna en s'essuyant exagérément le front.

Quelques personnes autour d'eux gloussèrent.

— Tout va bien à la grange ? s'enquit Finn.

— Oui. Les chèvres sont en train de mourir de faim, mais je leur ai dit qu'elles n'avaient plus le droit de manger aujourd'hui, qu'elles survivraient jusqu'à demain matin. Melba et Scarlet Pimpernickel sont installées et j'ai changé leur eau. Les chevaux vont bien. Les chatons ont mangé et dorment. Les chiens ronflent si fort que j'étais sûre qu'on les entendrait jusqu'ici, et j'ai même souhaité bonne nuit à Chuck en lui donnant quelques noix supplémentaires, juste comme ça.

— Génial, merci, dit Finn.

— Jasna, tu veux préparer la première guimauve ? demanda Alaska depuis l'autre côté du feu.

Rapide comme l'éclair, Jasna se dirigea vers elle, manifestement impatiente de goûter à la friandise.

— Elle ne va plus tenir en place, ce soir, grommela Henley.

Mais elle avait le sourire aux lèvres en regardant sa fille enfiler minutieusement une énorme guimauve sur un fil de fer avant de s'avancer vers le feu.

— Et tu aimes ça, répliqua Finn.

Henley sourit.

— Oui. C'est une enfant très sérieuse. Je n'ai jamais eu à lui demander de faire ses devoirs. Elle peut se divertir pendant des heures en lisant ou en inventant des histoires dans sa tête. La voir ici s'amuser, être sociable et insouciante... C'est tout ce que je n'ai jamais connu. Je ferai tout ce qu'il faut pour qu'elle vive de telles expériences aussi longtemps qu'elle le voudra.

— Comme les camps de vacances où tu l'as inscrite cet été, ajouta Finn.

— Oui. Il y en a quatre. Deux d'entre eux sont des centres de loisirs de jour et elle dormira sur place dans les deux autres. L'un des camps de jour est consacré à l'art : elle pourra s'initier à plus de dix techniques différentes : peinture, dessin, fil de fer... des choses comme ça. L'autre est un camp de théâtre. Elle n'était pas très sûre d'avoir envie d'y aller, mais je l'ai convaincue d'essayer. Les deux autres camps sont des colonies d'été typiques... Tu vois le genre : natation, randonnée et feux de camp. Elle aime la natation et le bateau, mais moins les insectes et la randonnée.

Finn gloussa, ce qui plus à Henley.

— On dirait qu'elle va être bien occupée cet été, entre ici et tous ses loisirs.

Henley hocha la tête.

— Je m'inquiète pour elle, admit-elle.

— Pourquoi ?

— Elle n'a pas beaucoup d'amis et préfère rester seule.

Je veux qu'elle apprenne la sociabilité, à avoir des relations avec ses camarades. Même si j'aime sa compagnie et partager des activités avec elle, je pense qu'elle a besoin de passer plus de temps avec des enfants de son âge.

— Tu es une mère géniale, constata Finn, avant de s'étonner en voyant Henley sourire. Quoi ?

— Comme si tu étais le meilleur juge pour ça !

Mais il ne lui rendit pas son sourire.

— Ce que je sais, c'est que Jasna est une chouette gamine. Elle a de la compassion, elle est polie et elle n'a pas peur de montrer ses sentiments. Elle se sent en sécurité avec toi, et tu lui as manifestement parlé des dangers du monde, car elle n'est pas inconsciente. Elle n'est pas rivée à son téléphone, ne se plaint pas de ne pas pouvoir regarder la télévision ou passer des heures sur les réseaux sociaux à regarder des vidéos de trente secondes qui vont lui pourrir le cerveau. Je ne suis pas père, mais je sais qu'il n'est pas facile d'élever un enfant dans le monde d'aujourd'hui. Et c'est encore plus difficile en tant que mère célibataire. Tu as accompli un travail incroyable. Tu peux être fière. De toi-même et de Jasna.

Sentant les larmes lui monter aux yeux, Henley se retourna pour fixer la lumière vacillante du feu. Elle n'était pas émotive d'ordinaire... sauf quand il s'agissait de sa fille. Finn n'avait pas tort. Élever Jasna avait été l'une des choses les plus difficiles qu'elle ait jamais faites, juste après avoir surmonté ce qui était arrivé à sa mère. L'éloge que Finn venait de faire de sa fille était le meilleur compliment qu'elle pouvait recevoir.

Finn se leva et Henley se retourna pour voir où il allait. Mais il se contenta de s'adosser à un grand tronc d'arbre pour se poster derrière elle et la faire reculer jusqu'à ce qu'elle s'appuie contre lui, comme contre un dossier.

Elle aimait la sensation qu'il lui procurait, celle d'un soutien solide, et elle se détendit.

Alaska vint s'asseoir à côté d'elle, tandis que Tiny rejoignait Finn et entamait une conversation sur le nombre surprenant de dons que le Refuge avait reçus ces derniers temps.

— Elle s'amuse bien, lâcha Alaska avec un sourire, en désignant Jasna.

Spike et Pip se tenaient près du feu avec elle, discutant de la meilleure façon de griller des marshmallows : s'il était préférable de les allumer et de souffler sur les flammes pour qu'il y ait une croûte noire tout autour de la friandise ou s'il fallait seulement les faire légèrement dorer avant de les déposer sur le chocolat.

Les autres propriétaires étaient debout ou assis autour du feu en compagnie des résidents, avec qui ils bavardaient à mi-voix.

— En effet, convint Henley.

— Je n'ai pas eu beaucoup l'occasion de te parler ces derniers temps, ajouta Alaska.

— Nous avons été occupées toutes les deux, admit Henley. Je sais que les gars sont tous ravis depuis que tu t'occupes des tâches administratives.

Son amie gloussa, puis se pencha et murmura :

— Entre nous soit dit, c'était un désastre.

Elles échangèrent un sourire. Et, sans qu'elle comprenne pourquoi, Henley faillit être submergée par l'émotion et elle lâcha :

— Je suis très heureuse que ça se passe bien pour toi.

L'expression d'Alaska s'adoucit. Elle savait manifestement que Henley faisait référence au type qui était venu au Refuge pour la traquer et la kidnapper à des fins tordues.

— Honnêtement, je pense que vous, au pavillon, en avez plus bavé que moi, lui dit-elle.

Henley ricana.

— Je n'en suis pas si sûre. Tu étais tapie dans les bois, morte de peur, pendant que Brick partait à la recherche de ton kidnappeur. Je ne crois pas que j'aurais voulu me retrouver là-bas toute seule, à me demander si on allait me trouver.

Une expression que Henley ne sut déchiffrer traversa le visage d'Alaska avant qu'elle hausse les épaules.

— Oui, mais vous avez dû vous occuper de l'incendie, de tous les feux d'artifice et essayer de garder les résidents calmes. Et j'ai entendu dire que Tonka avait aussi été bien occupé avec les animaux. Je pense que ça n'a été amusant pour aucun d'entre nous.

Elle n'avait pas tort et Henley ne fut pas surprise que son amie minimise ses propres craintes. D'après ce qu'elle avait vu, Alaska était très équilibrée. Et pourquoi ne le serait-elle pas ? Elle avait un homme qu'elle aimait à ses côtés.

— Alors, pour changer de sujet... Je ne sais pas grand-chose de toi. J'ai entendu dire que tu avais grandi dans une réserve, mais je ne sais pas laquelle ni où. Désolée, conclut Alaska, l'air chagrinée.

— Je suis de la tribu zuni. J'ai grandi dans une réserve de l'Ouest du Nouveau-Mexique. On était pauvres, mais, honnêtement, je ne l'ai pas vraiment remarqué. Je n'ai pas de frères et sœurs, il n'y avait que mes parents et moi. On était heureux. Mais après le meurtre de ma mère, mon père n'a plus été le même. Il avait perdu l'amour de sa vie d'une manière horriblement traumatisante et, bien qu'il ait fait de son mieux pour s'occuper de moi, il ne s'en est jamais vraiment remis.

— Je suis désolée, balbutia Alaska, en posant une main sur le genou de Henley. Je ne voulais pas faire remonter de si mauvais souvenirs.

— C'est bon. Je veux dire, ça a aussi fait de moi qui je suis. Quoi qu'il en soit, je n'ai pas du tout parlé pendant de nombreuses années, après le meurtre, parce que j'essayais de faire face à tout cela. Mon père nous a fait déménager à Albuquerque en pensant que je pourrais y recevoir de meilleurs soins médicaux. Et il avait raison. J'ai recommencé à parler et, grâce à une thérapeute stupéfiante, j'ai eu envie d'aider les autres comme elle m'a aidée.

— Et ton père ? demanda Alaska avec douceur.

Henley lui adressa un sourire triste.

— Il a réussi à me voir décrocher mon bac, mais il a succombé à ses démons peu de temps après.

Alaska eut l'air alarmé.

— Mince, quelle gourde je suis quand il s'agit de faire la conversation ! On est là, à essayer de s'amuser et de se divertir, et je te fais déterrer toutes sortes de mauvais souvenirs.

— Penser à mon père me rend heureuse, la rassura Henley. Je veux dire, je suis triste qu'il ne soit pas là, il aurait adoré Jasna, mais il ne souffre plus. Et je sais qu'il veille sur moi. Je le reverrai un jour, et cette pensée m'aide.

— Je n'ai jamais connu mon père, lâcha Alaska. Et ma mère ne gagnera jamais le titre de « Maman de l'année ». Je suis en admiration devant toi, Henley.

Celle-ci inclina la tête, intriguée.

— Pourquoi ?

— Parce que tu es comme le lapin des piles Energizer. Tu continues à aller de l'avant, quoi qu'il arrive. Tu fais une brillante carrière, ta fille est géniale et tu es juste tellement... gentille.

Henley ne put s'empêcher de rire.

— Crois-moi, il y a des jours où je ne suis vraiment pas gentille. Tu aurais dû me voir l'autre matin quand quelqu'un m'a coupé la route alors que je me rendais au travail.

Je dois dire que je ne suis pas fière des noms que je lui ai donnés, mais ça m'a fait du bien.

Alaska gloussa.

— Ce n'est pas bizarre d'être la seule femme à vivre ici ? demanda Henley.

— Honnêtement ? Non. Je vivrais n'importe où tant que Drake est à mes côtés.

— Ooooh ! s'exclama Henley.

— Je l'ai aimé toute ma vie. Je m'en ficherais s'il me disait avoir envie de vivre dans une cabane à Tombouctou. Oui, j'aimerais avoir de la compagnie féminine. Les femmes de ménage sont super, mais elles sont trop occupées à travailler pour entretenir des relations sociales. Mais vivre ici n'est pas difficile. Pas du tout. Je veux dire, regarde autour de nous. C'est magnifique. Et puis, si je n'ai pas envie de cuisiner, il y a un cuistot professionnel. Je n'ai pas à prendre le volant pour aller travailler ni à supporter que des gens me coupent la route. Et c'est littéralement l'endroit le plus sûr pour vivre... Je suis entourée de sept anciens militaires. Sans parler de Mutt, qui me garde partout où je vais. Et même si beaucoup de gens pourraient penser que les résidents sont trop abîmés pour s'avérer d'aucune utilité en cas de scénario dangereux, ce qui m'est arrivé a prouvé le contraire.

— Que des arguments très pertinents, constata Henley avec un hochement de tête.

— Pourquoi ? demanda Alaska en se penchant pour que Finn ne puisse pas l'entendre. Tu emménages ici, toi aussi ? S'il te plaît, s'il te plaît, dis « oui » !

Henley rit.

— Tu ressembles beaucoup à Jasna quand tu supplies comme ça. Et non, j'étais juste curieuse.

— Mince, fit Alaska en se redressant. Mais il reste encore beaucoup de temps, ajouta-t-elle d'un ton plus gai. Et si Tonka est comme Drake, il ne va pas se gêner. Une fois qu'il aura compris à quel point tu es géniale, il ne laissera pas s'écouler beaucoup de temps avant de te passer la bague au doigt et de t'installer dans son chalet.

Henley rougit, priant pour que Finn n'ait pas entendu.

— Maman ! lança Jasna de l'autre côté du feu. Regarde ça !

Henley écarquilla les yeux devant l'énorme guimauve que Jasna avait préparée. Elle la félicita d'un pouce dressé, tout en gémissant.

Elle sentit Finn se déplacer derrière elle pour se pencher.

— Ce truc est plus gros que sa tête, plaisanta-t-il.

Inclinant sa propre tête en arrière, Henley leva les yeux vers lui. Il était particulièrement beau, ce soir-là. Il portait la chemise en jean qu'il semblait ne jamais quitter, mais le tee-shirt en dessous était violet foncé, donnant une touche de couleur aux vêtements habituellement neutres qu'il portait. Sa barbe était soigneusement taillée, comme d'habitude, et ses yeux bruns rivés sur elle et sur elle seule.

— Ma fille ne laisse certainement pas sa part aux chiens.

— Elle est assez grande, mais très mince, commenta Alaska à côté d'elle.

Henley détacha ses yeux de ceux de Finn pour se tourner vers son amie.

— Elle mange pourtant, répliqua-t-elle, un peu sur la défensive.

— Je ne voulais rien insinuer. Pas du tout, se hâta de rétropédaler Alaska.

— Désolée. J'ai tendance à être un peu protectrice avec elle. Son métabolisme est hors normes. Elle est un peu comme un puits sans fond. Mais je la surveille, maintenant qu'elle est presque une adolescente et que la puberté va bientôt arriver. Je ne veux pas qu'elle prenne trop de poids.

— On pourrait ne pas parler d'adolescentes et de puberté ? supplia Tiny derrière elles.

Henley et Alaska sourirent.

— Qu'y a-t-il de drôle ? s'enquit Brick en s'approchant pour s'asseoir à côté d'Alaska.

Il l'enlaça aussitôt et l'attira contre lui. Mutt leva la tête de l'endroit où il s'était couché, en face d'Alaska, et après avoir vu que le nouveau venu était son maître, il perdit immédiatement tout intérêt pour la scène et referma les yeux.

— Les filles qui atteignent la puberté, répondit Alaska avec un sourire.

Les yeux de Brick s'agrandirent.

— Ouh là, non. On change de sujet.

— Tu ne peux pas venir ici, t'immiscer dans notre conversation et exiger qu'on parle d'autre chose, objecta-t-elle.

— Si, et je ne vais pas m'en priver, répliqua-t-il. Les choses se déroulent bien ce soir, hein ? Tout le monde passe un bon moment.

Alaska haussa les épaules et regarda Henley avec des yeux qui criaient : « Qu'est-ce que je peux y faire ? » puis s'accorda avec Brick.

— Elle dépensera ces calories demain, glissa Finn à l'oreille de Henley.

— Je sais, convint-elle.

— Tu en veux une ? demanda Finn.

— Une quoi ?

— Une guimauve.

— Je m'en ferai une un peu plus tard, lui dit Henley.

— Je vais te la préparer. Guimauve brûlée ou légèrement brunie ?

Henley n'était toujours pas habituée à ce que quelqu'un

s'occupe autant d'elle. Lorsque les toilettes de son appartement avaient été cassées, elle les avait réparées elle-même au lieu d'attendre le réparateur. Quand sa voiture avait un pneu crevé, elle s'en occupait. Son père lui avait appris à être autonome et sa vie dans la réserve le lui avait également inculqué. Là-bas, il n'y avait pas de grande surface toute proche où ils pouvaient courir pour trouver ce dont ils avaient besoin s'ils devaient réparer une fenêtre, se procurer un nouveau balai ou autre. Ils se débrouillaient avec les moyens du bord et improvisaient en cas de besoin.

— Henley ? insista Finn.

— Désolée. Merci, j'adorerais. Une guimauve légèrement brunie, s'il te plaît.

— C'est comme si c'était fait.

Henley frissonna lorsque Finn fit glisser ses doigts sur son épaule et le long de son bras avant de se diriger vers Jasna, qui se tenait à la table pliante en train de se préparer une autre guimauve.

Au fil de la soirée, Henley réussit à causer avec tout le monde. Soit les autres participants au feu de camp s'approchaient de l'endroit où elle était assise, avec Finn qui rôdait derrière elle, soit elle passait un peu de temps avec eux tout en se dégourdissant les jambes autour du feu.

Ayant enfin dépensé toute son énergie, Jasna était assise dans l'herbe devant un autre tronc d'arbre, apparemment perdue dans ses pensées.

Finalement, Henley se leva et se tourna vers Finn.

— Il se fait tard et Jasna semble crevée. On va y aller.

— Je vous accompagne, déclara-t-il aussitôt.

— Tu ne vas pas essayer de nous convaincre de rester plus longtemps ? plaisanta Henley.

Finn haussa les épaules.

— J'ai moi-même atteint ma limite pour ce soir.

— Tu as tenu plus longtemps que je ne pensais, commenta Stone en posant une main sur l'épaule de Finn.

Les autres hommes s'étaient eux aussi approchés pour leur souhaiter bonne nuit.

— Je pense qu'on devrait faire ça plus souvent, dit Alaska. Peut-être inviter tous les employés. Je parie qu'ils aimeraient tous passer du temps ensemble et se détendre.

— Je suis d'accord, approuva Tiny.

— Je vais vérifier le calendrier et voir quand on pourra recommencer, lâcha Pip.

— Merci de nous avoir invitées, Jasna et moi, lança Henley au groupe.

— On aurait dû le faire avant, répliqua Owl. Tu fais partie intégrante du Refuge, Henley, et je ne suis pas sûr que nous aurions autant de succès aujourd'hui sans toi.

Elle rougit, souriant à toute l'assistance.

— Merci. Vous faites tous de cet endroit un lieu de travail parfait.

— Je ne sais pas si c'est le cas, nuança Spike en gloussant. Mais ce qui est sûr, c'est que nous avons tous eu des coups de moins bien.

Finn enjamba le tronc et prit doucement le coude de Henley dans sa main. Sur un petit signe du menton à ses amis, il la guida vers Jasna.

— Tu es pressé ? lui demanda Henley en se laissant entraîner.

— Je les connais. Ils t'auraient embringuée dans une conversation et il se serait écoulé trente minutes avant que tu ne trouves un moyen de t'en sortir poliment. Je n'ai pas besoin d'être poli, puisque ce sont mes amis et qu'ils connaissent mon côté distant.

Henley gloussa.

— C'est pratique, hein ?

— Oui, convint Finn, qui esquissa un bref sourire.

— Euh... c'est l'heure de partir ? demanda Jasna alors qu'ils approchaient.

— Oui. Et demain matin ne va pas tarder à arriver, lui dit Finn. J'espère que tu voudras m'aider au paddock.

— Parce que... ? demanda Jasna, les yeux pétillants d'intérêt.

— Je dois vérifier la clôture, m'assurer qu'il n'y a pas de points faibles ou d'endroits par où Scarlet pourrait s'échapper. Ça va être difficile, donc tu ne seras peut-être pas intéressée.

— Si, je suis intéressée ! s'exclama Jasna. À quelle heure ?

— À 7 h 30.

— Je serai là !

Sur quoi Jasna serra Finn dans ses bras avant de se détourner et de courir vers le chalet où elles passeraient la nuit.

Henley se tourna vers Finn pendant qu'ils cheminaient plus calmement derrière elle.

— Tu as vraiment besoin d'aide ? Ou as-tu inventé ces travaux dans le paddock ?

Finn haussa les épaules.

— Ça pourrait être repoussé, mais je me suis dit que puisqu'elle était là et qu'elle était partante, autant le faire maintenant.

Ils étaient arrivés au chalet. Entendant sa fille s'activer à l'intérieur, Henley se tourna vers Finn.

— Merci pour ce soir. J'ai adoré apprendre à connaître un peu mieux Alaska et passer du temps avec tes amis et toi.

— J'ai passé un bon moment moi aussi.

— Tu as l'air surpris, nota Henley.

— Un peu, reconnut honnêtement Finn. C'est devenu une sorte d'habitude de me cacher dans mon chalet tous les soirs. C'est plus facile. Mais Jasna et toi, vous m'avez donné envie d'essayer de sortir de la dépression où je me complais depuis si longtemps.

Le cœur de Henley se gonfla.

— Je suis heureuse, chuchota-t-elle.

— Non seulement ça... mais je pense qu'il est temps pour moi d'appeler un vieil ami à moi. Pour voir ce qu'il devient.

— Ah bon ? demanda Henley.

— Oui. On était partenaires chez les garde-côtes et quand on en est partis, je suis venu ici et il est allé dans une petite ville de Virginie. Crois-le si tu veux, il est devenu bibliothécaire.

Henley écarquilla les yeux.

— Vraiment ?

— Oui. Je ne sais pas comment l'appel va se passer. C'est probablement une idée stupide. Je n'ai aucune idée de ce que je vais lui dire.

— Et si tu commençais par « Salut » ? plaisanta Henley.

— Petite maligne, dit Finn en secouant la tête, avant de redevenir sérieux. Je ne sais pas si je peux être l'homme que tu mérites, Henley. Mais j'ai l'intention d'essayer.

— Tu n'as pas à être quelqu'un d'autre que toi-même, le rassura-t-elle. Parce que je t'apprécie, Finn. Un peu plus à chaque jour qui passe.

— Pareil pour moi, dit-il.

L'attraction jaillit entre eux et Henley serra les cuisses, essayant de contrôler son désir. Sa fille l'attendait dans le chalet, et tout le monde autour du feu pouvait les voir s'ils prenaient la peine de regarder dans leur direction. Mais Henley désirait Finn, elle n'avait aucun doute là-dessus. Leur attirance couvait sous la surface depuis un certain temps et, maintenant qu'ils commençaient à se rapprocher, il lui était de plus en plus difficile de ne pas poser les mains sur lui.

— J'ai envie de t'embrasser, murmura-t-il.

— Alors, vas-y, l'enjoignit-elle avec enthousiasme.

— Je ne peux pas t'embrasser comme je le voudrais ici, objecta Finn, l'air si mécontent que Henley dut se mordre les lèvres pour ne pas rire.

Mais elle reprit rapidement son sérieux en le regardant.

— Ça fait longtemps que je n'ai pas été dans une relation, lâcha-t-elle. Je ne sais plus quelles sont les règles en matière de rencontre de nos jours.

— Les règles en matière de rencontre ?

— Combien de temps une femme doit-elle attendre avant de se lancer ?

Aussi incroyable que cela soit, elle piqua un fard. Pourvu que Finn ne remarque pas le rouge qui envahissait ses joues !

Il lui sourit.

— La seule chose qui m'intéresse depuis des années, c'est de m'occuper des animaux du Refuge... jusqu'à ce qu'une certaine thérapeute attire mon attention. Je pense que nous pouvons établir nos propres règles, déclara-t-il. Nous ferons ce qui nous semble bon.

— Ça m'a l'air bien, approuva Henley en s'approchant pour se coller à lui.

— Oui, acquiesça Finn.

Il recula avec elle dans l'ombre à gauche de la porte du chalet. Puis il baissa la tête et l'embrassa. Toutes les terminaisons nerveuses du corps de Henley prirent vie et elle frissonna de la tête aux pieds.

Pendant qu'ils s'embrassaient, Henley oublia où ils se trouvaient. Que sa fille était à quelques pas. Que les résidents étaient toujours devant le feu. Elle ne pouvait penser à rien d'autre qu'au goût et à la sensation de Finn. Ils haletaient quand il releva la tête, quelques minutes plus tard.

Levant une main, il lui caressa la joue du bout des doigts.

— Tu n'as aucune idée de ce que je voudrais faire avec toi en ce moment, lâcha-t-il d'une voix proche du grognement.

— Si ça implique de se déshabiller et de me lécher de la tête aux pieds, si, je sais, répliqua Henley.

Elle éprouva un léger embarras avant qu'il ne s'étrangle doucement et ne dise :

— Tu brûles.

Ils se sourirent.

— On va le faire, chuchota-t-il.

— Oui. Et avec un peu de chance, bientôt.

— Quand a lieu le premier camp où Jasna va séjourner ? demanda Finn.

Était-ce fou ? Il n'y avait pas très longtemps qu'ils avaient tous les deux admis s'apprécier, qu'ils avaient commencé à s'envoyer des textos, à se parler davantage. Et à s'embrasser. Elle ne pouvait pas l'oublier. Pourtant, l'afflux d'émotions entre eux ne semblait pas fou. Ils se sentaient bien. Henley soupira.

— Dans quatre semaines.

— Un mois, résuma Finn avec un hochement de tête. Bien. C'est probablement une bonne chose. Ça nous donne plus de temps pour apprendre à nous connaître.

Il se parlait plus à lui-même qu'à elle et Henley trouvait ça adorable. De plus, il n'avait pas tort. C'était probablement une bonne chose de freiner un peu.

— Tu veux venir passer du temps avec nous dans mon appartement un jour ? demanda-t-elle un peu timidement. Je veux dire, ce n'est pas l'endroit le plus chic, mais nous...

— Oui, la coupa Finn.

Henley sourit.

— Cool.

— Et on pourra aussi regarder un film ou autre chose dans mon chalet du Refuge.

Henley hocha la tête.

— Quatre semaines, murmura-t-elle après avoir pris une profonde inspiration.

Même si ça n'avait pas vraiment calmé sa libido. Tout ce qu'elle sentait, c'était Finn. Son odeur de terre et de bois. C'était un mélange de foin, de feu de bois et de quelque chose de plus profond qui était tout à fait lui.

Finn lui posa une main dans la nuque et inclina sa tête vers lui.

— Quatre semaines, répéta-t-il. Ce n'est pas une aventure, lâcha-t-il sévèrement. Je n'ai jamais voulu me rapprocher de quelqu'un, jamais, comme je veux me rapprocher de toi.

— Moi de même, affirma-t-elle.

— Je l'ai déjà dit et je le répéterai encore : je ne te mérite pas. Mais je vais faire de mon mieux pour ne pas tout faire foirer.

— Ça n'arrivera pas.

Il lui lança un regard qui indiquait clairement son scepticisme, mais Henley n'insista pas. Elle lui montrerait par ses actes qu'il était digne d'être aimé.

— Peu importe l'heure à laquelle Jasna viendra à l'écurie demain. Inutile qu'elle se lève à l'aurore.

— Elle sera là, dit Henley.

— Assure-toi qu'elle ait mangé avant de venir. Si la clôture a besoin d'être réparée, ça va être un travail difficile.

— D'accord. Mais toi aussi.

— Moi aussi quoi ?

— Assure-toi de prendre un bon petit déjeuner.

Il la fixa un long moment d'un regard qu'elle ne sut interpréter.

— Quoi ?

— Cela fait un moment que personne ne s'est soucié de mon bien-être.

— Eh bien, tu vas devoir t'y habituer. Parce que je m'en soucie.

Finn acquiesça.

— Si ça ne te dérange pas, je pourrais venir chercher Jasna vers 7 h 15 ? On monterait au pavillon prendre quelque chose à manger avant de nous rendre à la grange pour les tâches matinales et la vérification de la clôture.

— Pourquoi ça me dérangerait ? demanda Henley, confuse.

Finn haussa les épaules.

— Je ne veux pas dépasser les bornes.

— Au contraire, elle adorerait ça.

— Très bien. Tu veux que je te rapporte une assiette ici quand on aura fini ? Comme ça, tu pourras dormir un peu.

Le cœur de Henley fondit un peu plus.

— Oui, s'il te plaît.

— D'accord. On se voit demain matin alors. Henley ?

— Oui ?

— J'ai passé un bon moment ce soir.

— Moi aussi.

— Et pour info... je serais le fils de pute le plus chanceux du monde si tu étais à moi et que tu venais vivre ici avec moi.

Et sur cette incroyable déclaration, il se pencha, l'embrassa une fois de plus, puis se retourna et se dirigea vers la grange.

Elle n'était pas surprise qu'il passe voir les animaux une fois de plus avant de s'installer pour la nuit. Mais elle n'en revenait pas de ses derniers mots. Il avait manifestement entendu le commentaire d'Alaska, un peu plus tôt. Elle aurait dû être embarrassée, mais comment l'aurait-elle pu quand elle entendait la mélancolie et le sérieux dans son ton ?

Sur un petit nuage, elle rentra informer Jasna des plans pour la matinée.

* * *

Christian Dekker était allongé, immobile, dans les arbres, non loin du feu de camp du Refuge. Il était devenu bon quand il s'agissait de se faufiler dans les bois. Il avait appris à rester immobile pendant des heures pendant qu'il traquait sa proie... exactement ce qu'il faisait maintenant.

Il était facile de passer inaperçu des hommes et des femmes rassemblés autour du feu, car leur vision était amoindrie par la lumière vive. Même s'ils se tournaient du côté des arbres, ils ne le verraient jamais.

Sa cible était la femme. Ce n'était pas le moment de passer à l'action, il devait d'abord effectuer un peu plus de reconnaissance. Il avait besoin d'apprendre tout ce qu'il y avait à savoir sur elle. Il l'observait secrètement depuis quelques semaines déjà.

Et ce soir, il avait décidé que la meilleure façon de l'emmerder et de la faire souffrir, c'était de lui enlever la chose la plus importante de sa vie.

Dans l'obscurité et le silence des bois, il se remémora ses treize ans, peu de temps avant qu'elle le confie à quelqu'un d'autre. Le jour où il l'avait entendue parler de lui à ses parents, pour leur recommander une thérapie intensive en milieu hospitalier. Elle voulait lui ôter tout contrôle, l'éloigner de sa famille. Non qu'il aime ses parents ou sa sœur. Il ne les aimait pas. Mais personne d'autre que lui n'avait le droit de prendre des décisions sur sa vie. Surtout pas une salope de thérapeute qui pensait savoir ce qui était le mieux pour tout le monde.

Les yeux de Christian suivirent la fille qui se déplaçait autour du feu. En riant. Sans se douter qu'un prédateur l'observait. L'excitation montait en lui alors qu'il établissait des plans dans sa tête. La fille serait sa première.

Son premier meurtre humain.

Il devait l'exécuter parfaitement. Il devait s'assurer que personne n'apprenne ou ne fasse obstacle à ses plans. D'abord, il rassemblerait les objets nécessaires pour la soumettre et la torturer.

Elle le supplierait de la tuer avant qu'il n'ait terminé.

Christian observa sa proie jusqu'à ce qu'elle entre dans un chalet. Il savait déjà que la thérapeute et sa fille ne passaient pas souvent la nuit ici, dans la cambrousse, ce qui était une bonne chose. Il devait déterminer leur emploi du temps. S'assurer de frapper au bon moment.

Quand la salope et son copain s'embrassèrent sous le porche, Christian ne ressentit rien. La seule envie qu'il avait, c'était celle du sang. Pas du sexe.

Il s'éclipsa aussi silencieusement qu'il était arrivé, sans que personne s'en aperçoive, retournant à sa voiture – ses parents ne voulaient pas qu'il en possède une, mais il les avait malmenés au point qu'ils avaient cédé, malgré leurs réticences. Ils pensaient sans doute que s'il avait un véhicule, il serait moins souvent à la maison. Il lui fallut un certain temps pour revenir à l'endroit où il l'avait laissée, le long d'une route isolée, mais cela n'avait pas d'importance. Personne ne l'attendait. Il n'avait pas de couvre-feu. Il faisait ce qu'il voulait, quand il voulait.

Ses parents étaient pétrifiés en sa présence, exactement comme Christian le souhaitait. Il était maître de son destin et, après avoir goûté à la joie de prendre une vie humaine pour la première fois, il mettrait cette putain de ville dans son rétroviseur. Il trouverait facilement des victimes dans une métropole. Des gens jetables. À commencer par les

SDF et les prostituées. Ils ne manquaient jamais à personne. Il perfectionnerait sa technique, puis irait peut-être à Los Angeles. Éventuellement à Chicago ou à New York. Le monde était à lui. Il pourrait aller où bon lui semblerait.

Peu de temps après, Christian souriait en regagnant la ville. Sa vie entière était devant lui, et il était plus que prêt à commencer. Mais il allait d'abord s'occuper de ses affaires ici, à Los Alamos. Montrer à cette salope à quel point elle l'avait sous-estimé.

CHAPITRE 8

Quatre semaines. Mon Dieu, qu'est-ce qui lui avait pris ? Tonka n'était pas sûr de pouvoir tenir quatre jours avant d'être avec Henley. Le sexe n'avait jamais été une grande affaire dans sa vie. Oui, il avait eu des expériences agréables, mais il n'en a jamais eu besoin à proprement parler. Depuis ce premier baiser, cependant, il brûlait d'être près de Henley en permanence. Il avait l'impression d'être à l'étroit dans sa peau. Et il ne s'était jamais autant masturbé qu'au cours des deux dernières semaines, depuis la nuit du feu de camp.

Être tout près de Henley, c'était à la fois le paradis et l'enfer. Grâce à elle, il avait l'impression de redevenir l'homme qu'il avait été. Avant qu'il n'apprenne ce qu'était le vrai mal. Il souriait plus. Il était plus sociable. Et il avait plus ri ce dernier mois que depuis qu'il avait quitté les garde-côtes.

Henley était drôle, positive et incroyablement altruiste. Elle faisait passer tout le monde avant elle. Les résidents, car elle voulait toujours s'assurer qu'ils allaient bien émotionnellement. Jasna, bien sûr. Ses amis, et même les autres employés du Refuge. Elle avait toujours un mot gentil à adresser à ses collègues, un compliment sur la propreté des chambres ou du pavillon, sur la beauté de l'aménagement paysager, sur la nourriture délicieuse... même sur la façon dont les pierres de cette satanée allée étaient disposées.

S'agissant de lui, Tonka avait réalisé qu'elle était plus en phase avec lui que n'importe quelle personne qu'il ait rencontrée. Il avait ses bons et ses mauvais jours. Avoir Jasna dans la grange avec lui, les jours où elle était là, s'avérait une distraction efficace, qui l'aidait à gérer la merde dans sa tête. Mais Henley semblait toujours savoir quand il traversait une journée difficile. Elle envoyait Jasna suivre l'un des autres employés, lui donnant le temps et l'espace dont il avait besoin pour tenter de surmonter ses démons.

Il avait évité de parler de ce qui lui était arrivé pendant si longtemps que c'était maintenant une habitude de fuir toute situation qui pourrait l'amener à y penser.

Un jour, alors qu'il assistait à une séance de groupe, Tonka s'était dit qu'elle pourrait l'aider. L'idée de revivre ce qui s'était passé en partageant son histoire était physiquement douloureuse, mais s'il devait parler à quelqu'un, ce serait à Henley.

— Salut, murmura-t-elle en s'appuyant contre la porte de la grange.

Tonka sursauta et se tourna vers elle.

— Désolé, je ne voulais pas te faire peur. Je pensais que tu m'avais entendue.

Tonka mit de côté la pelle qu'il avait utilisée pour nettoyer le box d'un cheval et se dirigea vers Henley. Elle se redressa un peu. Sans dire un mot, ni « bonjour » ni « ça va » ou quoi que ce soit d'autre, il prit simplement le visage de Henley dans ses mains et l'attira vers lui. Puis il l'embrassa. Longuement, profondément. Lui disant sans paroles à quel point il était heureux de la voir.

Le temps qu'il se force à relever la tête, les mains de

Henley étaient à plat contre son torse, ses ongles enfoncés dans sa peau, ses joues rosies. Le soupçon de décolleté dans le chemisier à col en V qu'elle portait l'obligea à déployer de gros efforts pour ne pas enfouir son nez dans l'alléchante zone de peau qu'il découvrait à cet endroit.

— Finn, haleta-t-elle.

Tonka aimait la consonance de son prénom sur ses lèvres. Jusqu'à récemment, il n'avait pas compris pourquoi Alaska appelait Brick uniquement par son vrai nom. Il y avait quelque chose de personnel et de réconfortant à ce que Henley et Jasna soient les seules à l'appeler Finn.

— Tu m'as manqué, lâcha-t-il.

Elle sourit.

— Tu as passé la soirée d'hier chez moi, avec Jasna, lui rappela-t-elle.

Tonka haussa les épaules.

— Ça fait dans les douze heures.

Voilà qu'il devenait sentimental, impossible de s'en empêcher.

— Ça se passe bien pour Jasna dans son camp d'art ? Elle semblait tout excitée par leur projet du jour.

Il n'avait pas lâché son visage. Il en était incapable.

— Oui. Ils vont réaliser des sculptures avec des éléments qu'ils trouvent dans la nature et elle n'arrêtait pas de répéter qu'elle allait voir si elle parviendrait à réaliser un portrait de Scarlet avec des bâtons, des pierres et de la mousse, répondit Henley avec un sourire. Beaucoup d'enfants de douze ans se moqueraient de ce genre de choses, penseraient probablement que c'est trop enfantin, mais je suis heureuse qu'elle puisse encore trouver du plaisir dans des choses aussi simples. Qu'elle ne soit pas complètement folle des garçons.

Tonka fronça les sourcils en imaginant Jasna sortir avec quelqu'un.

Comme si elle pouvait lire dans ses pensées, Henley gloussa.

— Ne t'inquiète pas, à mon avis, les rencards ne sont pas pour tout de suite.

— Quand ce sera le cas, tu devras amener les garçons qui l'intéressent ici, qu'on leur fasse bien comprendre que s'ils ne traitent pas Jas comme de l'or, ils auront affaire à nous.

À son grand étonnement, il vit les yeux de Henley s'emplir de larmes.

— Quoi ? demanda-t-il. Qu'est-ce qu'il y a ? Je vais trop vite ? Je suis désolé, je...

Mais Henley secoua la tête pour l'interrompre.

— Non ! C'est juste que... On a été seules pendant si longtemps. L'idée que Jasna a des hommes comme tes amis et toi pour veiller sur elle m'a prise au dépourvu. Dans le bon sens du terme.

Tonka retira les mains de son visage, l'enlaça et la conduisit dans le bureau. Normalement, il aurait été ennuyé par une interruption en plein milieu de son travail. Mais Henley pouvait l'interrompre à tout moment, et il laissait tomber tout ce qu'il faisait pour lui parler. Pour s'assurer qu'elle allait bien.

Il la fit asseoir sur le canapé, celui où Jasna avait dormi lorsqu'elle avait été malade, la première fois qu'elle était venue ici et où lui-même avait dormi plus d'une fois, simplement parce qu'il ne voulait pas retourner dans son chalet vide. Il s'agenouilla devant elle et posa les mains sur ses genoux. Elle les recouvrit immédiatement des siennes.

— Le père de Jas ne t'aide pas ? Pas du tout ? demanda-t-il.

Il le soupçonnait depuis longtemps, mais il voulait en savoir plus sur le passé de Henley et ne savait pas trop par où commencer.

Henley secoua la tête.

— Quand mon père est mort, j'ai eu du mal à trouver ma place dans le monde. J'étais encore un peu en colère pour tout ce qui m'était arrivé. Je voulais désespérément être aimée, me sentir en sécurité, et j'essayais d'atténuer le stress de l'université. J'enchaînais les relations toxiques. Le père de Jasna et moi sortions ensemble depuis environ deux mois, et la seule chose à laquelle il était bon, c'était le sexe... Euh... désolée... tu ne veux probablement pas entendre cette partie. Bref, je lui avais dit que je ne prenais pas de contraception. Les pilules interféraient trop avec mes hormones et je n'aimais pas l'idée d'un stérilet. Il se plaignait toujours de devoir porter un préservatif. Et une nuit... je suppose qu'on était tous les deux trop saouls pour vraiment réfléchir. Je suis autant à blâmer que lui.

Elle haussa les épaules.

— Après, quand on a réalisé ce qu'on avait fait, il n'était pas inquiet. Selon lui, j'étais paranoïaque. Le sexe était meilleur sans préservatif. Bien sûr, je redoutais de tomber enceinte, mais je n'étais pas non plus ravie parce que nous n'étions pas un couple exclusif. J'ignorais le nombre de femmes avec qui il couchait sans protection. Quand j'ai réalisé que j'étais enceinte, il m'a dit sans ambages qu'il ne voulait pas être père et que je ne pouvais pas prouver que c'était son enfant.

— Bien sûr que si, répliqua Tonka avec dégoût. Un test de paternité aurait pu lever le doute en un clin d'œil.

— Je sais, mais honnêtement, j'étais plutôt soulagée. Et j'avais couché avec mon lot d'hommes avant lui, admit-elle, un peu penaude.

— N'empêche que c'est un connard, conclut fermement Tonka.

— J'aurais pu me battre contre lui, le forcer à payer une pension alimentaire, mais l'avoir dans ma vie pendant les dix-huit prochaines années n'aurait fait qu'apporter plus de stress qu'autre chose, j'ai donc décidé d'élever Jasna toute seule. Je ne voulais pas non plus d'un homme comme lui autour de mon enfant. Il n'était probablement pas juste de refuser à Jasna une figure masculine dans sa vie, même absente. Cela dit, je pense toujours que j'ai fait le bon choix. Je savais que ce ne serait pas facile d'être mère célibataire, mais j'ai aimé mon bébé de tout mon cœur dès que j'ai réalisé que j'étais enceinte. J'ai aussi arrêté d'utiliser le sexe pour gérer mon stress et ma douleur. Jasna est toute ma vie depuis que j'ai appris son existence. Je ferai tout ce qu'il faut pour qu'elle soit en sécurité. J'ai même pris ce travail à Los Alamos parce que ça me semblait plus sûr que de vivre dans une très grande ville.

— Tu as fait un travail remarquable avec elle jusqu'à présent, dit aussitôt Tonka. Jas est belle, attentionnée, intelligente, altruiste, et tu peux être fière, très, très fière, de la jeune femme qu'elle est en train de devenir.

— Finn, murmura Henley.

Tonka se releva et s'assit sur le coussin à côté d'elle pour prendre ses mains dans les siennes et ajouter avec le plus grand sérieux :

— Ce n'est probablement ni l'heure ni l'endroit pour avoir cette discussion, mais merde ! Je suis baba d'admiration devant toi. Tu t'es démenée pendant des années pour offrir à Jas un environnement sûr et heureux où grandir. Et pour ce qui est de ce que ce connard a dit, que le sexe était meilleur sans préservatif, il a tort. Je suis bien persuadé qu'être en toi sera la chose la plus incroyable que j'aie jamais vécue. Ça ne me dérange pas d'être celui qui prend en charge le contrôle des naissances dans notre couple. Je n'oublierai jamais de porter une capote avec toi. Ce sera un honneur pour moi de te protéger.

Elle cligna plusieurs fois des yeux, puis elle lâcha :

— Comment se fait-il que tu sois toujours célibataire ?

— J'ai mes humeurs. Il y a des jours entiers où je ne veux même pas parler à qui que ce soit. J'aime les animaux plus que les gens. Je vis comme un ermite. Je suis…

Mais Henley le coupa avant qu'il ne puisse continuer.

— Tu es loyal, prévenant, protecteur, doux, magnifique, et tu me rends heureuse du simple fait de ta présence à côté de moi. Je n'attends pas de toi que tu sois parfait, et j'espère que tu n'attends pas ça de moi non plus.

— Tu sais que ce n'est pas le cas…

— Bien. Donc, nous avons eu quelques années pour apprendre à nous connaître et, pendant tout ce temps, je n'ai pas une seule fois eu peur de toi ni regretté de passer du temps avec toi. En fait, je voulais désespérément passer du temps avec toi, mais je ne savais pas comment faire pour que ça arrive. Maintenant qu'on a enfin admis l'attirance qui existe entre nous… Je suis plus heureuse que je l'aie été depuis longtemps, Finn.

— Je ne suis plus sûr de savoir ce qu'est le bonheur. Tout ce que je sais, c'est que je me sens inquiet et déstabilisé tant que vous n'êtes pas là. Et à la seconde où vous repartez, ce sentiment revient jusqu'à ce que je vous revoie et sache avec certitude que vous êtes heureuses et en sécurité, Jasna et toi.

Elle inclina la tête pour l'étudier en silence.

— Quoi ? demanda-t-il.

— J'ai envie de dire quelque chose, mais ne va pas penser que j'enfile ma casquette de thérapeute et que je t'analyse.

Les lèvres de Tonka frémirent.

— Vas-y. Dis-le. Je te promets que cette pensée ne me traversera pas l'esprit.

— Je pense que tu éprouves ça à cause de ce qui est survenu dans ton passé.

Il hocha lentement la tête.

— Tu n'as pas besoin de m'en parler, mais je comprends, Finn. Je comprends. Après le meurtre de ma mère, j'avais peur chaque fois que je perdais mon père de vue. Chaque fois qu'il devait aller travailler, même des années après le meurtre, je me sentais physiquement malade jusqu'à ce que je le revoie. Je voudrais te dire que rien ne m'arrivera, mais je ne peux pas, admit-elle tristement. Cela étant, je suis prudente. Je suis une femme seule avec une petite fille. J'ai dû faire plus attention à ce qui m'entoure, vu la façon dont le monde fonctionne.

Tonka prit une profonde inspiration et hocha la tête.

— Je sais. Mon cerveau sait que tu es une femme adulte qui se débrouille seule depuis longtemps. C'est juste que... je ne pourrais pas supporter que quelque chose t'arrive. J'ai dû rester là et regarder un être cher souffrir, et je ne pourrai pas revivre ça.

Il n'avait jamais été aussi près de partager ce qui s'était passé en ce jour horrible, si longtemps auparavant et, étonnamment, les souvenirs affreux n'étaient pas plus nombreux que ceux qu'il avait déjà dans la tête et le cœur.

Henley demeura silencieuse pendant de longues secondes, mais elle serra sa main un peu plus fort, avant de lâcher finalement :

— J'espère qu'un jour tu pourras partager ce qui s'est passé. Si ce n'est avec moi, avec quelqu'un en qui tu as confiance.

— Je te fais confiance, répliqua aussitôt Tonka, désireux de l'en persuader.

Elle lui sourit, puis changea heureusement de sujet.

— Et j'apprécie que tu ne fasses pas tout un plat à propos des préservatifs.

— Bien sûr que non, confirma-t-il. Ce serait stupide de notre part de nous engager dans une relation sans les utiliser. Mais encore une fois, même lorsque nous serons à l'aise l'un avec l'autre et que notre relation progressera, comme je l'espère, je continuerai à utiliser des protections tant qu'on n'aura pas décidé de trouver une autre méthode de contraception ou choisi d'avoir des enfants ensemble.

Elle prit une brusque inspiration.

— Tu veux des enfants ? demanda-t-elle.

Tonka haussa les épaules.

— Honnêtement ? Avant toi, j'aurais répondu : « non ». Je ne voulais plus jamais être responsable d'un autre être sans défense. Mais maintenant que j'ai appris à mieux vous connaître, Jasna et toi, je pense que... peut-être.

Il était conscient d'avoir laissé échapper un indice important sur ses démons personnels, mais, soudain, il ne lui semblait plus aussi crucial de garder la mémoire de Steel enfermée.

— C'est presque accablant de penser à élever à nouveau un enfant, après toutes ces années... mais, comme tu l'as dit, avec la bonne personne à mes côtés, je ne pense pas que ce serait aussi difficile. Donc, pour moi aussi, c'est un peut-être.

Tonka approcha l'une de ses mains de sa bouche et l'embrassa.

— Je pense que ce serait une bonne idée d'arrêter de parler de sexe et de bébés. Je ne vais pas te faire l'amour pour la première fois dans la grange, dit-il. Tu as probablement du travail à faire, et j'ai de la merde à pelleter.

— Oh oui, pas mal pour tuer l'ambiance, dit Henley en levant les yeux au ciel.

Tonka gloussa. Comme toujours, son rire était un peu rouillé, mais ça faisait du bien. Il se leva, entraînant Henley avec lui. Puis il l'embrassa à nouveau. Leurs mains se promenaient librement et le simple fait de sentir ses courbes sous ses paumes l'excitait et mettait sa maîtrise à rude épreuve.

Elle avait glissé une main sous sa chemise, qui lui caressait un téton, tandis que l'autre lui palpait une fesse. Pour ne pas demeurer en reste, il avait écarté le col de son chemisier et suivait le bord de son soutien-gorge avec son pouce, tout en la maintenant contre lui de son autre main, passée dans sa nuque.

Quand ils s'écartèrent enfin et se regardèrent, aucun d'eux ne retira sa main. Tonka ne trouva pas la force d'arrêter le mouvement de son pouce sur sa peau laiteuse. Il baissa les yeux, voulant poser la bouche là où s'était tenue sa main plus qu'il avait voulu quoi que ce soit depuis très longtemps.

— Deux semaines, haleta-t-elle, comme pour se le rappeler à elle-même, autant qu'à lui.

Tonka aimait savoir qu'elle le désirait aussi fort. L'attente était une sorte d'aphrodisiaque pour eux. Si elle avait posé la main sur sa queue à cet instant précis, il aurait explosé en quelques secondes. C'était une chose de se masturber, mais qu'elle le touche serait une expérience complètement différente. Quelque chose qu'il brûlait de ressentir.

— Je ne suis pas avec toi pour le sexe, lui souffla-t-il alors que son pouce continuait lentement à aller et venir. Si tu me disais qu'il était hors de question qu'on couche ensemble, je voudrais quand même être avec toi.

Le sourire timide qu'elle lui adressa le fit craquer.

— Pareil pour moi. Bien que pour info... je n'ai aucune intention de m'abstenir de coucher avec toi. Je te désire, Finn. Et tu dois savoir... que j'aime le sexe. Beaucoup.

Tonka gémit.

— OK. Là, il va falloir qu'on arrête sur le sujet.

Ce fut elle qui gloussa, cette fois, et lui malaxa encore plus fermement une fesse, avant de retirer sa main de sous sa chemise, tout en s'assurant de bien frôler chaque centimètre carré de son ventre.

— Qu'est-ce qu'on a prévu pour après le travail ? demanda-t-elle.

Pendant un moment, Tonka eut envie de lui demander si elle voulait aller dans son chalet, mais il jugea que ce n'était probablement pas intelligent. Il aimait être seul avec elle, seulement ils ne seraient pas capables de garder leurs mains pour eux. Et même si Jasna dînait à son camp, il fallait aller la chercher à 18 h 30. C'était loin d'être suffisant pour que Tonka fasse ce qu'il voulait avec Henley. Surtout pour leur première fois.

— Robert et Luna préparent un dîner néo-mexicain ce soir. *Enchiladas* aux piments rouges, ragoût de piments verts, *chiles rellenos*, *chicos*, *carne adovada* et *sopaipillas* et pain *horno* pour le dessert.

— Oh, mon Dieu ! Je crois que j'ai pris cinq kilos rien qu'en t'entendant détailler le menu, gémit Henley.

— Donc tu veux rester ici et manger avec moi et les autres, avant d'aller chercher Jas ?

— J'en serais ravie. Tu veux venir la chercher avec moi ? Tu pourras passer un moment à l'appartement avec nous ensuite.

Tonka avait prévu de commencer à travailler sur le nouvel appentis qu'il voulait installer dans le paddock, afin que les animaux puissent avoir de l'ombre en été et être protégés de la neige en hiver, mais passer du temps avec Henley et sa fille semblait beaucoup plus amusant.

— Oui.

— Finn ?

— Oui ?

— Les gens aiment dire que notre passé ne nous définit pas, mais ils ont tort. Il nous détermine bel et bien. Ce qui se passe dans nos vies nous façonne et nous devenons ce que nous sommes aujourd'hui. Et toi, mon cher, tu es un sacré bonhomme.

Ces mots lui pénétrèrent l'âme et il se sentit dix fois plus léger.

— File, ordonna-t-il d'un ton un peu bourru. Sinon, la première fois qu'on fera l'amour, ce sera ici et maintenant dans cette grange, où n'importe qui pourrait entrer et nous déranger.

Elle sourit, faisant semblant de réfléchir à l'opportunité de mettre sa menace à exécution

— À plus tard, dit-elle en reculant enfin, mais sans se départir de son sourire.

La gorge de Tonka était si serrée qu'il fut incapable de répondre. Alors il lui adressa un petit coup de menton et resta planté là, longtemps après qu'elle eut disparu. Quand il fut enfin en mesure de contrôler ses émotions et son corps, il prit une grande inspiration et retourna au box qu'il était en train de nettoyer quand elle était arrivée.

Il s'en voulait d'avoir mis si longtemps pour indiquer à Henley qu'il était intéressé, mais là encore, il n'était plus le même homme que lors de l'embauche de la thérapeute. À l'époque, il n'aurait même pas envisagé de s'ouvrir à elle.

Maintenant, il considérait que Henley et lui avaient plus de chances que la moyenne de se bâtir un avenir ensemble.

Qu'est-ce qui avait changé ? La perte de Steel s'était éloignée dans le temps, ce qui était probablement le plus gros facteur. Et il avait vu à quel point Brick était heureux avec Alaska. Si son ami pouvait surmonter la perte de toute son équipe de SEAL – et sa culpabilité de ne pas avoir pu les sauver – suffisamment pour construire une relation saine avec la femme qui avait été son amie pendant la majeure partie de sa vie, cela donnait à Tonka l'espoir d'être un jour capable d'avoir une relation saine lui aussi.

Puis il y avait Jasna. Comment pouvait-il continuer à réprimer ses émotions alors que la jeune fille ne cessait de lui répéter combien elle était heureuse ? De lui montrer sans mots à quel point elle aimait passer du temps avec lui et les animaux qu'il aimait ?

Ces deux-là lui avaient ouvert leur cœur… et ça ne faisait pas aussi mal que Tonka l'avait craint. Bien sûr, être près d'elles n'avait pas fait disparaître toutes ses inquiétudes. Il y avait autant de gens mauvais dans le monde maintenant qu'avant. Et Henley et Jasna pouvaient lui être enlevées aussi facilement que Steel l'avait été.

Mais la différence, c'était qu'il allait se battre jusqu'à la mort, sa propre mort cette fois, pour s'assurer qu'elles étaient en sécurité. Contrairement à précédemment… quand tout ce qu'il avait pu faire, ça avait été d'assister à la torture et à la mort de Steel. Il se promettait désormais de se battre contre toute personne qui oserait poser un doigt sur un être qu'il aimait. Et ça incluait chaque animal du Refuge. Même les chèvres capricieuses qui l'irritaient plus souvent qu'à leur tour.

Et si un de ses amis était menacé ? Il irait en enfer et en reviendrait pour se tenir à leurs côtés.

Secouant la tête comme s'il pouvait chasser ces idées noires de son esprit, Tonka ramassa la pelle qu'il avait posée plus tôt contre le mur et fit de son mieux pour se concentrer sur la tâche à accomplir.

CHAPITRE 9

Une semaine.

Henley se dit qu'elle pouvait tenir une semaine de plus. Sept jours. Dix mille minutes. Six cent quatre mille secondes.

Elle soupira. Il était de plus en plus difficile de ne pas céder, pour dire à Finn qu'elle ne voulait pas attendre que Jasna soit à son camp de vacances pour qu'il lui fasse l'amour.

Le centre aéré de la semaine dernière avait été un succès. Jasna s'était vraiment amusée. Elle avait même rencontré une fille, Sharyn, avec qui elle avait sympathisé. Elles s'étaient retrouvées un soir de la semaine, pour aller voir un film... Henley et Finn s'étaient installés au fond de la salle, pour garder les deux jeunes filles à l'œil. Ce qui était bien, c'était que Sharyn allait aussi dans la même colonie que Jasna à la fin de l'été. Henley espérait que leur relation continuerait à se développer, car toutes les deux avaient le même âge et seraient ensemble en sixième au collège à l'automne.

Quant à son propre travail... aujourd'hui, pour changer,

Spike et Pip avaient organisé une sorte de « journée d'appréciation » pour les employés. Le pavillon avait été interdit aux résidents pendant deux heures afin que chacun puisse se détendre et ne pas s'inquiéter d'être « requis » pendant un court moment.

Pour être honnête, le Refuge n'avait pas des milliers d'employés, mais le travail y était d'autant plus intime. Les neuf employés, outre les sept propriétaires, étaient tous présents : Henley, Carly, Jess, Ryan, Savannah, Luna, Robert, Hudson et Jason. Alaska avait également été incluse parmi les employés, même si Brick et elle avaient bel et bien prévu de se marier.

Les gars leur avaient offert à chacun un énorme panier rempli de friandises, de chèques cadeaux et même d'argent. Spike avait commandé un gâteau dans une boulangerie en ville et également prévu un repas, au grand dam de Robert.

Jasna était là, ravie d'avoir été incluse à la fête. Gratifiée de son propre panier cadeau, elle papillonnait dans la pièce, parlant aux hommes et aux femmes qu'elle avait appris à connaître ces dernières semaines.

Le regard de Henley s'accrocha à celui de Finn, de l'autre côté du pavillon, et il lui sourit. Chaque fois qu'elle levait les yeux, il la regardait. Si quelqu'un d'autre avait été aussi attentif à chacun de ses mouvements, elle l'aurait probablement traité de harceleur et aurait eu peur. Mais elle ne pouvait lui en vouloir de suivre ses déplacements, puisqu'elle faisait la même chose avec lui. On aurait dit des aimants, constamment attirés l'un vers l'autre.

Et bien sûr, les étincelles entre eux ne faisaient que s'intensifier à chaque jour qui passait. Elle apprenait à mieux connaître l'homme chaque fois qu'ils parlaient et n'avait pas encore trouvé une seule chose qui la rebutait. Oui, il avait des démons dans son passé, mais elle aussi.

C'était peut-être un vœu pieux de sa part, mais elle ne pouvait s'empêcher de remarquer que plus elle passait de temps avec Finn, plus il s'ouvrait à elle. Certes, elle ne savait toujours pas exactement ce qui lui était arrivé, mais elle avait glané assez d'informations pour comprendre qu'il avait perdu son partenaire canin, Steel, lors d'un horrible événement. Il se sentait très coupable de ce qui s'était passé et, par conséquent, il avait cessé d'interagir avec... à peu près tout le monde. Il préférait la compagnie des animaux à celle des gens.

Cependant, il changeait lentement et sûrement sous ses yeux. Il faisait plus d'efforts pour passer du temps avec ses amis au pavillon et il ne semblait plus aussi mal à l'aise en présence des résidents ou lors d'événements sociaux comme celui-ci.

— Alors... Tonka et toi ? demanda Ryan.

Henley ne prit même pas la peine de nier. Pour quoi faire ? Elle n'avait pas honte de sortir avec Finn et ni lui ni elle n'avaient de raison de garder leur relation secrète. Surtout vis-à-vis des hommes et les femmes qui travaillaient à leurs côtés.

— Oui, confirma-t-elle en entendant la fierté dans sa propre voix.

— Vous êtes adorables ensemble. Et il est extra avec Jasna.

— C'est vrai. C'est une chouette gamine, pourtant même moi je suis parfois submergée par toutes ses questions. Et il y répond sans jamais avoir l'air de s'énerver.

— Elle pose en effet beaucoup de questions, convint Ryan avec un petit rire.

— Désolé si elle t'a dérangé, dit Henley, en plissant le nez.

— Oh non, pas du tout. J'aime quand elle participe. Avec elle, la journée passe bien plus vite.

— En tout cas, si jamais elle te ralentit ou si tu n'es pas d'humeur, n'hésite pas à le dire.

— Elle est géniale. Je t'assure. Pas besoin d'avoir la science infuse pour être femme de ménage.

Henley jaugea son interlocutrice d'un regard neuf. Lorsque Ryan avait été embauchée, quelques semaines plus tôt, Henley avait immédiatement pensé qu'elle ne correspondait pas à l'idée qu'on se faisait d'une postulante à un emploi de femme de chambre dans un motel.

C'était un stéréotype, elle le savait... mais depuis qu'elle fréquentait la retraite, les hommes et les femmes qui avaient occupé et quitté le poste avaient tous passé du temps au Refuge tout en cherchant quelque chose de mieux payé. C'était généralement un travail à court terme. Carly et Jess avaient elles aussi admis qu'elles n'envisageaient pas d'occuper le poste à long terme. Carly travaillait pour arrondir ses fins de mois pendant qu'elle étudiait et Jess n'avait pris ce travail qu'après le licenciement de son mari, pour maintenir leur famille à flot jusqu'à ce qu'il retrouve un emploi.

Ryan n'avait pas révélé grand-chose sur son passé ni sur les raisons de sa présence ici. Elle avait dit être heureuse de ce travail et répété qu'elle aimait l'atmosphère des lieux. Elle était quelque peu mystérieuse, en fait, ce qui rendait Henley encore plus curieuse à son sujet.

— Alors... et toi ? Tu as des vues sur quelqu'un ? Tu as déjà un petit ami ?

Ryan s'esclaffa.

— Oh non. Je suis célibataire et heureuse comme un poisson dans l'eau.

Mais quelque chose dans ses yeux démentait ses paroles insouciantes.

— Oh, allez, nous sommes entourées de magnifiques célibataires. Et tu me dis qu'aucun d'eux n'a retenu ton attention ? Pip a le côté motard ; or qui n'a jamais fantasmé d'être à l'arrière d'une moto conduite par un motard sexy ? Sans parler de son accent britannique. Sinon, il y a Stone, avec ses lunettes et son air érudit. Oh, attends ! Je sais, tu te languis de Tiny. Joli garçon, mais avec d'énormes muscles, la taquina Henley.

À sa grande surprise, Ryan rougit. Son regard se dirigea brièvement vers la droite, où se trouvait Tiny, qui parlait à Luna.

— Ahhhh, c'est donc Tiny que tu as dans ton viseur, constata Henley en souriant.

Ryan baissa aussitôt les yeux, avant de regarder à nouveau Henley.

— Non. Je n'ai d'yeux pour personne. J'aime être célibataire. Je peux faire ce que je veux, aller où je veux...

Il y avait presque un soupçon de désespoir dans le ton de cette femme et Henley comprit qu'elle l'avait assez asticotée. Elle ne voulait pas mettre Ryan mal à l'aise. Ses années comme thérapeute lui avaient appris quand il fallait se retirer.

— Tant mieux pour toi, dit-elle, avant de changer de sujet. Je sais qu'Alaska était ravie que tu puisses commencer aussi vite. Après le départ précipité d'Alexis, Jess et Carly ont dû faire des heures supplémentaires pour ne pas se laisser déborder.

— J'adore cet endroit. C'est tellement beau.

Henley hocha la tête.

— C'est vrai. C'en est presque ridicule.

Les deux femmes sourirent, sur la même longueur d'onde.

— Ryan, je peux t'embêter une seconde ? demanda Alaska en approchant.

— Bien sûr, qu'est-ce qu'il y a ?

— Tu as été vraiment cool de m'aider la semaine dernière, quand l'ordinateur de la réception a fait des siennes. Tu sembles vraiment t'y connaître en électronique. Mon téléphone portable a cessé de sonner hier... ou de faire un quelconque bruit, en fait. Je ne reçois pas non plus de notifications, même si tous les paramètres semblent corrects. J'ai déjà vérifié que je ne m'étais pas mise en mode silencieux par mégarde, et ce n'est pas le cas. Maintenant, je suis frustrée parce que je ne veux pas manquer les textos ou les appels des résidents pendant que je travaille, pourtant c'est déjà le cas.

— Je suis sûre que c'est quelque chose de simple, dit Ryan en lui tendant la main.

Alaska y plaça le téléphone avec un soupir de soulagement.

— Bon, j'aurais pu le demander à Jasna, parce que les enfants de nos jours semblent être des experts pour tout ce qui a trait à la technologie, mais je n'en ai pas encore eu l'occasion.

— Je ne dirais pas que je suis une experte, nuança Ryan, mais... voilà. C'est réparé.

— Sérieusement ? s'étonna Alaska, en reprenant son téléphone. Il t'a fallu seulement deux secondes ! Qu'est-ce qui clochait ?

Ryan rit.

— Eh bien, tu avais activé la fonction « ne pas déranger ». Dans ce cas-là, une petite icône de lune s'allume sur l'écran d'accueil.

— Oh ! J'ai vu ça, mais j'ai pensé que c'était une icône me montrant que mon alarme était réglée.

Henley éclata cette fois de rire, imitée par Ryan.

— Eh non...

— Je te jure, je ne sais pas comment je peux être si bonne dans les tâches administratives, même avec le site web, mais si nulle avec des trucs comme ça. En tout cas, merci beaucoup !

— De rien, répondit Ryan avec un large sourire.

Alaska retourna vers Brick et Henley ne put s'empêcher de regarder une fois de plus vers Finn. Comme toujours, comme s'il sentait son regard, il tourna la tête et lui sourit.

— Vous êtes trop mignons, commenta Ryan avec un autre rire. Bon, c'est l'heure de manger, je crois. À plus tard, ajouta-t-elle, avant de se diriger vers la table des repas.

— Salut, maman ! s'exclama Jasna en surgissant de nulle part à côté de Henley pour l'enlacer et se pencher vers elle.

Henley passa un bras autour des épaules de sa fille et lui demanda :

— Comment ça va ?

— Super ! s'exclama Jasna avec joie. J'aime tellement cet endroit.

— J'en suis heureuse.

— Je sais que tu m'as tout raconté sur les animaux, mais je n'arrive pas à croire que tu ne m'aies pas dit à quel point le reste était génial. J'aurais pu passer tous mes étés ici !

Henley gloussa.

— Je t'ai dit que c'était génial, mais tu n'avais pas envie de l'entendre parce que c'était le lieu de travail de ta mère.

Jasna rit.

— OK, tu as raison. Mais sérieusement, comment aurais-je pu savoir que le Refuge ne ressemblait pas du tout à ton bureau en ville ?

Henley voulut lever les yeux au ciel et rappeler à sa fille combien de fois elle lui avait parlé de la retraite pour les gens qui avaient besoin de faire une pause dans leur vie, mais elle s'en abstint. Elle était simplement heureuse que Jasna passe un bon été. La perte de Mme Singleton, et donc de sa garde d'enfants, avait été une grande source d'inquiétude, mais tout se passait extrêmement bien jusqu'à présent.

— Je peux avoir votre attention ? lança Spike depuis l'autre extrémité de la pièce.

Tout le monde se tourna vers lui et il continua :

— Nous voulions juste vous dire à tous combien nous apprécions le travail que vous faites ici. Nous ne pourrions pas maintenir le Refuge en activité comme c'est le cas sans vous. Nous en avons parlé l'autre soir et nous tenons à ce que vous le sachiez : vous êtes plus que les bienvenus dans les chalets vides, chaque fois qu'il y en a un de disponible. Nous essaierons d'organiser des feux de joie un ou deux samedis soir par mois, auxquels vous pourrez toujours assister et, bien sûr, vous êtes plus que bienvenus pour profiter des sentiers de randonnée. Nous voulons que vous soyez aussi fiers que nous de ce que vous faites ici. Contactez Alaska si vous souhaitez séjourner dans un chalet et elle vous fera savoir s'il y a une annulation ou une ouverture. Malheureusement, vous serez sans doute avertis à la dernière minute, mais nous espérons que cet avantage en nature sera le bienvenu pour vous tous.

Tout le monde applaudit et Henley sourit. Jasna et elle avaient adoré séjourner au Refuge, et elle savait que les autres apprécieraient aussi.

— Maintenant que tout est réglé, n'hésitez pas à rester aussi longtemps que vous le souhaitez. Nous ouvrirons le pavillon aux résidents dans une demi-heure environ, mais cela ne veut pas dire que vous devrez partir. Oh, et emportez autant de nourriture que vous le souhaitez. Robert ne sera pas fâché s'il n'y en a plus d'ici à ce qu'il serve ce qu'il appelle un « vrai dîner » ce soir.

Tout le monde rit et Robert haussa les épaules, comme pour admettre que Spike n'avait pas tort.

— Comme toujours, si vous avez besoin de quoi que ce soit, n'ayez jamais peur de le demander à l'un d'entre nous, poursuivit Spike. Brick, Tonka, Pip, Owl, Stone, Tiny et moi voulons que vous soyez heureux pendant votre séjour ici. Vous changez vraiment des vies, même si vous ne pensez pas que ce que vous faites est important. Les hommes et les femmes qui viennent au Refuge ont besoin d'un endroit pour se détendre tout en essayant de guérir de ce qu'ils traversent. Ils veulent des vacances sans stress et chacun d'entre vous y contribue. Et maintenant, j'arrête d'être sentimental. Merci encore à vous tous !

Tout le monde applaudit et Jasna leva vers elle des yeux pleins de sérieux.

— Maman ?

— Oui, bébé ?

— Je n'aime pas l'idée que quelque chose de mal ait pu arriver à Spike. Ou à Finn. Ou à n'importe lequel des gars.

— Je sais. Moi non plus, admit doucement Henley.

— Ils étaient tous dans l'armée, non ?

— Oui.

— Donc ils ont dû tuer des gens ? Et des gens ont essayé de les tuer ?

— Je n'en suis pas sûre. Tous ceux qui sont dans l'armée n'ont pas à tirer sur quelqu'un, répondit Henley avec diplomatie.

La vérité, c'était qu'elle ne connaissait pas toutes les histoires de ces hommes. Même si elle était la thérapeute du Refuge, les propriétaires ne s'asseyaient pas avec elle pour lui raconter leurs secrets. Finn en était la preuve. Elle sortait avec cet homme et ignorait toujours ce qui s'était passé exactement pour qu'il veuille investir dans le Refuge.

— Je sais que tuer des gens est mal, mais je ne pense pas que quelqu'un ici le ferait exprès. Et s'ils l'ont fait... c'est que la personne l'avait probablement mérité.

Il était fascinant de voir sa fille grandir sous ses yeux et mûrir intellectuellement.

— Je suis d'accord, convint-elle après un moment.

— Et si quelqu'un essayait de me faire du mal, ou à toi,

je pense qu'ils feraient tout ce qu'ils peuvent pour nous aider.

Henley fronça les sourcils.

— Quelqu'un a dit ou fait quelque chose qui t'inquiète, Jasna ?

— Non, répondit-elle en haussant les épaules. Je me sens en sécurité ici. Et avant que tu le dises, je sais que des malheurs arrivent n'importe où, mais quand je suis avec Finn et les autres... Je sais juste que personne ne peut me faire du mal.

Sur cette bombe, Jasna serra sa mère dans ses bras, puis se libéra de son emprise pour aller voir Savannah, la femme qui s'occupait des impôts et de la comptabilité du Refuge.

— Ça va ? demanda Finn en prenant la place de Jasna à côté de Henley.

Elle s'appuya contre lui tout en gardant les yeux sur sa fille.

— Je ne sais pas, répondit-elle honnêtement.

— Qu'est-ce qu'il y a ? Parle-moi, Hen.

Prenant une profonde inspiration, elle leva les yeux vers l'homme à ses côtés.

— C'est juste que Jasna m'a dit des choses qui m'inquiètent.

— Comme quoi ?

— Comme quoi elle sait être en sécurité ici au Refuge. Que même si tes amis et toi avez tué des gens, ça ne la dérange pas, parce qu'ils étaient probablement mauvais.

Finn resta muet quelques secondes, puis hocha finalement la tête.

— Elle n'a pas tort. Sur les deux points.

— Je devrais être inquiète qu'elle en parle ? Je veux dire, peut-être qu'elle ne se sent pas en sécurité dans notre appartement ?

Finn la fit pivoter et plaça un doigt sous son menton, pour l'obliger à relever le visage.

— C'est une gamine de douze ans qui connaît son premier moment de liberté cet été. Elle a le contrôle de cet endroit et aime chaque seconde qu'elle passe ici. Elle essaie simplement d'exprimer son bonheur et de te faire savoir qu'elle nous fait confiance.

Henley hocha la tête.

— Bien sûr qu'elle a confiance en tes amis et toi. Pourquoi en irait-elle autrement ?

Il l'étudia pendant un moment.

— Tu es incroyable.

Elle fronça les sourcils.

— Finn, on parle de Jasna et de sa confiance en vous, protesta-t-elle, même si elle adorait recevoir des compliments de cet homme.

— Et tu as dit qu'elle nous faisait confiance sans une seconde d'hésitation. Je sais que tu es consciente que la plupart des gens y réfléchiraient à deux fois avant de laisser leur fille traîner avec une bande d'anciens militaires souffrant de SSPT. Sans parler de tous les résidents qui ont les mêmes problèmes, répliqua Finn.

— Je n'ai pas peur de toi ou de tes amis. Ni même des résidents. Le fait qu'ils soient là signifie qu'ils essaient de comprendre comment vivre avec ce qui leur est arrivé. Je m'inquiète plus des gens qui conduisent en état d'ébriété. Des gens qui pensent avoir le droit de réprimander les employés qui travaillent dur. Des personnes qui se moquent d'aller au travail ou à l'école lorsqu'elles sont malades, sans aucun égard pour les autres. Je préfère que Jasna traîne ici avec tes amis et toi plutôt que de la voir s'abêtir devant de la soi-disant télé-réalité ou en traînant avec des pestes de son école.

Henley fixait Finn du regard, espérant qu'il comprenait ce qu'elle essayait de dire.

— Une semaine, lâcha-t-il en lui rendant son regard.

Les lèvres de Henley frémirent.

— Une semaine, répéta-t-elle.

Ils partagèrent un regard lourd de sous-entendus et Henley aurait juré sentir le cœur de Finn battre contre la main qu'elle avait posée sur sa poitrine.

— Maman ! cria Jasna de l'autre extrémité de la salle.

La bulle où Finn et elle s'étaient enfermés venait d'éclater, mais les doigts qu'il lui passait dans le dos alors qu'elle se tournait lui donnèrent encore la chair de poule.

— Ils vont construire une bibliothèque ici, au pavillon ! Et Spike dit que je pourrai aider à choisir les livres ! s'écria Jasna avec enthousiasme.

— C'est génial. Mais je suis juste là. Tu n'as pas besoin de crier comme si j'étais à l'autre bout de la propriété.

— Désolée, balbutia Jasna avec un petit sourire. Je suis juste excitée.

Le reste de l'après-midi se déroula rapidement et plus Henley pensait aux paroles de sa fille sur la sécurité, plus elle les comprenait. C'était simplement la façon dont Jasna essayait de dire à sa mère de ne pas s'inquiéter. Qu'elle était heureuse !

Tout ce que Henley avait fait ces douze dernières années, c'était pour le bien de Jasna. Les emplois qu'elle avait pris, la nourriture qu'elle avait achetée, les films qu'elles avaient regardés à la télévision. La personne la plus importante de sa vie était sa fille. Savoir qu'elle aimait le Refuge autant que Henley lui faisait du bien. Et elle n'avait pas tort. Les hommes qui possédaient cette retraite étaient spéciaux. Oui, ils avaient probablement tué dans le passé, mais cela ne les rendait en aucun cas indignes – ou indignes de confiance. Elle leur confierait sa vie. Plus important encore, elle leur confierait la vie de Jasna, s'il le fallait.

Ce soir, Finn les avait invitées, Jasna et elle, à monter au Rocher-Table avant la tombée de la nuit pour admirer le coucher du soleil. Elle y était déjà allée et la randonnée jusqu'à cet endroit pittoresque n'était pas trop difficile. Peu importait ce que Finn et elle faisaient ensemble, il pouvait lui demander de s'asseoir avec lui dans une pièce vide pour regarder un mur, elle aurait été plus qu'heureuse d'accepter. Le simple fait d'être près de cet homme la rendait heureuse.

Une semaine, se rappela-t-elle en silence. Du gâteau.

<h1 style="text-align:center">CHAPITRE 10</h1>

Tonka n'arrêtait pas de regarder sa montre. Il avait reçu un SMS de Henley plus tôt, lui faisant savoir qu'elle avait déposé Jasna à son camp d'aventure et qu'elle se rendait à son bureau pour une séance avec un patient, puis qu'elle venait chez lui.

Il pria pour être capable de se contrôler quand Henley arriverait. Pour autant qu'il le sache, elle n'avait pas de séances prévues avec des résidents au Refuge, ni ce jour-là ni le lendemain. Ce qui signifiait qu'ils auraient beaucoup de temps pour eux deux. Tonka avait hâte d'y être.

Il aimait Jasna et apprenait à apprécier le temps passé avec ses amis, mais il voulait plus de temps en tête-à-tête avec Henley. Ils ne pouvaient pas vraiment avoir de conversations approfondies avec sa fille qui écoutait ou ses amis qui rôdaient.

S'accorder quatre semaines pour se rapprocher avait été la bonne décision. Le sexe n'étant plus à l'ordre du jour, Tonka avait pu se détendre et ne se soucier de rien d'autre que de profiter du temps passé avec Henley et Jasna.

Ils avaient regardé la télévision, étaient allés au bowling

un soir, au cinéma plusieurs fois, et avaient simplement apprécié le fait d'être ensemble. Il avait ri plus qu'il ne l'avait fait depuis des années. C'était étonnant qu'en quelques semaines seulement, il ait appris à apprécier à nouveau la présence humaine.

Il y avait eu un moment, juste après son horrible accident, où Tonka avait eu envie de déménager au milieu de nulle part et de ne plus jamais parler à personne. Le Refuge était aussi proche de cet isolement qu'il pouvait l'être, même si Brick et les autres ne le laissaient pas se conduire en ermite complet.

Mais en passant de plus en plus de temps avec ses amis au cours du dernier mois, il avait redécouvert la joie d'avoir quelqu'un à ses côtés. La camaraderie des hommes de l'armée lui avait manqué. Ils le comprenaient d'une manière qui leur était propre. Et ce groupe d'hommes comprenait quand il passait une mauvaise journée, quand ses souvenirs l'accablaient. Ils lui accordaient alors l'espace dont il avait besoin.

Brick lui avait littéralement sauvé la vie en l'invitant à rejoindre son projet de retraite pour victimes de SSPT. Cela avait pris de nombreuses années, mais Tonka avait finalement l'impression de sortir du marasme où il s'était enfermé trop longtemps.

Et Henley et sa fille étaient en grande partie la raison pour laquelle il avait trouvé la force de le faire. Il voulait être le genre d'homme sur lequel elles pouvaient compter. Il voulait les rendre heureuses ; or ce serait impossible s'il était lunatique et distant. Les animaux du Refuge avaient été sa raison d'être, mais Henley était sa guide, sa raison de continuer à essayer de combattre ses démons.

Il regarda sa montre à nouveau. Deux minutes depuis la dernière fois qu'il l'avait consultée. Secouant la tête, Tonka se remit au travail. S'il voulait passer du temps avec Henley sans s'inquiéter pour les animaux, il devait faire le nécessaire.

Le reste de la matinée se déroula avec une lenteur atroce. Alors que Tonka se croyait sur le point de perdre la tête à force d'impatience, il entendit les pneus d'une voiture faire crisser le gravier devant la grange. Il se rendit compte qu'il souriait en se dirigeant d'un pas vif vers le mur pour couper l'eau qui remplissait les abreuvoirs. Il sortit à temps pour voir Henley descendre de son CRV.

Dès qu'elle le vit, elle se mit à trottiner vers lui et manqua de le renverser en se jetant dans ses bras dès qu'elle fut assez proche. Tonka recouvra son équilibre sans cesser de sourire.

Elle l'étreignit fort, puis s'écarta juste assez pour pouvoir lever les yeux vers lui.

— Salut, toi ! lança-t-elle joyeusement.

— Salut, toi-même, répondit-il. Tu as passé une bonne matinée ?

Elle fronça le nez de façon adorable.

— Ça m'a semblé durer une éternité. Je suis maintenant officiellement en vacances. Au moins pour le prochain jour et demi. Tu sais depuis combien de temps je n'ai eu ni responsabilités ni endroits où je devais me rendre ?

— Un certain temps, je suppose.

— Tu supposes bien, dit Henley.

Puis elle le serra à nouveau dans ses bras, posant la joue sur son torse. Tonka dut se faire violence pour ne pas l'emmener dans son chalet à ce moment-là. Pendant des semaines, ils avaient tourné autour de leur attirance. Oui, ils s'étaient embrassés de nombreuses fois, mais ils avaient toujours su qu'ils ne pouvaient pas aller plus loin parce qu'ils n'avaient pas le temps ou l'intimité auxquels ils aspiraient.

Mais maintenant ? Savoir que cette femme était toute à

lui pour deux nuits ? Qu'il n'aurait pas à s'arrêter quand les choses devenaient intéressantes ? Tonka n'en pouvait plus d'attendre. Cela dit, la traîner au lit dès son arrivée n'était probablement pas cool.

— Tu as faim ? demanda-t-il après de longues secondes.

— Très, répondit-elle en levant les yeux vers lui avec une expression qui reflétait probablement la sienne.

— Je dois te nourrir, commenta Tonka d'un ton bourru. Parce qu'une fois que je t'aurai mise dans mon lit, il va se passer beaucoup de temps avant que je te laisse en sortir... et je n'ai aucune idée des provisions qu'il y a dans mon chalet.

Henley sourit, puis posa son front contre lui. D'une voix assourdie, elle admit, en relevant la tête pour le regarder une fois de plus :

— Je n'ai pu penser à rien d'autre qu'à toi aujourd'hui. Je devrais probablement être un peu plus prudente, mais je n'en ai pas envie. Tu es quelqu'un de bien. Le meilleur homme que j'aie jamais rencontré. Tu m'as donné du temps et de l'espace pour apprendre à te connaître. Tu n'as été que patience et gentillesse avec ma fille, qui, je le sais, peut être un peu envahissante parfois. Tu es si beau que j'ai dû me pincer pour être sûre de ne pas rêver quand tu semblais me désirer.

— Je te désire, la rassura Tonka.

— Ça va être soit l'expérience la plus épique, soit la plus grande déception de l'histoire des rencontres sexuelles, le taquina-t-elle.

— Je vote pour l'épique, répliqua-t-il avec un petit rire.

— Moi aussi. Viens. Allons manger, dire bonjour à tout le monde, puis nous pourrons disparaître sans éprouver la moindre culpabilité jusqu'à demain après-midi.

Cette femme pouvait-elle être encore plus parfaite ? Tonka ne le pensait pas. Il lui prit la main et se précipita vers le pavillon. Son rire était le son le plus doux qu'il ait jamais entendu.

Le déjeuner fut une longue leçon de retenue. Henley ne semblait pas pouvoir garder ses mains pour elle… ce qui lui convenait parfaitement. Alors qu'il était sur le point de prendre une bouchée de salade de pâtes, il sentit qu'elle posait une main sur sa jambe et la déplaçait aussitôt pour lui caresser l'intérieur de la cuisse du bout des doigts. Un pouce plus haut et elle aurait effleuré son sexe.

Pendant ce temps, elle était en pleine conversation avec Owl au sujet de la bibliothèque qu'ils essayaient de construire sur un mur entier de la grande salle du pavillon. Sa petite chipie le rendait fou, et elle en était bien consciente.

Il se vengea lorsqu'ils mangeaient des brownies avec de la glace en dessert : il glissa une main sous la jambe de son short et passa un doigt sur l'entrejambe de sa culotte.

Incapable de contrôler sa réaction, elle sursauta aussitôt et feignit de le fusiller du regard tout en attrapant son poignet pour l'empêcher de continuer, mais elle ne réussit pas à l'en dissuader. Stone lui posa une question sur une séance de groupe de dernière minute qu'elle avait accepté de faire le lendemain après-midi et, alors qu'elle faisait de son mieux pour répondre de façon cohérente, Tonka continuait à la rendre aussi folle qu'il était fou.

Il n'avait jamais été aussi heureux de finir de manger. Il avait l'impression que Henley le torturait exprès en faisant traîner en longueur ses adieux avec leurs amis et les résidents qui avaient partagé leur repas. Lorsqu'il passa un bras autour de sa taille pour l'entraîner hors du pavillon, Tonka était à bout de patience.

Henley gloussa pendant qu'il l'emmenait de force vers son chalet. Le grelot de son rire, insouciant et joyeux, se fraya un chemin sous sa cuirasse, qu'il brisa définitivement.

Cette femme avait vécu l'enfer et en était revenue, et elle était là, à rire et à sautiller à côté de lui. Tonka voulait lui ressembler. Il voulait trouver la joie dans un monde qui l'avait complètement laissé tomber. Elle était la clé de son bonheur, il n'en doutait pas.

— Tu es pressé ? le titilla-t-elle en glissant une main sous la ceinture de son pantalon cargo.

La sensation de ses doigts effleurant la fente de ses fesses le fit encore plus durcir. Il avait besoin d'elle. À cette seconde même. Il allait mourir s'il ne la pénétrait pas bientôt.

Tonka chercha ses clés à tâtons tout en s'approchant de son chalet. Ici, il n'y avait pas beaucoup de raisons de verrouiller sa porte, mais il avait vu trop de reportages sur des crimes, qui commençaient par quelque chose comme : « la communauté était sûre et personne ne verrouillait sa porte », avant que meurtre et mutilation ne surviennent.

Alors qu'il essayait d'enfoncer la clé dans la serrure, Henley lui souleva sa chemise par-derrière et lui caressa un téton. Dur.

La porte s'ouvrit, Tonka attrapa Henley par la taille et l'entraîna à l'intérieur. Refusant de la lâcher une seule seconde, il claqua la porte du pied. En même temps, il la repoussa contre la porte, la tête déjà baissée.

Il ne pouvait plus s'arrêter. Ni ralentir. Et heureusement, il semblait que Henley soit sur la même longueur d'onde, car elle s'attaqua sur-le-champ à sa fermeture Éclair. Attrapant l'ourlet de son chemisier, il souleva le tissu. Elle dut le lâcher pour lever les bras, afin qu'il puisse lui enlever son haut. Dès que l'étoffe eut disparu, Tonka attrapa son soutien-gorge, baissa l'un des bonnets et posa les lèvres sur le mamelon dressé, qui réclamait son attention.

Henley gémit et leva une jambe. Il lui attrapa la cuisse, l'attirant plus fort contre lui alors qu'il suçait son mamelon.

Arquant le dos, elle poussa une nouvelle fois ce petit gémissement sexy qui montait du fond de sa gorge.

— Finn, dit-elle d'une voix rauque. Je te veux.

— Et tu vas m'avoir, assura-t-il d'une voix tout aussi gutturale, en abaissant son autre bonnet.

Elle se trémoussait, se contorsionnait sous son emprise. Jamais encore il ne s'était senti aussi avide. Il voulait l'embrasser, lécher son sexe, la prendre. Il voulait faire tout ça en même temps, et ralentir aussi, lui montrer à quel point elle comptait pour lui en l'adorant comme il se devait. Mais le temps de la lenteur était passé. Aucun des deux n'en voulait pour le moment.

Henley retourna à son pantalon, cherchant désespérément à le déboutonner et à descendre sa fermeture. Le souffle court, Tonka partit en quête de son portefeuille. À peine l'eut-il sorti de sa poche que son pantalon était sur ses chevilles.

La sensation de la main de Henley sur sa queue faillit le faire jouir sur-le-champ. Tonka repoussa cette main un peu brutalement et ordonna :

— Enlève ton bas, Henley. Tout de suite.

Elle lui sourit et baissa sa fermeture Éclair. Tonka en profita pour déchirer l'emballage du préservatif qu'il avait sorti de son portefeuille et serra les dents en poussant son boxer juste assez bas pour le faire rouler sur son érection palpitante.

À la seconde où Henley eut enlevé son short et sa culotte, la main de Tonka était entre ses jambes. Heureusement qu'elle était trempée. La dernière chose qu'il voulait, c'était lui faire mal. Surtout pour leur première fois. Il la repoussa contre la porte jusqu'à ce qu'il n'y ait plus d'espace entre eux. Son érection était coincée contre le ventre de Henley.

— Saute, grogna-t-il en posant une main sur ses fesses.

Toujours souriante, Henley n'hésita pas. Elle sautilla un peu, Tonka la souleva, et elle fut dans ses bras. La plaquant contre la porte, il recula et attrapa son sexe. Il leur fallut se trémousser un peu, mais, finalement, après ce qui lui sembla durer une éternité, la tête de sa queue la pénétra.

Tonka s'immobilisa alors et déglutit. Il ne voulait rien tant que s'enfoncer en elle aussi loin que possible, mais il ne pouvait pas. Il devait s'assurer qu'elle avait autant envie de lui que lui d'elle.

Baissant les yeux, il fut presque submergé par l'érotisme de cette femme. Elle portait encore son soutien-gorge, mais ses seins généreux dépassaient des bonnets, ses mamelons étaient durs et sa poitrine se soulevait et s'abaissait au rythme de ses respirations rapides. Comme elle avait les jambes écartées autour de ses hanches, il voyait le bout de son sexe fiché dans son corps.

— Finn ? demanda-t-elle. Qu'est-ce que tu attends ?

— Je veux être sûr que c'est ce que tu veux.

Elle gloussa et Tonka en sentit les soubresauts remonter le long de sa queue.

— C'est ce que je veux, le rassura-t-elle. J'en ai besoin. Besoin de toi. Baise-moi. S'il te plaît !

C'était le signal qu'il attendait. Tonka bougea avant même que son cerveau ait pu envoyer les consignes adéquates à ses membres. Une seconde, il admirait l'érotisme de sa femme et, la suivante, il était au fond d'elle. Le bien-être qu'il éprouva à la sentir autour de sa queue lui fit presque plier les genoux. Mais s'il tombait, Henley risquait d'être blessée, alors il réussit à rester debout.

— Oh, mon Dieu ! s'exclama-t-elle.

— Je t'ai fait mal ? demanda-t-il, inquiet.

— Non ! Bon sang, non. S'il te plaît, encore. J'en veux plus !

— Accroche-toi à moi, ordonna Tonka.

Elle enfonça les doigts dans ses biceps et serra les jambes encore plus fort autour de ses hanches.

Tonka n'aurait pas pu se retenir, même si sa vie en avait dépendu. Il la prit. Durement. Contre sa porte. Ce n'était pas ainsi qu'il avait imaginé leur première fois. Il aurait voulu y aller doucement, lui montrer à quel point elle comptait pour lui. Mais ils avaient tous les deux retenu leurs désirs pendant trop longtemps, et voilà le résultat.

À chaque coup de reins, Tonka avait l'impression de redevenir l'homme qu'il avait été. Confiant. Heureux. Voire un peu arrogant.

Comment pouvait-il ne pas se sentir un peu arrogant en cet instant ? Il avait la plus belle femme qu'il ait jamais vue qui se tordait dans ses bras, le suppliant de lui en donner plus. Et si son Henley en voulait plus, elle l'aurait.

En lui soutenant les fesses de son avant-bras, Tonka se déplaça et tendit sa main libre entre eux. La première fois qu'il effleura son clitoris en la pénétrant, il sentit les muscles de Henley se contracter sur sa queue.

Elle tressaillit sous son emprise et se cabra à la poussée suivante.

— Tu aimes ça.

Ce n'était pas une question.

Elle hocha la tête et se passa la langue sur les lèvres tandis que son regard se fixait sur son visage.

— J'aime tout, Finn.

Tonka aurait voulu la regarder dans les yeux, les voir se voiler à mesure que la jouissance approchait, mais il ne put s'empêcher de baisser les yeux pendant qu'il la prenait. La vue de sa queue luisante de ses sucs généreux alors qu'il entrait et sortait de son corps était la chose la plus sensuelle qu'il ait jamais vue.

Il n'allait pas tenir longtemps. Il la désirait depuis trop longtemps. Bien plus longtemps que les cinq semaines qui s'étaient écoulées depuis qu'ils étaient officiellement ensemble. Il avait été attiré par elle la première fois qu'ils s'étaient rencontrés, mais il n'était pas prêt.

Il augmenta la pression et la vitesse de rotation de son pouce sur son clitoris et ne put s'empêcher de savourer sa réaction. Elle crispa ses mains et gémit. Rejetant la tête en arrière, elle heurta la porte derrière elle, mais il était presque sûr qu'elle n'avait pas senti la douleur.

Ses hanches se balançaient contre lui, alors il arrêta de pousser pour pouvoir se concentrer sur son plaisir à elle et sentir les spasmes et les secousses de ses muscles autour de son sexe.

Cela ne prit guère de temps. Le ventre de Henley se crispa et elle arqua le dos juste avant de se mettre à trembler de façon incontrôlable. Tonka resserra son emprise sur elle et la regarda avec admiration se désagréger dans ses bras. Et il n'avait pas tort. Elle enserrait sa queue si fort qu'il avait l'impression de la sentir se briser en elle.

Ses bourses se contractèrent alors et, étonnamment, rien qu'avec la sensation de son orgasme autour de son membre, il bascula lui-même. Sur un gémissement, Tonka jouit si fort qu'il crut bien ne jamais s'arrêter. Aucune partie de jambes en l'air n'avait été aussi bonne dans sa vie. Et ses séances de masturbation n'étaient certainement pas aussi satisfaisantes. Ils haletaient tous les deux et il voyait le pouls de Henley battre dans son cou.

Il aurait voulu ne jamais bouger et rester en elle pour toujours. Mais ses cuisses s'étaient mises à trembler, à la fois des suites de l'orgasme monstrueux qu'il venait d'avoir et parce qu'il tenait Henley contre la porte. En plus de ça, il sentait son sperme s'échapper de la capote et se répandre sur ses bourses. Il n'avait jamais joui au point de remplir si complètement un préservatif.

Se rappelant que Henley ne prenait pas de contraception, il dut s'obliger à sortir de son corps. Mais sans la lâcher pour autant. Il se tourna simplement et se déplaça maladroitement vers le très bon lit de la chambre à coucher, de l'autre côté du chalet.

Les vêtements de Henley étaient éparpillés sur le sol, ses clés à lui et son portefeuille oubliés dans le désordre environnant, mais Tonka ne pensait qu'à coucher sa femme dans son lit et à reprendre là où ils s'étaient arrêtés. D'habitude, il n'avait pas envie de recommencer deux fois de suite, mais il avait l'impression que Henley était en train de réécrire tout ce qu'il avait connu et expérimenté en matière de sexe.

* * *

Henley avait du mal à respirer. Ou à penser. Ou à faire quoi que ce soit. Heureusement, Finn semblait fonctionner un peu mieux. Elle détestait qu'il se soit retiré d'elle aussi rapidement, mais n'avait pas l'énergie nécessaire pour lui demander pourquoi.

Ils avaient presque atteint la chambre quand elle rouvrit les yeux. Et gloussa en découvrant la scène. Finn traînait les pieds au lieu de marcher, parce qu'il avait encore le pantalon aux chevilles. Sa chemise, ses chaussettes et ses chaussures et même ses sous-vêtements lui pendaient sur les cuisses. Pour sa part, elle était nue, à l'exception de son soutien-gorge, qui lui entaillait la poitrine, maintenant qu'elle y pensait.

Et pourtant, le moment était parfait. Aucun d'eux n'aurait pu attendre une seconde de plus pour être avec l'autre. Leur impatience s'était intensifiée au cours des dernières semaines jusqu'à sa conclusion explosive.

Et si elle s'était imaginé qu'elle se sentirait moins en manque, moins avide de lui après qu'ils avaient enfin fait l'amour, elle avait eu tort. En fait, Henley le désirait encore plus, maintenant qu'elle avait fait l'expérience de tout ce qu'était Finn Matlick. Dans sa jeunesse, elle avait aimé le sexe. Mais elle ne se souvenait pas que ça ait été aussi intense.

Ils atteignirent son lit et il se pencha lentement pour la déposer sur le matelas. Elle prit appui sur ses coudes tandis qu'elle étudiait le corps de Finn de la tête aux pieds. Pendant son examen, il entreprit de se déshabiller : il fit passer sa chemise par-dessus sa tête et Henley se mit littéralement à saliver. Elle l'avait déjà vu torse nu, mais il y avait quelque chose d'hyper sexy dans le fait que Finn se dénude pour elle maintenant, alors qu'elle était presque nue et qu'il venait juste d'être en elle.

Il ôta ses bottes et son pantalon, repoussa ses sous-vêtements. Puis, toujours sous son regard, il retira le préservatif de son membre encore à moitié dur. Des perles de sperme s'écoulaient du gland rougi tandis qu'il se penchait pour prendre un mouchoir en papier sur la petite table à côté du lit.

Henley réagit sans réfléchir. S'agenouillant devant lui, elle attrapa la base de son sexe dans une main, pour en prendre autant qu'elle le pouvait dans sa bouche.

— Merde ! s'exclama Finn alors qu'elle-même gémissait.

Sucer un homme n'avait jamais été une de ses pratiques favorites, mais avec Finn ? Elle se sentait vorace. Il plongea une main dans ses cheveux, mais pas pour la pousser ou tenter de contrôler son rythme. Il l'accompagna simplement alors qu'elle léchait et aspirait chaque trace de l'orgasme qui subsistait sur sa peau.

Il avait un petit goût de latex, un peu amer, mais Henley remarqua surtout la façon dont ses cuisses tremblaient alors qu'il écartait les jambes pour conserver son équilibre. L'odeur qui était la sienne quand elle enfonçait le nez dans ses poils pubiens et le prenait dans sa gorge était enivrante. Les gémissements qui sortaient de la bouche de Finn semblaient désespérés et avides tandis qu'elle lui donnait du plaisir.

Elle utilisa une main pour tenir la base de sa queue pendant qu'elle l'aspirait et la suçait, puis lui passa son autre main entre les jambes pour lui caresser les bourses. Elles étaient grosses et se balançaient librement au rythme des hanches de leur propriétaire qui, lui, suivait les mouvements de sa bouche à elle. Caressant les bourses sensibles, elle le sentit devenir encore plus dur dans sa bouche.

Elle ne put retenir un léger sourire tout en continuant à aller et venir sur son sexe. Avoir cet homme à sa merci, quelqu'un de plus grand que la vie, quelqu'un qui savait dompter un cheval ou une vache de plusieurs quintaux d'un simple mot, lui donnait un sentiment de pouvoir et elle savourait chaque seconde passée à genoux devant lui.

Juste au moment où elle pensait le voir jouir dans sa gorge, Finn bougea.

Il la souleva, et la redressa comme si elle ne pesait rien et la jeta pratiquement sur le lit. Elle rebondit un peu sur le matelas et n'eut pas le temps de faire autre chose que de se lécher les lèvres qu'il lui écartait les jambes et plongeait sur elle.

Henley cambra le dos alors qu'il l'assaillait. Il la lapait, la suçait comme un homme affamé. Elle n'avait jamais vu quelqu'un se jeter sur elle avec autant de voracité. Elle essaya d'échapper à sa bouche avide, car son clitoris était encore sensible après son dernier orgasme, mais il resserra son emprise sur ses hanches, pour l'avoir à sa merci.

— Finn ! s'exclama-t-elle en s'accrochant à ses cheveux.

Au début, elle essaya de le repousser, mais, quand il commença à sucer son clitoris, elle l'attira au contraire à elle. Son cerveau était aussi confus que son corps, apparemment.

Il ne fallut pas longtemps pour qu'elle sente un autre orgasme monter. Son cœur tambourinait si fort dans sa poitrine qu'elle aurait redouté une crise cardiaque si elle avait pu penser clairement.

Des bruits de succion et des sons désespérés montaient du fond de la gorge de Finn pendant qu'il la dévorait, et Henley ne put rien faire d'autre que de s'accrocher. Aussi bonnes que soient sa langue et ses lèvres, elle voulait l'avoir en elle. Elle avait adoré jouir pendant qu'il la prenait. Bien qu'elle ait toujours aimé le sexe, y compris avoir un sexe en elle, elle ne se souvenait pas d'avoir joui de cette façon. Ses orgasmes étaient toujours clitoridiens, soit avant, soit après que ses partenaires avaient joui. Et son vibromasseur n'était pas un substitut de la vraie chose.

De Finn.

Mais elle n'eut pas l'occasion de le supplier de la pénétrer, car elle bascula une fois de plus dans le précipice. Se redressant à moitié en s'accrochant à la tête de Finn, elle se sentit trembler de plaisir. Et quand il poussa deux doigts en elle, elle grimpa encore plus haut.

— C'est ça. Bon sang, tu es magnifique ! Jouis sur mes doigts. C'est ça, bébé. Tu es si belle et si sexy. Tu es à moi, Henley. Toute à moi, putain.

Elle l'entendit à peine à cause du bourdonnement dans ses oreilles. Le sexe avait-il déjà été aussi bon auparavant ? Non, certainement pas. Un voile de sueur lui recouvrait le corps, et Henley avait l'impression d'avoir couru un marathon. Non pas qu'elle sache ce que c'était, mais elle imaginait que l'après-marathon devait être semblable à ce qu'elle éprouvait en cet instant. Lessivée, épuisée, et tellement satisfaite.

Mais Finn n'en avait pas terminé. Henley n'avait même

pas réalisé qu'il avait bougé quand il la fit rouler et basculer sur les mains et les genoux.

— Lève ton cul, Hen, ordonna-t-il, en la tirant vers le haut d'une main plaquée sur son ventre.

Elle se retourna et vit que, pendant qu'elle se remettait de son dernier orgasme, il avait enfilé un autre préservatif sur son érection.

Poussant un son entre le gémissement et la plainte, elle creusa le dos et souleva les fesses. Elle sentit les mains de Finn dans son dos, puis son soutien-gorge fut heureusement desserré. Elle n'eut pas le temps de lever les mains pour le jeter sur le côté qu'elle sentit à nouveau son érection contre ses plis trempés.

Sans hésiter, il plongea en elle sur une poussée lente et régulière.

Ils gémirent à l'unisson cette fois.

— Tu n'as aucune idée de la sensation incroyable que cela me procure, lâcha-t-il d'une voix étranglée tout en lui caressant les fesses et le bas du dos.

— Oh, je pense que si, se contenta-t-elle de lâcher.

Puis il commença ses va-et-vient. Mais au lieu d'y aller brusquement, comme tantôt, il continua ses mouvements lents et doux. C'était bon, pourtant Henley avait besoin de plus.

Lorsqu'il s'enfonça de nouveau en elle, elle se poussa contre lui, tellement qu'elle sentit ses bourses claquer contre ses fesses.

Il gronda. Quand il s'enfonça la fois suivante, elle recommença. Elle se jeta contre lui, et encore, jusqu'à ce qu'il se cramponne à ses hanches et la baise à fond. Presque frénétiquement.

Henley s'appuya alors sur les coudes, pour changer l'angle de pénétration, afin qu'il touche son point G à chaque coup de reins.

Incapable de penser, elle ne pouvait rien faire d'autre que gémir dans les draps, pendant que Finn lui offrait la chevauchée de sa vie. Et quand il se pencha par-dessus son dos, posant une main sur le matelas à côté de son visage et passant l'autre entre ses jambes, pour lui pincer et frotter le clitoris, elle perdit complètement la tête. Elle se tordit si fort contre lui qu'il glissa hors de son sexe.

La queue de Finn atterrit sur ses fesses, sans qu'il cesse de jouer avec son clitoris. Il se redressa si bien qu'elle ne le sentit plus contre son dos. La perte de sa chaleur l'affligea l'espace d'un instant, jusqu'à ce qu'elle l'entende gémir longuement et qu'elle sente une chaleur liquide lui gicler sur les fesses et le dos : elle comprit alors pourquoi il s'était retiré d'elle.

Ayant ôté le préservatif, il éjaculait sur sa peau. Ça aurait pu être dégradant. Ou dégoûtant. Mais c'était la chose la plus sexy qu'Henley ait jamais connue. Elle jouit une fois de plus alors que Finn continuait à caresser son paquet de nerfs hyper sensible.

Les jambes de Henley finirent par lâcher et Finn tomba avec elle, roulant sur le côté et prenant Henley avec lui, la berçant alors qu'ils essayaient tous les deux de reprendre leur souffle. Quelques minutes plus tard, il la poussa en avant, sur le ventre, tandis qu'il caressait doucement sa peau enduite de son sperme.

Henley flottait comme si son âme avait quitté son corps. Elle n'avait jamais été mise sens dessus dessous de façon aussi délicieuse.

Aucun des deux ne prononça un mot. Toujours allongée, elle laissa Finn la masser. L'odeur du sexe était forte et, en temps normal, Henley aurait eu envie de prendre une douche en cet instant. Elle aurait même voulu que son partenaire s'apprête à partir. Mais quand Finn se rallongea et la serra contre lui, pour plaquer son dos contre son torse, son sexe mou contre ses fesses, Henley ne put que soupirer de contentement.

Elle dut s'assoupir, car quand elle se réveilla, elle vit qu'il était beaucoup plus tard. La lumière traversant les rideaux était tamisée. Elle était sur le dos et, tournant lentement la tête, elle vit Finn allongé à côté d'elle. Il lui avait posé une main sur le ventre et utilisait l'autre pour soutenir sa tête alors qu'il la regardait fixement.

Au lieu d'éprouver de la gêne, Henley se sentit sexy. Quand il se rendit compte qu'elle était réveillée, il remonta paresseusement la main pour jouer avec l'un de ses tétons.

— Salut, murmura-t-elle.

— Salut, répéta-t-il.

— Je dors depuis combien de temps ?

Finn haussa les épaules.

— Quelques heures. Tu en avais visiblement besoin. Tu travailles trop dur.

Elle sourit.

— Je pense que c'est plutôt la faute à tous mes orgasmes, rétorqua-t-elle.

Les lèvres de Finn frémirent. Le regard rivé au sien, il continua le mouvement de ses doigts. Il fit le tour de son mamelon, et Henley le sentit se dresser sous ses soins. Finn n'avait pas l'air de se préparer à lui faire l'amour à nouveau. Du moins, pas encore.

— Je t'ai fait mal ? demanda-t-il doucement.

— Non. Pas du tout. Pourquoi, je t'ai fait mal ? répliqua-t-elle.

Il sourit.

— Non. Mais je ne pense pas que quelqu'un m'ait déjà fait une fellation aussi... enthousiaste auparavant.

Henley sentit ses joues s'échauffer.

— Faut-il que je m'excuse ?

— Non. Putain, non.

— Bien. Parce que j'ai aimé ça. Beaucoup. Même si tu t'es retiré trop tôt.

— J'étais à deux secondes d'exploser dans ta gorge, objecta-t-il.

— Je sais. Comme je l'ai dit, tu t'es retiré trop tôt.

Avec Finn, elle n'avait pas l'impression d'être vulgaire en disant des choses pareilles. C'était parfait. Érotique.

— Tu en avais envie ?

— Oui, admit-elle sans hésiter.

Il se déplaça alors, se retournant jusqu'à se retrouver sur elle. Les coudes plantés sur le matelas près de sa tête, il avait le corps qui reposait lourdement sur le sien. Sentant son sexe durcir contre son ventre, elle écarta les jambes pour lui donner plus de place.

Penché sur elle, il l'embrassa, un baiser doux et affectueux qui la fit fondre encore sous lui. Elle enroula les bras autour de son cou et l'embrassa en retour.

— Grâce à toi, je me sens normal, dit-il après un moment.

— Qu'est-ce qui est normal, Finn ? demanda Henley. Nous avons tous notre propre conception de la normalité.

— C'est vrai, concéda-t-il. Tu veux prendre une douche ?

Henley haussa les épaules.

— Non ? Tu n'es pas dégoûtée par ce que j'ai fait ? insista-t-il.

— Pas du tout. C'était bon. Bien.

— J'ai aimé le faire. Comme si je te revendiquais : tu es mienne.

Elle leva les yeux au ciel.

— Tu es vraiment un homme.

— Content que tu l'aies remarqué, répliqua Finn avant de rouler sur elle.

Quand Henley se tourna sur le côté pour se blottir

contre lui, il lui posa une main sur le ventre afin qu'elle reste sur le dos.

— Je veux faire quelque chose. Tu es d'accord ?

— Oui.

Elle n'avait aucune idée de ce qu'il avait en tête, mais, vu la lueur de convoitise dans ses yeux, elle avait le sentiment que ça lui plairait, donc ça n'avait pas d'importance.

— Reste allongée. Quoi qu'il arrive, ne bouge pas, ordonna-t-il d'une voix rauque.

Henley n'aurait jamais deviné que cet homme était aussi sensuel lorsqu'elle l'avait rencontré pour la première fois. Une libido pareille était très excitante. Elle avait été mère pendant si longtemps qu'elle n'avait plus eu le temps ni l'énergie de penser à autre chose qu'à élever sa fille. C'était comme si elle sortait d'un long et profond sommeil.

Finn se redressa, s'assit en tailleur à côté d'elle, et Henley ne put s'empêcher de regarder entre ses jambes. Son membre était énorme. Elle avait compris qu'il était plus gros que la normale quand elle l'avait pris dans son corps, dans sa bouche, mais elle n'avait pas vraiment remarqué à quel point il était long et épais jusqu'à ce moment précis.

— Ferme les yeux, ordonna Finn avec un petit rire. Je ne veux pas que tu me distraies.

Henley protesta un peu, mais obéit.

Pendant un moment, tout ce qu'elle sentit, ce furent ses doigts, qui effleuraient son corps. C'était bon, un peu chatouilleux, mais agréable. Puis, sans prévenir, un de ses doigts s'introduisit lentement en elle. Elle souleva instinctivement les hanches, mais il fit claquer sa langue et utilisa sa main libre pour repousser sur son ventre.

— Reste tranquille, ordonna-t-il.

— Finn, gémit-elle, mais il se borna à immobiliser son doigt en elle jusqu'à ce qu'elle prenne une respiration et se détende contre les draps.

— Tu es si belle. Si étroite. Je n'arrive pas à croire que tu aies pu me prendre aussi facilement que tu l'as fait. Mais tu mouilles incroyablement. J'adore ça. C'est tellement excitant. Même maintenant, alors que tu viens juste de te réveiller et avant même que je touche ton clitoris, tu coules sur mon doigt.

Il continua à parler. Henley n'aurait jamais cru que des paroles salaces puissent l'exciter autant, pourtant c'était bel et bien le cas.

— Je veux te faire jouir comme ça : sans que tu bouges, avec rien d'autre que mes doigts. Tu veux bien faire ça pour moi ?

Le cœur de Henley battait fort, une fois de plus. Elle se passa la langue sur les lèvres et hocha la tête.

— C'est bien.

Il commença à remuer le doigt, d'abord lentement, puis plus rapidement, et Henley dut vraiment se contrôler pour rester immobile. D'une main, elle se cramponna au drap ; de l'autre, elle attrapa Finn. Elle aimait ça, mais elle voulait le toucher aussi. Elle avait besoin de cette connexion. Il ne parut pas se formaliser qu'elle pose une main sur sa cuisse et se cramponne à lui avec l'énergie du désespoir.

— C'est ça. Accroche-toi à moi. Écoute ma voix. Sache que c'est moi qui te fais ressentir ça. C'est moi qui suis en toi. C'est moi qui te regarde jouir.

Henley avait déjà vu Finn faire ça... enfin, pas ça, bien sûr. Mais elle l'avait entendu utiliser le même ton calme destiné à contrôler son interlocuteur. Ils avaient récemment reçu un nouveau cheval, très capricieux, à cause d'un traumatisme dont Henley ne savait rien. Finn était resté dans le corral et avait parlé à l'animal pendant des heures pour le laisser s'habituer à sa voix et lui faire comprendre qu'il était en sécurité, qu'on s'occupait de lui. Il avait fait en sorte que le cheval soit suffisamment détendu pour s'approcher de lui et le conduire dans la grange.

Elle se sentait comme un petit cheval. Complètement sous les ordres de Finn.

Le son de son doigt entrant et sortant de ses replis trempés, fort et obscène, aurait dû être embarrassant, pourtant, avec Finn, ça ne l'était pas.

— Tu entends ça ? C'est la façon dont ton corps me dit à quel point tu aimes ça. Tu te prépares à me prendre. Tu es faite pour moi, Henley. Honnêtement... au début, tu m'as fait peur. Je pense que je savais que tu allais franchir toutes les protections que j'avais mises en place et je n'étais pas sûr de vouloir quelqu'un à mes côtés. Maintenant, je ne veux plus que tu partes.

Henley sentit une larme s'échapper de ses yeux fermés. Elle n'était pas sûre de savoir pourquoi elle pleurait. Peut-être parce qu'elle se sentait bien. Parce qu'elle avait du mal à rester complètement immobile. À cause de ce qu'il disait. Elle aurait voulu lui dire qu'il avait également réussi à percer sa cuirasse, mais elle avait du mal à trouver les mots.

Elle avait l'impression de flotter. Finn se montrait très doux et cette nouvelle expérience n'avait rien à voir avec ce qu'ils avaient fait jusqu'à présent. C'était rapide et dur tout à l'heure, mais cette lente montée en puissance n'était pas moins agréable que ses coups de boutoir.

— C'est ça. Je sens tes muscles se resserrer autour de moi. C'est une sensation incroyable. Sérieusement. Et si je faisais ça ?

Il descendit la main sur son ventre, jusqu'à effleurer son clitoris du pouce. Sans appuyer, ni frotter ou titiller, il se contentait de l'effleurer, encore et encore, d'un toucher très léger.

Elle voulait plus. Elle en avait besoin. Elle avait envie de se presser contre lui, de forcer ses doigts à bouger plus vite.

Plus fort. Mais il exigeait qu'elle reste immobile, alors elle serra les dents et s'efforça d'obéir.

— Bon sang, Hen, tu es incroyable. Tu me laisses faire ça. Tes tétons sont si durs, je parie qu'ils palpitent, n'est-ce pas ?

En effet... Alors elle hocha la tête.

— Accroche-toi juste encore un peu. Je te promets de t'y emmener.

« Encore un peu » s'avéra bien trop long pour Henley. C'était à la fois la torture et le paradis en même temps.

Quand l'orgasme survint, ce fut presque une surprise. L'espace d'une seconde, elle serrait les dents, faisant tout ce qu'elle pouvait pour ne pas bouger, et la seconde d'après, tout le bas de son corps était en feu.

— Tu es tellement magnifique, souffla Finn, un moment avant d'ajouter un deuxième doigt à l'intérieur de son corps et de tourner la main.

Il appuya sur un point au fond d'elle, qui fit tressauter Henley.

Toute idée d'immobilité s'envola de son esprit et son corps convulsa alors que Finn la caressait de l'intérieur. Du liquide jaillit d'entre ses jambes, trempant les draps et la main de Finn. Henley aurait été mortifiée s'il n'avait pas été aussi excité.

— Oui ! Putain, oui, Hen. Waouh, c'est incroyable. Tu es incroyable. C'est ça... tellement bon. Tu sens bon. Je pourrais te dévorer.

Henley eut l'impression de s'être évanouie quelques instants, parce qu'elle retrouva Finn allongé à côté d'elle, une main couvrant son pubis de manière possessive.

Elle sortit assez de sa torpeur pour dire :

— À toi ?

— Chuuut. Tout va bien. C'était la chose la plus érotique que j'aie jamais vue. Merci de m'avoir donné ça.

— Hum, je pense que c'est plus moi qui devrais te remercier. Est-ce qu'on doit changer les draps maintenant ?

— À quoi bon, si c'est pour les salir à nouveau plus tard ?

Henley s'obligea alors à ouvrir les yeux.

— Encore ? demanda-t-elle, incrédule.

— Je ne me lasserai jamais de toi, Hen. Et comme tu as une séance demain après-midi et que je vais devoir te laisser sortir du lit, je compte profiter au maximum du temps que nous avons ensemble.

Henley sourit et se blottit contre lui.

— OK.

— OK, répéta-t-il, bougeant maintenant les doigts sur son intimité qu'ils caressaient.

Henley aurait bien souri à nouveau, mais elle s'était déjà assoupie. En plus, c'était agréable qu'il la tienne comme ça.

La dernière chose qu'elle sentit avant de s'endormir à nouveau, ce furent les lèvres de Finn contre sa tempe.

CHAPITRE 11

Tonka se sentait un homme complètement différent de celui qu'il était avant que Henley et lui ne commencent à sortir ensemble. Et c'était grâce à elle. Elle lui donnait la force de repousser les ombres au fond de son esprit et de se concentrer sur l'ici et le maintenant.

Le matin suivant leur nuit d'amour avait été aussi confortable et facile que tous les jours précédents. Ce qui était un soulagement, parce que la dernière chose que Tonka voulait, c'était que Henley soit embarrassée par tout ce qu'ils avaient fait ensemble.

Il ne s'était jamais senti aussi libre sexuellement qu'avec Henley. Elle lui faisait implicitement confiance et, en prime, elle aimait faire l'amour autant que lui. Ils avaient tous les deux été insatiables pendant la longue nuit et le matin suivant, et elle avait eu du mal à arriver à l'heure à son rendez-vous.

Ils s'étaient douchés ensemble, avaient fait la lessive – qui avait commencé assez innocemment et s'était terminée quand Finn l'avait prise alors qu'elle était assise sur son lave-linge –, avaient copieusement petit-déjeuné et s'étaient même blottis sur le canapé pendant un moment, pour regarder une série sur les zombies avant de faire l'amour une fois de plus.

Elle était tout ce dont Tonka avait rêvé chez une femme, sans jamais penser le trouver.

La nuit où Jasna était rentrée du camp avait été plus dure qu'il ne l'aurait cru. Henley lui manquait. Oui, leurs parties de jambes en l'air étaient hors du commun, mais c'était leur intimité qui lui manquait le plus. Après les quelques nuits qu'ils avaient passées ensemble, il s'était habitué à regarder le canapé et à l'y voir. À se réveiller au milieu de la nuit et l'avoir blottie contre lui. À sortir de la douche et sentir l'odeur d'un café qu'il n'avait pas eu à faire lui-même.

Après avoir été seul pendant si longtemps, il avait pensé qu'il serait extrêmement difficile de s'habituer à la présence de quelqu'un d'autre dans son espace. Mais ça n'avait pas du tout été le cas. Henley s'était intégrée dans son monde comme si elle avait toujours été là.

Et pouvoir rentrer à son chalet avec elle après le travail, en sachant qu'il n'aurait pas à lui dire au revoir, c'était quelque chose dont il n'avait même pas réalisé l'importance.

C'était nul, le premier soir après le camp, quand après avoir traîné un peu dans son chalet avec Jasna, Henley s'était levée vers 20 heures et avait déclaré qu'elles devaient y aller.

Tonka chérissait chaque moment passé avec Henley et Jasna. Il avait appris à ses dépens que rien n'était acquis dans la vie. Il s'était imaginé vivre de nombreuses années auprès de Steel : le chien serait mis à la retraite des garde-côtes et il aurait dû finir sa vie choyé par Tonka. Si Steel n'avait été « qu'un » chien, il avait aussi été son meilleur ami. Ils avaient passé toutes leurs journées ensemble. Voilà pourquoi il avait été aussi douloureux de se le faire arracher aussi brusquement et aussi violemment.

Fuyant ses souvenirs, Tonka se concentra sur la discussion qui se déroulait autour de lui. Ils tenaient leur réunion mensuelle sur les activités du Refuge. Les recettes avaient augmenté de dix pour cent et les dons de cent quarante pour cent depuis qu'Alaska avait suggéré d'ajouter un bouton de don sur leur site web.

Savannah, leur comptable, venait de partir après avoir exposé les informations, et Jason était en train de parler des chalets, des réparations et améliorations nécessaires pour qu'ils soient aussi accueillants que possible pour leurs résidents. Hudson et Robert avaient déjà fait leurs rapports et, heureusement, il n'y avait pas eu de surprises avec l'un ou l'autre en ce qui concernait l'aménagement paysager et la préparation de la nourriture.

Avant qu'il ne s'en rende compte, c'était au tour de Henley de prendre la parole. Tonka ne pouvait en détacher le regard. Ils n'avaient pas fait l'amour depuis la fin du dernier camp de Jasna, mais à vrai dire, il était simplement satisfait d'être auprès d'Henley. S'il aimait le sexe ? Bon sang, oui. S'il en avait besoin ? Non. Il aimait passer du temps avec elle parce qu'elle était pleine d'esprit et de gentillesse, et que, grâce à elle, il se sentait de nouveau comme avant.

Jusqu'à récemment, Tonka avait à peine prêté attention à leurs réunions mensuelles, car tout ce qui l'intéressait vraiment, c'étaient les animaux et leurs besoins. Il faisait confiance à ses amis et copropriétaires pour prendre les bonnes décisions concernant le reste. Mais aujourd'hui, il y prit un plus grand intérêt. Le Refuge était sa maison, après tout, et maintenant plus que jamais, il voulait s'assurer qu'il faisait sa part afin que ce soit un endroit sûr et accueillant pour tout le monde, et pas seulement pour leurs résidents payants.

— Je pense que l'augmentation du nombre de personnes qui viennent au Refuge sans être issues de l'armée est une tendance intéressante, déclara Henley. Bien que les anciens combattants soient au centre de nos préoccupations, il y a beaucoup d'autres personnes, en dehors de l'armée, qui, après un traumatisme, ont besoin d'aide pour y faire face, et découvrent le Refuge. Le mois dernier, par exemple, nous avons reçu huit résidents qui avaient été agressés sexuellement, deux qui avaient été tellement malmenés dans leur enfance qu'ils avaient encore du mal à s'en sortir aujourd'hui, quatre qui avaient survécu à un épisode de violence sur leur lieu de travail, et trois qui avaient été harcelés et traumatisés par un ancien conjoint... et non, ce n'étaient pas toutes des femmes. Les hommes peuvent être traumatisés par leur femme tout autant que celles-ci par leur mari.

— C'est une tendance intéressante, et un excellent point que tu soulèves, déclara Pip. Que pouvons-nous faire pour qu'ils se sentent aussi bienvenus que nos anciens combattants ? Nous avons travaillé dur pour promouvoir cet endroit auprès des vétérans atteints de SSPT, mais comme tu l'as souligné, il y a beaucoup de victimes de traumatismes en dehors du service militaire. Le bouche-à-oreille a apparemment amené au Refuge de nombreuses personnes n'ayant pas servi dans les forces armées, mais je suis d'accord pour dire que nous pourrions faire plus.

— Je ne dis pas ça pour critiquer ce que vous faites ou ne faites pas. C'est juste une évolution intéressante. Car même si des bruits violents comme les pétards et les voitures qui pétaradent sont toujours des préoccupations valables, les autres déclencheurs potentiels de crise – chez les non-militaires – ne sont pas aussi évidents.

Spike fronça les sourcils.

— Donc on devrait mettre à jour notre formulaire d'admission...

Henley opina.

— Je peux vous aider là-dessus, puisque je parle à la plupart des résidents. J'ai une assez bonne compréhension de ce qui pourrait être un déclencheur et de ce que nous pourrions leur demander.

— Quoi d'autre ? demanda Owl en se penchant en avant.

Tandis que Tonka écoutait ses amis et Henley discuter des meilleurs moyens de s'assurer que tous leurs résidents soient le plus en sécurité possible pendant leur séjour, tant mentalement que physiquement, il ne put s'empêcher d'être à nouveau impressionné par sa femme. Elle utilisait ses expériences pour comprendre et aider les autres. Alors que lui...

Que faisait-il ?

Il évitait complètement de penser à Steel. Se cachait autant que possible. Il conservait ses distances avec des personnes susceptibles de comprendre mieux que quiconque ce qu'il vivait.

Il avait assisté aux séances de Henley et écouté les résidents raconter ce qu'ils avaient vécu. Et pas une seule fois, il n'avait voulu admettre les similitudes entre sa propre expérience et la leur. Il s'était entêté à penser que rien de ce qu'ils avaient vécu n'était aussi grave que ce qu'il avait dû affronter.

En serrant les lèvres, Tonka se sentit soudain... honteux. Henley elle-même avait vécu quelque chose de deux fois plus traumatisant que lui, et ce, à un âge beaucoup plus précoce, et elle s'en sortait beaucoup mieux que lui.

— Tu nous as donné beaucoup de matière à réflexion, Henley, constata Brick, ramenant Tonka à la discussion. Si tu as d'autres suggestions sur ce que nous devrions faire pour mieux aider nos résidents, n'hésite pas à nous en faire part. Même en dehors de nos réunions mensuelles. Lorsqu'on a ouvert cet endroit, on voulait simplement qu'il soit un refuge pour les gens. Un endroit sûr où ils pourraient trouver la paix dont ils ont besoin, au moins pour un temps. Et si on nuit à cet objectif, même involontairement, on tient à le savoir.

— Je n'y manquerai pas. Et je trouve cet endroit incroyable. Presque tous les résidents avec qui j'ai parlé m'ont dit avoir ressenti un énorme soulagement rien qu'en vivant sur la propriété. Ils ne sont pas jugés pour leurs problèmes de santé mentale, ce qui est en soi un énorme plus. Et comme vous le savez, on a beaucoup de clients réguliers.

Brick et les autres hochèrent la tête, mais Tonka ne put que fixer la femme de l'autre côté de la table, qui était maintenant debout et rassemblait ses papiers. Elle lui jeta un regard, et un petit sourire, avant de quitter la pièce.

— Bien, donc... il ne reste plus que nous. Que pensez-vous de ces différents rapports ? On devrait changer quelque chose ? demanda Brick.

Chacun prit la parole à son tour, fit un bref rapport sur les questions sur lesquelles il avait travaillé et donna son avis sur le Refuge en général.

Quand vint le tour de Tonka, pour la première fois en cinq ans il ne parla pas des animaux.

— Je tiens à vous remercier tous de m'avoir supporté pendant si longtemps, déclara-t-il solennellement. Je n'ai pas fait ma part d'opérations quotidiennes, et j'en suis désolé.

Ses six amis protestèrent tous en même temps, mais Tonka leva une main pour les arrêter.

— J'apprécie que vous m'ayez accordé du temps et de

l'espace pour évacuer mon problème, même si je suis sûr que vous ne vous attendiez pas à ce que cela dure cinq putains d'années. Je n'ai pas beaucoup parlé de ce qui m'est arrivé... mais c'est peut-être le moment.

Maintenant, la pièce était si calme que Tonka entendait le tic-tac de l'horloge sur le mur au-dessus de leurs têtes.

— Je ne peux pas entrer dans les détails... pas maintenant, et peut-être jamais. Mais j'avais un partenaire canin. C'était un malinois belge et son nom était Steel. J'avais confiance en lui, et lui en moi. Nous formions une équipe bien huilée. C'était mon meilleur ami. Eh bien... une mission a mal tourné. Je l'ai perdu d'une façon que vous ne pouvez même pas imaginer. Le trafiquant qu'on essayait d'arrêter a pris le dessus sur nous et l'a tué d'une manière horrible. Après ça, j'ai décidé que je préférais interagir avec les animaux, parce qu'ils ne vous trahissent pas. Ne sont pas diaboliques. Ils ne se retournent pas contre vous sans raison. Tant qu'ils n'ont pas faim ou froid, qu'ils ont un abri adéquat, qu'ils ne sont pas battus..., ils sont parfaitement heureux d'être votre ami et d'une loyauté sans faille. J'avais vu de mes propres yeux à quel point les humains pouvaient être mauvais et, après avoir perdu Steel, j'ai mis presque tout le monde dans le même sac. Je sais que c'est une façon tordue de voir le monde, et j'y travaille. Merci à tous de ne pas m'avoir abandonné et d'avoir supporté que je me montre aussi distant.

Tonka fixait les hommes autour de la table. Il respectait chacun d'entre eux. Il les avait gardés à distance, même s'ils lui avaient été d'un grand soutien. Faute de savoir comment ils allaient réagir à son aveu – beaucoup de gens minimisaient son chagrin, au motif qu'il n'avait perdu « qu'un » chien –, il se préparait à tout.

— Putain de merde. Henley est vraiment une faiseuse de miracles, lâcha Spike dans le silence.

Pendant un moment, tous le regardèrent, sidérés, puis ils éclatèrent de rire. Tonka ne put s'empêcher de se joindre à eux. Son ami n'avait pas tort.

— N'est-ce pas ? dit Pip. Elle a transformé notre animal grogneur en un tas de guimauve !

Hilare, Tonka jeta son stylo sur Pip. Le Bic lui rebondit sur son front.

— Aïe ! s'exclame-t-il en portant une main à sa tête.

Les rires redoublèrent.

— Je sais qu'Alaska a fait de moi un homme meilleur, mais bon sang ! fit Brick en secouant la tête, un grand sourire aux lèvres.

— Où je pourrais trouver une Henley ? demanda Spike.

Même si Tonka et ses amis savaient qu'il plaisantait, il y avait dans cette question une pointe de mélancolie facile à déceler.

— C'est vraiment génial de t'avoir plus souvent avec nous, lâcha Tiny.

— Je suis d'accord, approuva Stone en hochant la tête. Bon, je suppose que tu ne te porteras jamais volontaire pour animer une soirée karaoké, mais te voir aux repas et à certaines activités nocturnes, ça a été génial.

— Et avoir Jasna dans le coin cet été s'est avéré très amusant, dit Owl.

— Je suis d'accord. Elle est vraiment curieuse et pleine d'enthousiasme. On oublie à quel point cela peut être bénéfique. Et certains résidents ont même mentionné dans leurs commentaires qu'ils avaient adoré discuter avec elle, renchérit Pip.

— On devrait en parler, tiens, constata Brick sur un ton plus sérieux. Lorsqu'on a créé cet endroit, on a convenu qu'aucun enfant n'y était autorisé. On ne voulait pas d'enfants indisciplinés ou ingérables. Sans compter que les pleurs de bébés peuvent être un déclencheur pour certaines personnes. Mais on pourrait revoir notre position sur le sujet, non ?

— Tu poses la question pour une raison particulière ? demanda Stone avec un sourire.

Brick sourit.

— Peut-être. Bon, je ne dis pas qu'Alaska et moi allons avoir un bébé demain, mais il se peut qu'on veuille un jour avoir des enfants. Et avec un peu de chance, un jour vous autres trouverez une femme et voudrez peut-être des enfants. Il semble un peu injuste d'avoir une règle interdisant les enfants quand nous pourrions avoir les nôtres un jour.

— L'ouverture de l'endroit aux enfants permettrait à davantage de parents isolés de profiter de ce que le Refuge peut offrir, déclara Stone.

— Mais c'est là le problème, objecta Pip. En ce qui concerne nos propres enfants, on a notre mot à dire sur la façon dont ils sont élevés. On peut leur apprendre à être respectueux et ne pas les élever en hooligans. Si on ouvre le Refuge aux enfants, on n'a aucun contrôle sur la façon dont ils vont se comporter. Je veux dire, on peut énoncer des règles et tout ça, mais que faire si l'un d'entre eux devient une terreur ?

— Bon point, admit Stone.

— Et les bébés qui pleurent risquent de faire office de déclencheur, ajouta Tiny. Nos chalets sont assez éloignés des autres pour que des bébés n'y soient pas entendus par les clients.

— Alors, quoi ? Alaska et Brick n'auront pas le droit d'amener leur bébé au pavillon ? demanda Owl. Juste au cas où il risquerait de pleurer et de mettre quelqu'un mal à l'aise ?

— Non, je ne dis pas ça, se défendit Tiny.

— Et si on commençait par dire que seuls les enfants de

plus de huit ans sont les bienvenus, mais sous réserve de respecter certaines règles ? Comme le fait d'être accompagnés d'un adulte à tout moment ? suggéra Spike.

— Ou peut-être pourrions-nous avoir certaines semaines où les enfants sont les bienvenus. De cette façon, les personnes qui réservent sauraient quand il y a des enfants dans le coin et pourraient décider de venir ou pas à ce moment-là, ajouta Tonka, qui prenait la parole pour la première fois.

— C'est une bonne idée, approuva Brick. On pourrait aussi proposer des activités adaptées à l'âge des enfants, et peut-être engager quelqu'un pour les divertir pendant que les parents prennent du temps pour eux ou lorsqu'ils sont en thérapie. Plus tard, on pourrait même ajouter un bâtiment spécifiquement destiné aux enfants.

— Je dois admettre que j'aime l'ambiance adulte qui règne ici, avoua Spike. On n'est pas un parc à thème ou un camp de vacances. On a créé cet endroit pour que nos résidents aient un endroit où se détendre. Peu importe qu'ils soient bien élevés ou non, des enfants changent l'ambiance d'un endroit. Nous l'avons vu avec Jasna cet été. Et ne t'offusque pas, Tonka, je ne dis pas que je n'ai pas apprécié sa présence ici. C'est juste que c'est différent.

Tonka hocha la tête. Son ami n'avait pas tort.

— Cependant, poursuivit Spike, ce que j'aime encore plus dans cet endroit et dans mon travail avec vous tous, c'est qu'on n'a pas peur des changements, de s'adapter aux nouveaux besoins et aux nouvelles demandes. Des tas d'entreprises refuseraient de faire quelque chose de différent, surtout quand elles engrangent des bénéfices. J'aime qu'on puisse parler des avantages et des inconvénients des choses avant de parvenir à un accord raisonnable.

Les autres étaient d'accord avec Spike, tout comme Tonka. Bon sang, il était juste content de participer à la discussion. Il avait peut-être fallu cinq ans pour que le brouillard dans sa tête commence à se dissiper, mais il avait eu la chance d'atterrir ici, au Nouveau-Mexique, avec ces hommes. N'importe quel autre employeur l'aurait probablement déjà licencié, incapable de supporter ses manies.

— OK, on va devoir trouver comment l'annoncer sur le site web et déterminer quelles semaines nous voulons ouvrir l'endroit aux personnes avec enfants. Je vais demander à Alaska de regarder les réservations et de voir s'il y a des semaines qui semblent meilleures que d'autres. Cet été et l'année prochaine sont déjà bien remplis, mais nous pourrons trouver des semaines en automne et au printemps qui conviennent, déclara Brick.

Nouveaux hochements de tête autour de la table, avant que Brick ne change de sujet.

— Alors... je suppose que les choses se passent bien avec Henley ?

— En effet, confirma Tonka avec un petit sourire.

— Tant mieux, parce que tu mérites d'être heureux, approuva Brick. Et avant qu'on devienne sentimentaux, tu pourrais nous parler de l'adaptation de la génisse ? Comment Jasna l'a-t-elle appelée déjà ?

— Scarlet Pimpernickel, répondit Tonka avec un sourire.

— Purée ! gémit Owl en secouant la tête avec un petit sourire.

— Scarlet pour faire court, leur précisa-t-il. Et ça va. Un peu maigre, mais on va arranger ça en un rien de temps. Parce qu'elle va devenir aussi imposante, voire plus, que Melba. On va probablement avoir besoin d'agrandir le paddock. Surtout avec les chevaux, les chèvres et qui sait ce que nous accueillerons d'autre.

Les vingt minutes suivantes furent consacrées à l'espace disponible dans la grange et au nombre d'animaux supplémentaires qu'ils pourraient raisonnablement héberger avant que la grange elle-même ne doive être agrandie.

— Si on continue à se développer, on devra peut-être embaucher quelqu'un pour aider Tonka, dit Stone. Je sais que la grange est son domaine, mais il n'y a qu'un nombre limité d'heures dans une journée.

— C'est à Tonka de décider, déclara fermement Tiny. L'étable est son domaine. Pas question d'y faire venir quelqu'un qui pourrait perturber sa routine.

Les autres se tournèrent tous vers lui pour connaître ses pensées et, une fois de plus, Tonka fut heureux d'avoir rencontré ces hommes. Ils étaient peut-être tous d'anciens militaires, et un peu rugueux aux entournures, mais ils étaient prévenants et loyaux. Et au lieu de se sentir paniqué à l'idée de partager ses animaux avec quelqu'un, de répartir une partie de sa charge de travail, Tonka pensa au temps supplémentaire qu'il pourrait passer avec Henley.

— Je serais ouvert à l'idée d'avoir de l'aide, dit-il simplement.

Brick sourit, comme s'il pouvait lire dans les pensées de Tonka.

— Je lancerai des appels d'offres le moment venu, mais c'est toi qui t'occuperas des entretiens et de l'embauche, d'accord ?

Tonka hocha la tête. Par le passé, il aurait rechigné. Il aurait dit à Brick d'engager qui bon lui semblait. Mais aujourd'hui, il se sentait assez confiant pour prendre lui-même une décision aussi importante.

— Je ne sais pas pour vous, mais moi, je n'ai presque plus rien à dire, dit Stone. Quelqu'un veut vérifier les bunkers avec moi ? On ne l'a pas fait depuis un moment et, après ce qui s'est passé avec Brick et Alaska, je me suis dit que ce serait une bonne idée de s'assurer qu'ils sont tous en bon état.

— Je suis partant, déclara Spike en se levant.

— Je peux emmener les personnes intéressées faire une randonnée au Rocher-Table, pour éviter qu'elles ne vous suivent et ne voient quelque chose qu'elles ne devraient pas, proposa Pip.

— Il est également temps de vérifier toutes les mangeoires à oiseaux autour de la propriété. Je vais demander à Jasna de recruter quelques volontaires pour l'aider à les remplir. Cela occupera ces personnes jusqu'à l'heure du dîner, proposa Tonka.

Il voulait faire sa part pour aider ses amis, mais confier cette tâche à Jasna ferait plaisir à la jeune fille et leur accorderait, à Henley et à lui, un moment de solitude. Elle n'avait pas de séance prévue cet après-midi, et il savait qu'elle descendrait à la grange jusqu'à ce qu'il ait fini ses corvées et qu'ils puissent aller manger.

— Parfait. Merci à tous. Je vous tiendrai au courant de ce dont nous avons parlé, annonça Brick en reculant sa chaise.

Tonka se leva rapidement et se dirigea vers la porte. Il aimait bien s'ouvrir à ses amis, mais il avait hâte de voir Henley. Il ne comprenait pas encore tout à fait sa compulsion à être tout le temps avec elle, mais il ne la combattait pas non plus. Grâce à elle, il se sentait bien. En général et à propos de lui-même.

En sortant de la salle de conférence, il vit Henley et Ryan parler à Alaska. Les trois femmes s'étaient rapprochées au cours des deux dernières semaines, et Tonka était heureux pour Henley. Elle avait admis un soir n'avoir pas beaucoup d'amis et, même s'il ne connaissait pas très bien Ryan, il appréciait et respectait Alaska.

— Merci encore de m'avoir aidée à nettoyer l'ordinateur, lança Alaska à Ryan qui lui sourit. Je n'en reviens pas de tous les sites web que Becky consultait et de tous les cookies et autres merdes de suivi qu'elle a fini par mettre sur la machine.

Becky était leur ancienne assistante administrative et, comme les nombreuses personnes qui avaient occupé ce poste avant elle, elle n'avait pas fait l'affaire. Ils avaient eu de la chance qu'Alaska prenne le poste.

Ryan acquiesça.

— Bien sûr. Maintenant, tu sais dans quel dossier tous ces trucs sont stockés, tu peux donc le vider toi-même de temps en temps.

— Oui. On va toujours faire les courses et déjeuner la semaine prochaine ? lui demanda Alaska.

— Absolument. Je suis de repos jeudi et j'aimerais passer du temps entre filles, répondit Ryan avec un sourire.

— Je suis impatiente, déclara Henley. Je ne me souviens pas de la dernière fois où j'ai passé une soirée pareille.

— Eh bien, ce sera plus un après-midi entre filles, mais ça me va, dit Alaska en riant.

— Là-dessus, je dois y aller. J'ai encore une pile de draps et de serviettes à plier, et puis je m'en vais, leur lança Ryan.

— Je pensais que la corvée de lessive, c'était pour Jess aujourd'hui, remarqua Alaska en fronçant les sourcils.

— Oui. Mais son mari est malade, alors j'ai pris sa garde et je l'ai renvoyée chez elle, expliqua Ryan en haussant les épaules. Ce n'est pas un problème. À demain, les filles. Bye, Tonka, le salua-t-elle avec un sourire quand elle le dépassa devant la porte d'entrée.

Il s'approcha de Henley et passa un bras autour de sa taille, baissant la tête pour l'embrasser légèrement.

— Salut, dit-elle en se penchant vers lui. Le reste de la réunion s'est bien passé ?

— Oui. Je n'essayais pas d'écouter aux portes ou quoi que ce soit, mais Jasna a un camp de théâtre la semaine prochaine, n'est-ce pas ? Tu veux que j'aille la chercher jeudi, afin que tu puisses profiter de ton après-midi de libre sans avoir à t'inquiéter de l'écourter ? Je peux la ramener ici pour qu'elle ne soit pas seule avec moi dans ton appartement.

Du coin de l'œil, Tonka vit Alaska s'éloigner du bureau pour accueillir Brick, mais toute son attention était focalisée sur Henley.

Elle fronça les sourcils.

— Pourquoi ça m'inquiéterait que vous soyez seuls dans mon appartement ?

Tonka lui jeta un regard.

— Parce que je suis un homme et qu'elle est ta fille.

Il fallut un moment à Henley pour comprendre ce qu'il insinuait. À la surprise de Tonka, elle fronça les sourcils et parut furieuse. Contre lui. Se dégageant de son emprise, elle se retourna vers lui, les mains sur les hanches, et lui demanda :

— Tu te moques de moi ?

— Hum... non ? répondit-il, confus.

Elle fronça encore plus les sourcils, puis lui attrapa la main et le tira vers la porte.

— Salut, Henley ! À plus tard ! lança Alaska.

— Oui. Je dois faire entendre raison à cet idiot. Je te raconterai ça tout à l'heure ! répondit Henley sans ralentir sa marche vers la sortie.

Tonka n'avait aucune idée de ce qui la mettait en colère, mais il ne put s'empêcher de sourire. Elle était adorable quand elle faisait la dure. Bien qu'il soit un peu inquiet de ce qu'il avait fait pour l'irriter, il savait déjà qu'il ferait ou dirait tout ce qui était nécessaire pour réparer ses torts.

Elle le remorqua jusqu'à la grange et, à la seconde où ils furent à l'intérieur, elle se retourna contre lui.

— Finn Matlick, pourquoi ne te ferais-je pas confiance concernant ma fille ? Tu vas lui faire du mal ?

— Quoi ? Non ! s'exclama-t-il.

— Tu vas lui faire des choses tordues qui m'obligeront à te transpercer d'une épée ?

— Non, répéta-t-il, en essayant de ne pas rire de l'image.

— Est-ce que tu as, oui ou non, passé du temps seul avec elle dans cette grange ?

— Oui, mais ce n'est pas la même chose.

— Pourquoi ? insista-t-elle, les mains sur les hanches.

— Parce que. Nous ne sommes pas vraiment seuls.

— Donc l'autre jour, quand elle est restée trois heures avec toi pendant que tu lui apprenais à faire des nœuds, vous n'étiez pas seuls ?

— Si, mais des résidents pouvaient entrer à tout moment lorsque nous étions dans la grange. L'emmener chez toi, où on serait vraiment seuls, derrière des portes fermées... c'est différent.

Henley secoua la tête.

— Non, ce n'est pas différent. Finn, je te confie la chose la plus précieuse de ma vie, ma fille. Je vois la façon dont tu regardes certains résidents quand ils s'approchent trop près d'elle. Si tu pouvais, tu l'attraperais et l'emmènerais loin, simplement pour la garder en sécurité. Peu importent les démons qui te hantent, tu es un homme bon. Tu as rendu ma vie beaucoup plus facile cet été, mais, plus encore, tu as rendu la vie de Jasna plus riche simplement en en faisant partie. Elle t'adore.

— Arrête de parler, murmura Tonka.

Mais elle n'obéit pas.

— Je ne fais pas confiance facilement, surtout quand il s'agit de ma fille. J'ai vu de mes propres yeux les catastrophes qui peuvent se produire dans une vie. Mais je te confierais, sans hésitation, et ma vie et celle de Jasna.

— Sérieusement, arrête, la supplia Tonka.

— Non, je n'arrêterai pas. Tu dois savoir que ce qui t'est

arrivé n'est pas dû à quelque chose que tu n'as pas fait. Si tu avais pu l'arrêter, tu l'aurais fait. Tu devais avoir les mains liées. Je le sais sans l'ombre d'un doute, parce que tu aurais fait pleuvoir le feu de l'enfer sur le trou du cul qui te faisait du mal, à toi et à ceux que tu aimes, si tu avais pu.

Elle ne pouvait pas savoir à quel point son commentaire était vrai, sur les mains liées, mais Tonka ne pouvait plus supporter sa douceur. Il se planta devant elle et la prit par les épaules pour la faire reculer jusqu'à la porte du box de Melba. La vache était dans le paddock pour le moment, mais Tonka n'y réfléchit même pas. Tout ce qu'il voulait, c'était l'embrasser pour qu'elle arrête de parler.

Elle ne le repoussa pas. En fait, Henley s'empara de sa chemise et agrippa le tissu pour attirer Tonka à elle. Leur baiser commença par être désespéré, presque furieux, pour se transformer immédiatement en une étreinte sensuelle et passionnée.

Tonka n'avait jamais connu ce genre de connexion immédiate. Elle le comprenait à un niveau que personne n'avait jamais atteint. Et la confiance qu'elle avait en lui, alors qu'il ne l'avait pas lui-même, le rendait humble et le bouleversait.

Même s'il ne désirait rien de plus que de la prendre contre le box, il était bien conscient de leur environnement. Il ne ferait jamais rien pour l'embarrasser ni pour embarrasser Jasna, qui pouvait entrer dans la grange à tout moment.

Il s'écarta, le souffle court, essayant de trouver la volonté de lâcher prise. Il avait une main dans ses cheveux, avec laquelle il l'avait immobilisée pour son baiser, et l'autre était sur le bas de son dos, la serrant contre lui.

— Merde, Finn, dit-elle en souriant, les yeux levés vers lui.

— Désolé…, commença-t-il, mais elle secoua la tête.

— Oh non, tu n'as pas à être désolé pour ça, répliqua-t-elle.

Les lèvres humides et gonflées, elle avait l'air ravie. Tonka ne pouvait s'empêcher d'aimer cet air qu'elle avait.

— Comme je le disais, si tu veux passer prendre Jasna la semaine prochaine pendant que je suis avec Alaska et Ryan, je t'en serais reconnaissante. Si tu veux l'emmener dans mon appartement, c'est bien. Mais je suppose qu'elle préférera venir ici pour passer du temps avec tes animaux et toi. Je peux te retrouver ici pour le dîner. Je peux m'arrêter et prendre quelque chose après mon shopping, on peut manger au pavillon ou retourner dans ton chalet et préparer quelque chose. Honnêtement, je m'en moque. Je veux juste passer du temps avec toi.

Elle était à nouveau douce et Tonka eut besoin de quelques secondes pour sentir qu'il pouvait parler sans que sa voix se brise.

— Et si on improvisait et que je t'envoyais un texto pour te dire quel est le plan.

— Parfait. Quand je déposerai Jasna au camp, je leur indiquerai que tu es sur la liste des personnes autorisées à venir la chercher.

Tonka cligna des yeux. Il n'y avait même pas pensé. Il y avait tellement de petites choses qu'il ne connaissait pas s'agissant de l'éducation d'un enfant.

— OK, lui murmura-t-il.

— Finn ?

— Oui ?

— Il faudra peut-être un peu de temps pour que tu comprennes... mais peu importe ce qui t'est arrivé dans ton passé, l'homme que je regarde en ce moment est sacrément génial.

— J'ai envie de te le raconter, lâcha-t-il. J'en ai parlé aux gars cet après-midi. J'ai juste... Sois patiente avec moi.

Elle tendit une main et la posa sur sa joue.

— Prends tout le temps que tu veux. Je ne vais nulle part.

Il se l'était déjà dit, c'était l'une des principales raisons pour lesquelles elle l'avait dans le creux de sa main, au sens propre comme au figuré. Elle n'était pas arrogante. Elle n'insistait pas pour qu'il s'ouvre et dévoile tous ses secrets. Elle le prenait exactement comme il était. Et savoir qu'elle ne partirait pas ne faisait que lui donner envie de s'ouvrir encore plus à elle.

Henley se haussa sur la pointe des pieds et lui passa une main dans la nuque. De bonne grâce, il se pencha pour qu'elle puisse l'atteindre. L'ayant embrassé rapidement, elle hocha la tête.

— Bon, maintenant que nous avons décidé que je te faisais confiance, que veux-tu faire pour le dîner, ce soir ?

Tonka sourit.

— J'en ai environ pour deux heures de travail ici, puisque j'ai tout laissé en plan pour aller à la réunion.

— Pas de problème. J'ai vu que tu avais du bœuf haché dans ton frigo. Tu veux que je prépare des boulettes de viande ? Ou on se fait des petits sandwichs ?

— Les boulettes de viande, ça m'a l'air génial, convint Tonka.

— Cool. Je vais voir si je peux trouver Jasna. Elle est quelque part par ici. Je lui demanderai de m'aider. Ça te laissera de l'espace pour travailler sans qu'elle te colle aux basques.

— J'allais lui demander de faire le tour des mangeoires à oiseaux de la propriété et de les remplir avec l'aide des clients qui le souhaitent, déclara Tonka.

— Cool. Je lui dirai de venir dans ton chalet quand elle aura fini et elle pourra t'aider avec les boulettes de viande.

— Ça marche, convint Tonka.

Henley lui sourit et secoua la tête.

— Quoi ? demanda-t-il.

— C'est juste que si quelqu'un avait dit à mon moi de dix ans que je serais aussi heureuse dans vingt-cinq ans, je lui aurais répondu que ce n'était pas possible. Prends ton temps, Finn. Je t'enverrai un message quand le dîner sera bientôt prêt.

Tonka hocha la tête, car il n'arrivait pas à prononcer un mot à cause de la boule dans sa gorge. Il regarda Henley s'éloigner. Elle se retourna à la porte de la grange, le salua, puis partit.

Combien de temps resta-t-il là, à essayer de contrôler ses émotions ? Tonka n'en était pas sûr. Mais il finit par se réveiller assez pour se mettre en route. Plus vite il en aurait fini ici, plus vite il pourrait rentrer chez lui et passer du temps avec Henley et Jasna.

CHAPITRE 12

Henley était ridiculement excitée par cette journée. Et comme Finn allait chercher Jasna à son camp cet après-midi, elle n'avait pas à se soucier de quoi que ce soit d'autre que de s'amuser avec Alaska et Ryan. Leur plan était de déjeuner au Blue Window, dont Henley avait entendu beaucoup de bien, puis de faire du shopping.

Ayant dû élever un enfant avec un seul revenu, Henley était généralement frugale, mais le Refuge payait généreusement et son compte en banque était assez garni. D'accord, Los Alamos n'avait pas exactement de grands centres commerciaux et des boutiques de créateurs, mais Henley était plus que ravie de sortir avec ses amies.

Au fil des ans, elle n'en avait pas eu beaucoup. Elle avait été trop absorbée par l'école, puis le travail et l'éducation de sa fille. Alors la proposition d'Alaska de les accompagner lui avait fait vraiment plaisir. Ryan devenait rapidement une amie, elle aussi, et à chaque jour qui passait, Henley se sentait de plus en plus épanouie.

Alaska ouvrit la porte du restaurant local où elles s'engouffrèrent. On les installa rapidement et il ne fallut guère de temps à Henley pour choisir le sandwich bacon-salade-tomate au chili vert.

— Alors... je dois te le dire... Tonka et toi, vous êtes absolument adorables ensemble, lâcha Alaska avec un sourire, en plantant les coudes sur la table dès qu'elles se furent assises.

— Il est génial, convint Henley en hochant la tête. J'étais attirée par lui depuis mon premier jour de travail au Refuge, mais, honnêtement, je n'aurais jamais cru qu'on en arrive là aujourd'hui.

— Il est assez renfermé, constata Alaska.

Henley ne s'offusqua pas, puisqu'elle n'avait pas tort.

— Il n'a dit que deux ou trois choses ici et là, mais j'en ai déduit que ce qui lui était arrivé lorsqu'il était garde-côtes a vraiment été horrible. Je sais qu'il a eu un partenaire canin et que quelque chose est arrivé à son animal, mais je ne connais pas les détails.

Alaska hocha la tête.

— Il est adorable avec tous les animaux du Refuge. Il a un don avec eux, c'est sûr.

— Je pense que Jasna a le même don. Je l'ai vue l'autre jour derrière la grange, avec Chuck, l'écureuil estropié de Tonka, sur les genoux : elle le nourrissait à la main.

— Waouh, vraiment ? demanda Alaska. J'ai essayé de le faire venir à moi et, j'avais beau me trouver à cinq mètres de lui, à la seconde où il m'a vue, il a détalé dans la petite cabane que Tonka lui a fabriquée. Vous saviez que Tonka m'avait comparée à cette créature pathétique ? demanda Alaska.

Henley et Ryan gloussèrent.

— Je suis sérieuse ! Il a déclaré que je lui faisais penser à Chuck, et il a ensuite décrit à quel point il était pathétique et moche, ironisa Alaska.

Henley fronça les sourcils.

— Je suis sûre qu'il ne l'entendait pas dans un sens péjoratif.

— Bien sûr que non. Il voulait dire que Chuck était courageux et il pensait que moi aussi, précisa Alaska en haussant les épaules. Je ne pouvais pas être offensée, puisque c'était Tonka. Il est calme, introspectif... et gentil. Je l'aime bien.

Même si son amie ne la complimentait pas, elle, Henley sentit une vague de chaleur inonder son corps.

— Moi aussi, renchérit Ryan juste avant que la serveuse ne dépose leurs limonades sur la table.

Elles burent toutes de longues gorgées de la boisson rafraîchissante, puis Ryan reprit :

— Je suis encore nouvelle au Refuge, et il est parfois difficile de s'intégrer quand tout le monde autour de vous se connaît, sait comment toutes les choses fonctionnent. Mais il a été assez gentil, quand j'ai commencé à y travailler, de m'indiquer les meilleurs moments pour aller chercher des biscuits frais à la cuisine, lâcha-t-elle avec un sourire. Et il m'a précisé que si j'apportais à Robert une boîte de Christmas Tree Cakes de la marque Little Debbie, il se plie-rait en quatre pour s'assurer que je sois toujours bien nourrie.

— Attends, quoi ? demanda Alaska, confuse. Des Christmas Tree Cakes ?

— Oui, d'habitude on n'en trouve que vers décembre. Je ne sais pas pourquoi ils sont si bons, mais c'est le cas. Je pense que c'est à cause des petites pépites vertes sur le dessus ou quelque chose comme ça. Bref, je suis allée sur internet et j'ai trouvé quelqu'un qui en vendait. J'en ai apporté quatre boîtes à Robert et j'ai littéralement cru que les yeux allaient lui sortir de la tête. Il a déclaré que j'étais sa meilleure amie et je dois dire que toute chance de perdre du poids pendant que je suis ici est maintenant officiellement réduite à néant.

Ses amies s'esclaffèrent.

— Je n'en avais aucune idée, avoua Henley en haussant les épaules. Et je suis ici depuis bien plus longtemps que vous deux. Je vais en toucher deux mots à Finn la prochaine fois que je le verrai, pour m'avoir laissée en dehors de ce petit secret.

— Quoi qu'il en soit, ce que je veux dire, c'est que Tonka a fait des efforts pour m'accueillir quand j'ai commencé, et j'ai apprécié, reprit Ryan en haussant les épaules.

— Ça doit être difficile de sortir avec quelqu'un quand on est mère d'une presque adolescente, ajouta Alaska.

Henley haussa les épaules.

— Ce n'est pas la chose la plus facile que j'aie jamais faite, mais c'est probablement mieux maintenant que lorsqu'elle avait quatre ou cinq ans. À l'époque, elle avait besoin d'être constamment surveillée et divertie. Je vous jure que je me sens un peu coupable, maintenant, parce qu'à l'instant où je me gare sur le parking du Refuge, Jasna saute de la voiture et je ne la revois plus jusqu'à l'heure du départ. J'apprécie vraiment que vous vous prêtiez au jeu et que vous la laissiez traîner avec vous et regarder ce que vous faites.

— Je ne suis pas sûre que mon travail soit très intéressant pour elle, nuança Alaska avec un petit rire et un haussement d'épaules. Mais elle aime bien regarder des vidéos sur YouTube.

Henley fronça le nez.

— J'essaie de limiter son temps d'écran. En général, elle est d'accord, elle se contente de lire ou de jouer à un jeu avec moi, mais, de temps en temps, elle se laisse entraîner et c'est difficile de l'en détacher.

— Je suis surprise de voir à quel point elle est heureuse

de travailler avec moi, déclara Ryan avec un petit sourire. Je n'avais encore jamais vu un enfant aimer faire le ménage.

— Elle ne te ralentit pas trop ? demanda Henley avec inquiétude. Je sais combien vous travaillez dur, Carly, Jess et toi. La dernière chose que je veux, c'est qu'elle vous dérange.

— Pas du tout ! s'exclama Ryan, l'air tellement sincère que Henley fut soulagée. Elle aide beaucoup en fait. Elle trouve amusant de conduire le chariot à linge d'une chambre à l'autre jusqu'à la buanderie. Et à part la fois où elle a utilisé deux fois plus de détergent que nécessaire et où des bulles ont volé jusqu'au parking, elle a été géniale.

Les trois femmes s'esclaffèrent. Henley avait été horrifiée lorsqu'elle avait vu toutes ces bulles en regardant par la fenêtre pendant une de ses séances. Elle avait eu l'intuition que sa fille était pour quelque chose dans ce qui s'était passé. Et elle n'avait pas eu tort. Mais personne ne s'était offusqué et tout le monde avait ri de ce drôle de désagrément.

— C'est une chouette gamine, résuma Ryan après un moment. Elle ne manque pas d'amour, ça saute aux yeux. Tu as fait un travail incroyable avec elle.

Henley sentit sa gorge se serrer. Entendre des compliments de ce genre rachetait tout le stress et la frustration de la monoparentalité.

— Merci, dit-elle.

— De rien.

La serveuse revint avec leurs déjeuners et elles se servirent.

— Alors... s'il te plaît, dis-moi que Tonka est bon dans le domaine de la bagatelle, lâcha Ryan avec un sourire malicieux.

Henley faillit s'étouffer avec son sandwich, mais réussit à l'avaler sans incident.

— Pardon ?

— Est-ce que c'est vraiment une journée entre filles si on ne parle pas de sexe au moins une fois ? insista Ryan, hilare.

Cette femme était rafraîchissante, directe et drôle, et Henley réalisa soudain qu'elle n'avait aucune idée de l'endroit d'où Ryan était originaire ni la raison pour laquelle elle se trouvait au Nouveau-Mexique, au milieu de nulle part. Le Refuge n'était pas exactement sur les sentiers battus et quelqu'un d'aussi extraverti que Ryan ne semblait pas à sa place parmi le reste du personnel, pour la plupart discret.

— Bon sang, certainement pas, convint Alaska.

— On devrait parler de ta vie sexuelle alors ? lui suggéra Henley.

Alaska se contenta de sourire.

— On pourrait. Elle est incroyable : Drake sait ce qu'il fait au lit, c'est une certitude.

— Mince, peut-être que je n'aurais pas dû aborder le sujet. Ça fait bieeeen trop longtemps pour moi, gémit Ryan.

— Alors ? reprit Alaska. J'imagine que Tonka est du genre lent et régulier. Il te laisse prendre les devants. Est-ce que j'ai raison ? demanda-t-elle avec un sourire.

Henley ne put s'empêcher de pouffer.

— Hum... non.

— Vraiment ? insista son amie, les yeux brillants.

Henley ne s'était pas préparée à parler de sa vie sexuelle, mais elle faisait confiance à ces femmes.

— Vraiment. Notre première fois... On a à peine réussi à rentrer dans son chalet.

— C'est plutôt romantique, soupira Ryan.

— En fait, ça ne l'était pas. On était debout, il m'a prise contre la porte, entièrement habillé, et aucun de nous n'a tenu très longtemps, déclara Henley avec un petit sourire. Mais c'était aussi l'expérience la plus torride de toute ma vie. Chaque fois qu'on est ensemble, c'est un véritable brasier entre nous. On n'a pas fait très souvent les choses lentement et avec romantisme, mais je suppose qu'à un moment donné, quand on sera moins affamés, on pourra prendre notre temps.

— Bon sang ! s'exclama Alaska. Je n'aurais jamais deviné.

— Moi non plus. Mais je suis tellement heureuse que j'attends toujours le retour de bâton, admit Henley.

— J'ai ressenti la même chose quand je me suis mise avec Drake. Je l'ai aimé pendant la majeure partie de ma vie, c'était très dur de croire qu'il craquait sur moi.

— Je n'invente rien, lâcha Ryan.

Henley et Alaska la regardèrent, perplexes.

— Quoi ? demanda Henley.

— Très dur... sur toi..., répéta Ryan, l'air penaud. C'est ce qu'elle a dit.

Henley resta à la fixer pendant quelques secondes, puis elle éclata de rire, bientôt imitée par Alaska.

— Oh, mon Dieu, tu ne viens pas de dire ça ! s'exclama-t-elle.

— Désolée, c'est sorti tout seul, fit Ryan avec un petit sourire.

— Est-ce que c'est le moment où je dis : « Je n'invente rien » ? lâcha Henley.

Ce qui les fit rire à nouveau.

Lorsqu'elles eurent recouvré leur calme, Henley sourit à ses amies.

— Tout ce que je peux dire, c'est que Finn est tout ce que je recherchais il y a des années, avant d'avoir Jasna. J'ai toujours aimé le sexe, probablement trop, mais je n'ai jamais été avec un homme qui veille à ce que je sois complètement satisfaite avant de s'occuper de lui. C'est sexy et je me sens chérie. Et la façon dont il se comporte avec Jasna... disons que lorsqu'il en aura assez de sortir avec la mère d'une pré-adolescente, je vais avoir le cœur brisé.

— Qui te dit qu'il va se lasser de toi ? demanda Ryan. À mon avis, il est fou de vous deux. J'ai plutôt l'impression que si tu n'es pas sûre de vouloir que les choses deviennent permanentes, tu devrais probablement veiller à prendre du recul et à ralentir les choses.

— Tu crois ? demanda doucement Henley, qui s'efforçait de ne pas trop s'illusionner.

— Je serais bien étonnée que cet homme ne soit pas déjà éperdument amoureux de toi. Ça se voit à ses yeux. La façon dont son regard te suit partout où tu vas, dont il regarde Jasna, dont il est attentif à tout moment. Il ne peut pas s'empêcher de te toucher lorsque tu t'approches de lui.

— Elle n'a pas tort, convint Alaska. Tonka te regarde comme Drake me regarde.

Henley rougissait, mais elle s'en fichait.

— Tu crois ? ne put-elle s'empêcher de demander à nouveau.

Elle connaissait la réponse. Elle en avait vu tous les signes elle-même. Mais, bon... Parfois, elle avait autant besoin d'être rassurée que n'importe quelle autre femme.

— Oui ! confirmèrent ses deux amies en même temps.

— Vous ne pensez pas qu'on va trop vite ? insista-t-elle encore.

— Fais ce qui te semble juste, répondit Ryan. La vie est trop courte pour les regrets.

— Tu es quoi ? Une machine à proverbes ? se moqua Alaska avant de se tourner vers Henley. N'empêche qu'elle a raison. En plus, tu connais Tonka depuis des années, ce n'est pas comme si vous vous étiez rencontrés un jour et que vous sautiez au lit le lendemain. J'imagine qu'il est un peu difficile de naviguer dans les eaux de la drague avec Jasna dans les parages, non ?

Henley hocha la tête.

— Mais je ne peux pas nier que j'aime les regarder interagir. Il ne s'énerve pas quand elle lui pose un million de questions. J'admets que je suis frustrée de ne pas pouvoir être avec lui autant que je le voudrais, si vous voyez ce que je veux dire, mais quand je vois son affection pour Jasna, ma frustration me semble secondaire.

— Jas a une autre colonie avec quelques nuits sur place dans deux ou trois semaines, non ? Interrogea Alaska.

Henley hocha la tête.

— Oui. Et je n'en peux plus d'attendre.

Les trois femmes échangèrent un sourire.

— Bon, je pense qu'on a assez parlé de sexe, surtout que pour moi, c'est ceinture, se plaignit Ryan.

— Il y a cinq autres célibataires au Refuge, objecta Alaska. Pourquoi ne pas en chercher un ?

Ryan rougit et baissa les yeux vers son assiette comme si c'était la chose la plus intéressante qu'elle ait jamais vue.

— Attends, donc oui, il y en a un qui te plaît ? Qui ? insista Alaska.

— Non, non, pas du tout. Je ne vais pas m'engager avec quelqu'un. Je suis célibataire et j'entends le rester, protesta Ryan.

Mais Henley percevait une note songeuse dans sa voix.

— Pourquoi ? demanda Alaska. Ce sont tous des hommes très bien.

— Oui, et tous d'anciens militaires, répliqua Ryan sans hésiter. Je connais le genre. De super soldats durs à cuire, qui fourrent leur nez partout et autoritaires à souhait. Je suppose que la plupart d'entre eux ne se contenteront jamais d'une aventure. Ils voudront tout savoir sur moi, mon histoire et probablement se conduire en valeureux chevalier ou quelque chose comme ça. Je ne veux ni n'ai besoin de rien de tout ça. Donc je vais rester aussi loin d'eux que possible. Je suis heureuse d'avoir un travail, et c'est tout.

Ryan protestait vraiment trop et, maintenant, Henley

était inquiète. Elle avait vu nombre de ses patients essayer de contourner et d'esquiver les problèmes à l'origine de leurs difficultés mentales. Même si, en apparence, Ryan semblait heureuse et décontractée, Henley avait le sentiment qu'elle était tout sauf ça.

Malheureusement, ce n'était ni le moment ni l'endroit pour essayer d'aller plus loin. De plus, Henley avait pris depuis longtemps la décision de ne pas psychanalyser ses amis.

— Bref, je suis heureuse pour vous deux, mais de mon côté, ça va. Promis, déclara Ryan. Alors... où est-ce qu'on fait du shopping aujourd'hui ?

Reconnaissant là une tentative pour échapper au sujet, Henley hocha la tête.

— J'ai pensé qu'on pourrait aller voir la boutique de dépôt-vente, près du centre commercial. J'y ai trouvé des trucs plutôt sympas dans le passé et je suis toujours à la recherche de la couverture Navajo à deux dollars qui vaut en fait des millions.

Alaska s'esclaffa.

— Ça existe vraiment ?

— C'est arrivé. Peut-être pas ici, car trop de gens savent combien ces choses peuvent être précieuses. Mais quand même...

— Je suis prête pour une bonne friperie, déclara Ryan. J'ai trouvé des choses assez impressionnantes que d'autres avaient tout bonnement jetées.

Une fois la décision prise, Henley termina le reste de son sandwich. Il y eut une petite dispute pour savoir qui allait payer le déjeuner, mais finalement, elles convinrent de payer chacune leur repas... et de laisser un gros pourboire à leur serveuse, qui avait été efficace et aimable pendant tout le déjeuner.

Lorsque toutes trois eurent terminé leurs courses

quelques heures plus tard, Henley était fatiguée et avait les pieds endoloris, mais elle ne se souvenait pas d'un après-midi où elle avait autant ri ou s'était autant amusée.

Elles se tenaient sur le parking d'une adorable boutique de cadeaux nommée Bliss pour se faire leurs adieux. Henley avait acheté tellement de chocolats britanniques et autres friandises dans cette boutique spécialisée que son compte en banque était en train de pleurer. Mais elle ne pouvait pas même se résoudre à s'en soucier. Jasna allait adorer tout ce qu'elle avait acheté pour elle aujourd'hui, et elle espérait que ses petites emplettes pour Finn lui plairaient à lui aussi.

— J'ai vraiment passé un bon après-midi, déclara Alaska.

— Moi aussi, convint Henley.

— Moi de même, dit Ryan. Quand j'ai accepté le poste ici, je n'ai jamais pensé que je m'y ferais de vraies amies.

— Pourquoi ? demanda Alaska avec un petit froncement de sourcils. Tu es drôle, prévenante, tu travailles dur, tu ne laisses jamais les tâches ingrates à Carly ou Jess, et tu proposes toujours d'aider les autres – comme moi – quand ils en ont besoin.

Ryan haussa les épaules.

— Je ne sais pas. Je suis un peu restée dans mon coin par le passé.

Henley brûlait de lui en demander la raison, mais elle ravala la question à la dernière seconde. À la place, elle s'avança et serra son amie dans ses bras.

— Eh bien, ce n'est plus la peine, maintenant, dit-elle fermement.

Alaska fit elle aussi un câlin à Ryan.

— Merci, les filles. Bref, on se voit demain, toutes les trois.

— On devrait refaire ça bientôt, dit fermement Alaska.

— J'adorerais, admit Ryan. On pourrait inviter Jess et Carly. Et même Luna.

— Excellente idée, approuva Henley avec un grand sourire. J'adorerais apprendre à mieux les connaître.

— Il faudrait que ce soit un peu plus tard dans la journée, les prévint Ryan. Ce n'est pas comme si les trois femmes de ménage pouvaient s'absenter de leur poste en même temps.

Elles s'esclaffèrent.

— Très juste. OK, on improvisera. On pourrait faire un après-midi shopping, puis dîner quelque part.

— Champagne ! s'exclama joyeusement Ryan.

— Ça a l'air génial, convint Alaska avant de se tourner vers Henley. Tu rentres chez toi, alors ?

— Oui. Finn a récupéré Jasna au camp. Le plan initial était qu'ils retournent au Refuge, mais ils ont commencé à regarder une série et décidé de continuer, donc ils sont toujours à l'appartement. Je leur ai envoyé un message plus tôt pour savoir s'ils voulaient que je rapporte quelque chose pour le dîner, mais Finn a dit qu'ils avaient tout prévu.

— Tu as peur ? demanda Ryan avec un sourire.

Henley éclata de rire.

— En fait, non. Bon, Finn n'est pas le meilleur cuisinier du monde, mais je lui fais confiance.

— C'est génial, lâcha Ryan, avec de nouveau une pointe de nostalgie dans sa voix. Que tu lui fasses confiance, je veux dire.

— Oui, admit Henley.

— Très bien, on pourrait rester ici toute la nuit, mais je suis sûre que Drake est impatient que je rentre au Refuge. On se voit demain, les filles. Soyez prudentes sur la route !

— Toi aussi ! répondirent Henley et Ryan en même temps.

Tous les trois échangèrent un sourire, puis se dirigèrent

vers leur véhicule. Elles avaient partagé une voiture, plus tôt dans la journée, pour se rendre d'un endroit à un autre, mais avant d'arriver à la boutique de cadeaux excentriques, qui vendait tout ce qui était britannique, elles avaient convenu que ce serait leur dernier arrêt et elles s'y étaient rendues individuellement.

Henley regarda le coffre de son CRV dans le rétroviseur et sourit. Il y avait une tonne de sacs à l'arrière et elle avait hâte de partager ses emplettes du jour avec Jasna... et Finn.

Elle voulait désespérément passer du temps seule avec lui, mais elle savait que le jeu en vaudrait la chandelle, lorsqu'ils se retrouveraient enfin. Elle n'avait jamais été une fan de l'attente autrefois, se souvenant de la torture qu'elle éprouvait lorsqu'il fallait patienter, le matin de Noël, mais elle apprenait maintenant à quel point cela pouvait être amusant. Et rendre encore meilleurs ses moments en tête-à-tête avec Finn.

Toujours souriante, Henley quitta le parking et se dirigea vers son appartement.

* * *

Christian Dekker sortit du parking derrière la psy. Il l'avait suivie toute la journée, de plus en plus impatient. Il avait été tenté d'agir sur-le-champ, de prendre la salope de docteur à la place, mais il s'était obligé à la patience. L'attente, c'était la meilleure partie du truc. Alors il s'était répété encore et encore ce qu'il allait faire.

Il avait repéré un petit chalet désert, pas très loin de la ville. Il n'y avait personne à des kilomètres à la ronde et il pourrait y faire ce qu'il voulait, aussi longtemps qu'il le voudrait. Il n'y aurait aucune raison pour que quelqu'un inspecte le chalet quand la gamine disparaîtrait. Et aucune raison de le soupçonner d'être derrière sa disparition.

En pensant à la frénésie et au bouleversement de la psy face à la disparition de son enfant, il rougit de plaisir.

Il l'avait vraiment appréciée lors de leur première rencontre. Il avait envisagé d'essayer de changer avec son aide. De faire taire son désir de tuer des animaux. De s'entendre avec ses parents et sa sœur. Oui, il avait fait tout son possible pour choquer la thérapeute, en sortant des énormités qui l'effraieraient... mais au fond, il avait aimé se rendre à ses séances.

Jusqu'à ce qu'elle se retourne contre lui. Elle avait cherché à le faire partir. Et elle l'avait refilé au connard avec qui elle travaillait. Il s'était senti trahi d'une façon encore inédite, et il détestait ça.

Elle allait payer pour lui avoir fait croire qu'elle était différente. Qu'elle n'était pas seulement payée pour lui parler, mais qu'elle se souciait vraiment de lui.

Sa vengeance avait été longue à venir, mais il était assez discipliné pour attendre l'occasion parfaite. La salope et sa gamine passaient beaucoup de temps dans ce putain de motel à la périphérie de la ville. Vu qu'ils avaient des caméras partout dans la propriété, il ne pouvait pas risquer de l'attraper là-bas. Sans compter que les hommes qui possédaient l'endroit étaient d'anciens militaires. Tout le monde en ville le savait. Les gens faisaient tout un plat des « héros » qui aidaient les autres, et ça rendait Christian malade.

Il avait presque chopé la fille, plus tôt dans la semaine. Elle était dans une de ces colonies merdiques et, à un moment donné, pendant une activité de groupe, elle était allée aux toilettes. Il avait été à deux doigts de faire son coup. Mais une autre fille était alors entrée dans les sanitaires et Christian n'avait pas voulu prendre le risque d'avoir des témoins. Oui, il aurait pu kidnapper les deux filles, mais il voulait se concentrer sur la gamine de la psy pour commencer. Elle serait sa première. C'était le plan. Et il ne voulait rien faire qui risque de le foutre en l'air.

Il possédait déjà tous les outils pour ce qu'il avait à l'esprit, stockés dans le chalet vide. Pinces, marteau, corde, menottes... il avait même volé de l'argent dans le portefeuille de son père pour acheter les doses de drogue. Il était prêt. Il devait juste trouver le bon moment pour kidnapper la fille.

Lorsque la psy se gara sur le parking de son immeuble, Christian y remarqua le pick-up appartenant au type avec lequel elle sortait apparemment. Le fait que le type soit toujours là compliquait les choses, mais ne les interdisait pas. Ce connard ne l'empêcherait pas de faire ce pour quoi il était né.

Christian Michael Dekker serait le tueur en série le plus célèbre que le pays ait jamais connu. Plus célèbre encore que John Wayne Gacy, Jeffrey Dahmer, Charles Manson ou Ted Bundy. Et le nombre de ses victimes serait plus élevé que les leurs réunies. Beaucoup plus élevé.

Tout le monde devait commencer un jour, et cette gamine serait bientôt sa première victime. Peut-être se spécialiserait-il dans le meurtre d'enfants. Ça pourrait être un angle cool, le rendre encore plus infâme. Oui, d'autres tueurs en série avaient ciblé des enfants... mais lui s'y prendrait mieux. Plus souvent et de manière plus macabre. Christian voulait se démarquer. Imposer sa marque sur le monde.

L'impatience grandissait une fois de plus en lui alors qu'il passait devant l'immeuble pour regagner sa maison. Il n'y était pas retourné depuis quelques jours et savait que ses parents et sa sœur en avaient probablement été soulagés. Ils seraient bientôt débarrassés de lui. Ce qu'ils désiraient depuis qu'ils avaient pris conscience de sa différence. Ils étaient toujours sur sa liste de personnes à tuer, mais il aimait assez l'idée qu'ils regardent par-dessus leur épaule pendant des années, en se demandant quand il allait frapper.

Il les retrouverait bien assez tôt, quand ils s'y attendraient le moins. Quand ils auraient baissé leur garde et pensé qu'il était parti pour toujours. Mais d'abord... la gamine du psy.

Il brûlait d'impatience.

CHAPITRE 13

L'été passait à toute vitesse. D'un côté, Tonka était content. Le Refuge était toujours bondé pendant les mois les plus chauds et il préférait de loin le rythme plus lent de l'hiver. Mais il était aussi un peu triste, car l'arrivée de l'automne signifiait que Jasna allait retourner à l'école. Il n'aurait plus l'occasion de passer ses journées avec elle à la grange.

Sa curiosité était rafraîchissante et inspirante, et elle ne rechignait jamais devant les corvées les plus salissantes avec les animaux. Elle s'était même amusée à utiliser la pelleteuse pour ramasser les excréments dans le corral.

Quant à Henley, il n'avait jamais imaginé qu'une relation puisse être aussi... fluide. Elle était la petite amie parfaite... même si elle n'était pas une personne parfaite. Elle passait trop de temps à s'inquiéter pour les autres, elle travaillait trop, se montrait un peu trop laxiste quand il s'agissait de sa propre sécurité, et elle avait tendance à repousser si longtemps les corvées quotidiennes qu'au moment où elles devaient absolument être faites, elles étaient presque écrasantes. Laver le linge, sortir les poubelles, faire la vaisselle.

Tonka secoua la tête, se rappelant la dernière fois qu'il

était venu chez elle et où il avait vu l'évier littéralement déborder de vaisselle. Elle avait simplement haussé les épaules : il y avait des choses plus importantes dans la vie que de garder une maison bien rangée. Passer du temps avec Jasna, par exemple.

Il ne parvenait pas vraiment à être en désaccord. Il apprenait à apprécier chaque jour comme il venait au lieu de ressasser le passé.

Mais quand même... La journée était difficile pour lui. Il avait du mal à se débarrasser de son cafard.

C'était l'anniversaire de la mort de Steel et il avait encore l'impression qu'elle était survenue la veille et non des années plus tôt. Les souvenirs le bombardaient depuis son réveil. Il luttait pour ne pas sombrer dans la dépression et la colère qu'il avait ressenties presque tous les jours, avant de commencer sa relation avec Henley.

Heureusement, Jasna, qui suivait Hudson pour la journée, était partie planter des arbres et tailler des buissons, elle n'avait donc pas eu à subir sa mauvaise humeur.

Lorsque Tonka se rendit compte qu'il venait de crier sur une des chèvres qui n'avait rien fait de plus que ce qu'elle faisait toujours – essayer de manger quelque chose qu'elle n'aurait pas dû – et qu'il avait frappé la croupe de Scarlet un peu plus fort qu'il n'aurait dû en essayant de lui faire presser le pas, il comprit qu'il devait sortir de la grange. La dernière chose qu'il voulait, c'était blesser physiquement l'un des animaux. Ou les endommager psychologiquement plus qu'ils ne l'étaient déjà.

Il se dirigea vers son chalet : il avait besoin d'être seul.

Il ne s'y trouvait pas depuis trente minutes quand son téléphone vibra sur la réception d'un texto. Il était assis sur son canapé, le regard dans le vide, revivant le pire jour de sa vie et remettant en question ses faits et gestes. En baissant les yeux, il vit que c'était un message de Henley.

Henley : Où es-tu ?

Il tapa une réponse rapide.

Tonka : Dans mon chalet.
Henley : Ça va ?
Tonka : Non.
Henley : Je peux venir te voir ?

Il apprécia qu'elle demande d'abord. Prenant une profonde inspiration, Tonka réfléchit à ce qu'il allait dire. D'un côté, il voulait désespérément la voir. Mais il se refusait à l'entraîner dans l'abîme. Il voulait qu'elle reste comme elle était. Heureuse. Propre. Mais elle était probablement la seule personne dans sa vie en ce moment qui pouvait améliorer, ne serait qu'un tout petit peu, son état d'esprit.

Tonka : Oui.

Elle ne répondit pas, mais il savait qu'elle était en route. Si les rôles avaient été inversés, rien n'aurait empêché Tonka de la rejoindre. Elle ignorait la signification de cette journée pour lui. Elle ne savait pas ce qui s'était passé, mais ça n'avait pas d'importance. Elle l'aiderait de toutes les façons possibles. Et pas seulement parce qu'elle était psychologue. Pas non plus parce qu'ils sortaient ensemble. Elle agirait ainsi pour n'importe lequel de ses amis.

Quelques minutes plus tard, un coup léger retentit à sa porte.

— Entre, lança-t-il.

Et Henley était là. Elle ne dit pas un mot, elle se contenta de s'asseoir à côté de lui, prit sa main, la serra fort et posa la tête sur son épaule.

Combien de temps restèrent-ils assis comme ça ?

Mystère, en tout cas l'emprise du passé sur sa langue commença enfin à se relâcher un tout petit peu.

Sans qu'elle ait besoin de l'interroger, il commença à parler, presque malgré lui.

— Quand j'étais dans les garde-côtes, j'avais un partenaire canin. Steel était mon meilleur ami. Il m'avait été attribué alors qu'il n'avait que six mois et on faisait tout ensemble. On mangeait, on dormait, on jouait, on travaillait. Je n'allais nulle part sans ce chien à mes côtés. Je pouvais lire son langage corporel comme s'il parlait ma langue. On était en mission avec mon ami et collègue de travail. Il s'appelle Raiden – Raid – et son chien, Dagger. On est tombés sur un bateau suspect et on est montés à bord, comme on le faisait souvent. On a merdé en n'attendant pas l'arrivée de nos renforts, mais le bateau n'était pas très grand. On pensait tous les deux pouvoir gérer n'importe quelle situation. Hélas, les choses ont dégénéré à la seconde où on est montés à bord. Raid a été presque immédiatement assommé, et je n'ai pas pu ordonner à Steel d'attaquer, parce que l'un des gars avait une arme pointée sur la tête de Raid. Ils m'ont attaché... et j'ai appris qu'on était tombés sur l'un des plus célèbres barons de la drogue d'Amérique du Sud, Pablo Garcia. On avait été très arrogants. Et on allait le payer.

Tonka prit une profonde inspiration, les yeux dans le vide. Il sentit vaguement Henley exercer une pression sur sa main, seul geste susceptible de l'empêcher de se briser en mille morceaux.

— Ils ont torturé Steel et Dagger. C'est pas dingue, ça ? murmura-t-il, la voix vibrante de souffrance. Garcia riait en leur faisant du mal. Je n'entrerai pas dans les détails, parce que je ne pourrai jamais en reparler. Je n'ai pas supplié qu'ils leur laissent la vie sauve en sachant que cela ne ferait que l'exciter, mais encore aujourd'hui... même en sachant que cela n'aurait fait qu'empirer les choses… je me déteste. Tout ce que je vois quand je ferme les yeux, c'est le regard ambré de Steel, me suppliant de l'aider. J'étais son meilleur ami et il ne comprenait pas pourquoi je ne faisais rien pour que sa douleur s'arrête. Leurs jambes avaient été attachées ensemble par des menottes et ils étaient complètement impuissants face à Garcia. Leurs gémissements et leurs glapissements sont restés gravés dans mon cerveau. Et Dagger regardait son maître, Raid, mais il était inconscient. C'était horrible… chaque fois que je ferme les yeux, je le revois.

Tonka prononça ces derniers mots en chuchotant, avant de se racler la gorge et de continuer :

— Quand Garcia en a eu assez de jouer, il a jeté mon meilleur ami, mon partenaire, le chien que j'aimais plus que la vie, par-dessus bord alors qu'il était encore vivant. Il leur avait attaché des poids aux pattes et il a flanqué les deux chiens à l'eau comme s'ils n'étaient rien de plus que des déchets.

Tonka entendit le sanglot de Henley, mais il se força à continuer.

— Son intention était de nous faire la même chose, à Raid et à moi, mais il n'en a pas eu l'occasion. Nos renforts sont enfin arrivés. Il y a eu une fusillade, et j'ai été touché par quelques balles perdues, mais, honnêtement, je me demande chaque jour pourquoi j'ai survécu et pas Steel. Quelque chose en moi s'est brisé ce jour-là. Et je ne suis pas sûr que je pourrais être complètement remis sur pied, un jour. Le fait que Garcia soit derrière les barreaux est la seule chose qui me permet de dormir la nuit. Les gens se demandent pourquoi j'ai tant de mal à faire face à ce qui s'est passé. Ils ne peuvent pas comprendre pourquoi j'ai un tel SSPT alors que personne n'est mort. Et bien sûr, ils veulent parler en termes d'êtres humains. Mais pour moi, voir Steel souffrir, voir sa douleur, son désarroi a été bien plus horrible. Tellement écrasant que je ne suis pas sûr de m'en remettre complètement un jour. J'envie Raid. Il est resté inconscient pendant tout le truc. Il n'a pas vu Dagger, il n'a pas vu ce que ce monstre lui a fait. Je suis sûr qu'il se sent coupable de ça. Mais j'ai de la culpabilité à porter, moi aussi.

Comme il s'était interrompu, Henley demanda :

— À propos de quoi ?

Sa voix avait vacillé, mais sans qu'elle relâche sa main. Pas même une seconde.

— J'ai toujours regretté que ce ne soit pas moi qui ai été assommé. Comme ça, je n'aurais pas eu à voir ces horreurs. Mais ça aurait laissé Steel seul. Et quel genre de connard souhaite que son ami soit le seul à voir ça ? J'aurais dû faire quelque chose pour aider Steel, Dagger et Raid. Mais non, je suis resté assis et j'ai laissé ce connard faire souffrir mon meilleur ami. Le torturer.

— Tu sais déjà que si tu lui avais montré à quel point tu souffrais, il se serait conduit de façon encore plus sadique, murmura Henley.

Bien sûr qu'il le savait. Mais ça ne diminuait pas la culpabilité qui l'étouffait comme un joug.

— Et j'emmerde les gens qui ont insinué que tu ne devrais pas être aussi bouleversé par le meurtre de Steel. Les difficultés que tu as encore pour affronter à ce qui est arrivé prouvent à quel point tu l'aimais. Ça n'a pas d'importance que Steel eut été un chien. Comme tu l'as dit, il était ton partenaire dans tous les sens du terme. Ton meilleur ami. Je crois que je serais plus inquiète si tu n'avais aucun mal à accepter sa mort. Finn ? Regarde-moi.

Il n'en avait pas envie. Il était en train de s'effondrer et il détestait qu'elle le voie comme ça. Lorsqu'il sentit la main qu'elle posait sur sa joue, Tonka prit une profonde inspiration et se tourna vers elle.

Il ne vit que de la peine et de la douleur dans ses beaux yeux noisette... pour lui. Pas de jugement. Pas de pitié. Pas d'exaspération. Sa gorge se noua.

— Entendre ce qui s'est passé m'aide à comprendre beaucoup de choses, murmura-t-elle, les yeux remplis de larmes. Notamment la raison pour laquelle tu préfères la compagnie des animaux à celle des humains. Ils ne peuvent pas cacher ce qu'ils pensent ou ressentent. Ils ne cachent pas un cœur noir comme celui de l'homme que tu as rencontré. Et ce que tu as vécu explique pourquoi tu t'entends aussi bien avec Jasna. Les enfants sont un peu comme les animaux, précisa-t-elle en le voyant froncer les sourcils. Ils dépendent de nous pour tout. La nourriture, la sécurité, l'abri, le confort. Plus ils sont jeunes, plus ils ont besoin de nous. Jasna n'a plus cinq ans, mais elle est toujours vulnérable. Je pense qu'au fond de toi, tu le sais et tu fais tout ce que tu peux pour lui apprendre, la protéger, l'élever... comme tu l'as fait pour Steel. Jasna n'est pas un chien, je le comprends, mais il y a des similitudes qui ne peuvent être ignorées.

Tonka demeura stupéfait : elle validait ce qu'il avait ressenti la première fois qu'il avait vu Jasna, quand il l'avait comparée à son meilleur ami.

— C'est quelqu'un de sûr, ajouta-t-il après un moment. Elle est trop jeune pour être aussi maléfique que Garcia. Je ne dis pas que ta fille pourrait être comme lui, mais je me sens plus à l'aise avec elle qu'avec la plupart des adultes.

Une expression bizarre apparut sur le visage de Henley. Une expression qu'il ne comprit pas, jusqu'à ce qu'elle continue.

— Avant, je pensais que les gens naissaient telle une ardoise vierge. Qu'ils n'étaient ni bons ni mauvais. Que leur environnement dictait ce qu'ils devenaient. Tu sais, le truc de l'acquis et de l'inné. J'étais fermement dans le camp de l'acquis. Mais il y a environ quatre ans, on m'a confié un nouveau patient. Un garçon. Il avait douze ans et ses parents étaient à bout de nerfs. Il n'écoutait rien de ce qu'ils lui disaient, il était sujet à des crises de colère et de violence, et ils avaient peur qu'il ne cherche à leur faire du mal, à eux ou à leur autre enfant, une fillette de quatre ans plus jeune que son frère. J'étais déterminée à aller à la racine de ses problèmes, à apprendre comment il était devenu comme ça. Mais tu sais ce que j'ai découvert ?

— Quoi ? demanda Tonka.

— Rien. Je n'ai rien découvert. Il n'avait aucun traumatisme dans son passé. Pas d'abus, le mariage de ses parents était sain. Il n'avait perdu aucun proche, n'était pas harcelé à l'école. De toute évidence, cet enfant aurait dû être heureux et insouciant, comme n'importe quel enfant de douze ans. Au lieu de quoi, il était... sombre. C'est le seul mot que je peux utiliser pour le décrire. Et honnêtement, il me faisait peur aussi. Il était calculateur, manipulateur. Même s'il était jeune, il savait jouer à des jeux d'esprit malsains. Et la noirceur que je décelais dans ses yeux était terrifiante. J'en ai parlé à Mike et on s'est mis d'accord pour qu'il prenne en charge les séances de cet enfant. J'ai honte de dire que je n'ai ressenti que du soulagement. Quelques mois plus tard, il a cessé de venir, mais il vit toujours à Los Alamos.

Elle frissonna et Tonka fronça les sourcils. Prenant une profonde inspiration, elle essuya les larmes qui ruisselaient sur ses joues et se déplaça pour s'asseoir sur ses genoux. Les bras autour du cou de Finn, elle le regarda dans les yeux.

— Tu as le droit de ressentir ce que tu ressens, Finn. Perdre Steel a été traumatisant, et ce Garcia savait que le torturer te ferait souffrir. Ne laisse personne te faire douter de la profondeur ou de l'importance de ton traumatisme. Je ne sais pas si quelqu'un t'a donné la permission de pleurer

Steel autant que s'il avait été un partenaire humain... mais c'est ce que je t'autorise à faire, là.

Incroyablement, ces mots libérèrent quelque chose à l'intérieur de Tonka.

Sa permission, sa compréhension donnaient à ses sentiments une légitimité.

Au fil des ans, il avait tenté de se convaincre que Steel n'était « qu'un » chien. Qu'il devait s'en sortir et reprendre sa vie en main. Mais cela ne faisait qu'aggraver son cas. Steel n'avait pas été seulement un chien. Pas pour lui. Et le voir souffrir si atrocement avait été l'épreuve la plus douloureuse qu'il ait jamais vécue.

— Merci, chuchota-t-il, en s'agrippant à la taille de Henley.

— De rien. Et parce que je suis qui je suis, je dois te poser cette question : tu as parlé à ton ami, Raid, depuis que c'est arrivé ?

Tonka grimaça.

— Non. Je t'ai dit l'autre jour que je pensais l'appeler, mais je ne l'ai pas encore fait.

— Je pense que tu le devrais. Il n'était peut-être pas conscient, mais il a aussi perdu son partenaire. Dagger, c'est ça ? Je suppose qu'il souffre autant que toi. D'une manière différente, mais il n'y a pas de bonne ou de mauvaise manière de faire le deuil de ce que vous avez perdu tous les deux.

Tonka repensa à son partenaire. Raid était gauche. C'était le type le plus grand avec lequel il avait jamais travaillé. Il surplombait les autres gens et, comme si cela ne suffisait pas à le distinguer, il avait des cheveux roux et des oreilles pointues. C'était aussi un crack en informatique, qui préférait rester chez lui à jouer sur l'ordinateur plutôt que de sortir avec les gars. Mais il était loyal, intelligent, et il avait été un sacré bon garde-côtes.

— Il a intégré une équipe de recherche et de sauvetage dans les contreforts des Appalaches, raconta-t-il à Henley, les yeux hermétiquement clos. Aujourd'hui, c'est l'anniversaire de la mort de Steel, admit-il dans un souffle.

Il sentit et entendit le petit cri de Henley.

— Tu as son numéro ? Je parie qu'il apprécierait d'avoir de tes nouvelles, répondit-elle d'une voix douce.

Tonka n'en était pas si sûr, mais plus il y pensait, plus il voulait savoir ce que devenait son vieil ami. Il en avait besoin. Surtout aujourd'hui.

— J'ai son numéro, admit-il.

— Je peux te donner un peu d'espace si tu veux l'appeler, dit Henley.

Sentant ses muscles bouger, comme si elle s'apprêtait à descendre de ses genoux, il resserra sa prise et ouvrit les yeux.

— Non ! s'écria-t-il. Si je dois faire ça, j'ai besoin que tu sois avec moi.

— D'accord. Je vais rester ici, le rassura-t-elle.

Tonka prit une profonde inspiration. Il pouvait le faire ? Appeler Raid ? Il n'avait jamais pensé qu'il raconterait de son plein gré à quelqu'un ce qui s'était passé ce jour-là, et pourtant il venait de le faire avec Henley.

— Qui d'autre que lui peut vraiment comprendre ce que tu ressens ? demanda-t-elle doucement.

Elle avait raison.

Sans un mot, il se pencha et attrapa son téléphone, posé sur la table basse, à côté du canapé. Il ouvrit ses contacts et fixa le nom de Raiden pendant un long moment avant de prendre une profonde inspiration et de cliquer sur le numéro.

Il entendit une sonnerie, deux, puis une troisième. Alors qu'il s'apprêtait à renoncer, une voix grave retentit à son oreille.

— Tonka ?

— Salut, lâcha-t-il.

— Comment vas-tu ? Tout va bien ? demanda Raid sans ambages.

— Oui. Je... je pensais... tu sais... à cause de la date d'aujourd'hui... et je me suis dit que j'allais te joindre. Pour voir comment tu allais.

Les mots de Tonka paraissaient guindés, même à ses propres oreilles. C'était encore plus difficile qu'il ne l'avait imaginé.

— Je vais aussi bien que possible aujourd'hui, répondit Raid.

— Steel me manque.

— Pareil. Dagger devrait être un vieux chien à l'heure qu'il est. Sans autre souci que de dormir et de chasser les écureuils qui osent s'infiltrer dans le domaine de son jardin, répondit Raid.

À sa grande surprise, Tonka gloussa. Il n'avait pas pensé qu'il serait capable de trouver quelque chose drôle aujourd'hui.

— C'est vrai ! Putain. Et Steel aimait tellement les balles qu'il aurait probablement un putain d'énorme coffre rempli de ces foutues choses, à l'heure qu'il est, parce que je le gâtais tellement que je ne pouvais pas m'empêcher d'en acheter une nouvelle chaque fois que j'étais dans un magasin.

Henley se déplaça de ses genoux, mais sans le quitter. Il passa un bras autour de ses épaules, elle posa une joue contre son torse.

— Tu te souviens quand Dagger et Steel se sont faufilés hors de la salle de réunion ? Et quand ça s'est terminé et qu'on est allés les chercher, ils avaient ouvert le réfrigérateur de la salle de repos, pris nos déjeuners et tout mangé ? Ils n'avaient pris les repas de personne d'autre. Juste les nôtres.

Tonka gloussa. Il avait oublié l'épisode.

— Ils étaient de vrais sales gosses parfois, convint-il.

Ils passèrent les dix minutes suivantes à évoquer les deux chiens. Étonnamment, il était... agréable de se rappeler les bons moments, plutôt que de s'attarder sur l'horreur qui leur était arrivée ce jour-là, des années plus tôt.

— Et toi, comment ça va, mec ? demanda Tonka. Toujours dans ton équipe de sauvetage ?

— Oui. On a retrouvé notre deux-centième personne disparue l'autre jour.

— Génial !

— Oui. Et je dois remercier Duke, ajouta Raid.

— Duke ?

— Mon limier. Tu sais, je n'avais aucune intention d'avoir un autre chien après Dagger. Le simple fait d'y penser me faisait mal. Mais Duke est entré dans ma vie. C'était un petit chiot, qui avait littéralement été jeté à la poubelle. Il n'a rien à voir avec Dagger. Je pense que ça a facilité les choses.

Tonka hocha la tête. Il savait exactement ce que son ami ressentait. Il n'avait pas voulu d'un autre chien, lui non plus. S'occuper des chiens de la grange était une chose, mais il ne pouvait s'imaginer en avoir un autre comme partenaire.

— Duke est littéralement le clebs le plus paresseux que j'aie jamais vu. Sauf quand il s'agit de recherche ou de nourriture. Bien sûr, j'ai utilisé de la nourriture pour éduquer son odorat, ceci explique probablement cela, s'esclaffa Raid. Il bave partout, dort vingt-deux heures par jour, et c'est exactement ce dont j'avais besoin pour me sortir la tête de l'eau et revivre.

Sans réfléchir, Tonka répliqua :

— Tu dois te trouver une femme.

Raid gloussa.

— Parce que toi, tu t'en es trouvé une ?

Tonka regarda la femme dans ses bras et murmura :

— Oui.

— Tu sais que je vis à Fallport... Il n'y a pas vraiment une tonne de choix question nanas ici, plaisanta-t-il.

— Personne ?

— Eh bien, il y a mon assistante casse-pieds, s'esclaffa Raid. Mais on s'envoie des piques au lieu de se parler, alors oui, la situation est plutôt sombre.

Tonka eut l'impression d'entendre plus que de l'irritation dans la voix de son ami lorsqu'il avait mentionné son assistante, mais cela faisait longtemps qu'il n'avait pas vu ou parlé à Raid, et il avait pu mal interpréter la situation.

— En tout cas, je suis heureux pour toi, frère. J'ai beaucoup pensé à toi au fil des ans. Je me suis inquiété.

— Oui. Pareil. Cette situation était tordue, murmura Tonka.

— C'est le moins qu'on puisse dire, convint Raid. Mais ce connard est derrière les barreaux où il ne peut plus faire de mal à personne.

— Il va probablement sortir un de ces jours, nuança Tonka. Avec la surpopulation dans les prisons, je suppose qu'il sera libéré bien avant qu'aucun de nous ne soit prêt.

— Espérons que ce soit dans un avenir lointain.

— En effet. Bref... Je voulais te joindre aujourd'hui parce que j'ai pensé à ce qui s'était passé et j'avais envie de m'assurer que tu allais bien.

— Je m'accroche, déclara Raid. Certains jours sont meilleurs que d'autres, mais j'aime ce que je fais et être bibliothécaire me convient. Tout comme Fallport. C'est calme. Il ne se passe pas grand-chose ici.

— Le genre de propos qui risque de t'attirer la poisse, s'esclaffa Tonka.

— C'est vrai. Oublie ce que j'ai dit, concéda Raid. Et... ça me fait vraiment plaisir de parler avec toi. Ça ne me dérangerait pas qu'on reste un peu plus en contact.

— Moi de même. Et tu es toujours le bienvenu si tu veux passer du temps ici, un jour où tu es dans le coin. Je sais que le Nouveau-Mexique et la Virginie ne sont pas faciles à relier en voiture, mais...

— Merci. J'ai entendu d'excellents commentaires sur le Refuge. Tes amis et toi, vous avez vraiment une solide réputation. Ce que vous faites est vraiment nécessaire dans le monde d'aujourd'hui.

— C'est vrai, convint Tonka. Bon, je vais te laisser, mais, Raid ?

— Oui ?

— Merci. J'avais besoin de me souvenir de Steel et Dagger tels qu'ils étaient... et non tels que je les ai vus la dernière fois.

— Quand tu veux, frère. C'étaient des chiens géniaux.

Tonka était trop ému pour en dire plus.

— On se reparle bientôt.

— À plus.

Il éteignit le téléphone et le reposa sur la table à côté de lui. Puis il entoura Henley de son autre bras avant d'enfouir le nez dans ses cheveux. Il la serra aussi fort qu'il le pouvait.

— J'ai l'impression que ça s'est bien passé, chuchota-t-elle contre sa chemise.

— Oui. Il me manque.

— Raid ?

Tonka haussa les épaules.

— Non, Steel.

— On dirait que c'était un chien un peu maboul.

Il perçut de l'amusement dans sa voix.

— Oui, mais il était aussi intelligent comme un singe, loyal et redoutable quand il le fallait.

— Parle-moi de lui.

Si cette demande avait émané de quelqu'un d'autre – et probablement à tout autre moment que maintenant, où il se sentait nostalgique et que sa garde était baissée –, Tonka aurait refusé. Mais après avoir évoqué quelques souvenirs avec Raid, il se rendit compte qu'il était presque impatient de raconter à Henley des histoires mettant en scène son Steel bien-aimé.

Il n'aurait su dire combien de temps il parla, il avait simplement conscience de Henley blottie contre son flanc, à l'écouter sans interruption, posant seulement quelques questions ici et là. Les pauses entre les souvenirs de Steel devenaient de plus en plus longues, et Tonka réalisa qu'il était épuisé.

— Désolé... je suis crevé, admit-il après un moment.

— C'est bon. Dors, Finn.

— Tu peux rester avec moi ? demanda-t-il.

Il aurait dû avoir honte de sa vulnérabilité, mais non : il se sentait en sécurité en dévoilant ses émotions brutes à Henley.

— Oui. Je dois juste appeler Alaska pour vérifier que Jasna va bien.

— Merde, je l'avais oubliée. Quelle heure est-il ?

— Chuuut. Tout va bien. Elle va bien. Ferme les yeux, Finn. Détends-toi.

— Tu es sûre ?

— Oui.

— OK.

Sur quoi, Tonka ferma les yeux. Il se tortilla un peu pour être plus à l'aise et se laissa aller au sommeil.

* * *

Henley laissa couler ses larmes une fois qu'elle fut sûre que Finn était endormi, quand elle sentit ses respirations profondes et régulières sous sa joue. Elle avait l'impression que son cœur se brisait pour lui. Apprendre ce qui était arrivé à son chien adoré avait été horrible, mais elle comprenait enfin mieux pourquoi il s'était tenu à l'écart pendant des années. Elle avait été consternée d'apprendre que des gens avaient cherché à minimiser son traumatisme sous prétexte que Steel n'était qu'un chien.

Les gens peuvent avoir des liens aussi forts avec les animaux qu'avec les autres humains. Et perdre son partenaire comme lui aurait brisé n'importe qui.

Prenant une profonde inspiration et se déplaçant lentement pour ne pas réveiller Finn, Henley se dégagea de ses bras et, une fois sûre qu'il dormait encore, regarda sa montre.

Merde ! Il était 20 h 30. Finn et elle avaient bavardé pendant des heures.

Elle prit son téléphone sur le plan de travail de la cuisine où elle l'avait laissé en arrivant et composa le numéro d'Alaska.

— Bonjour, tout va bien ? demanda celle-ci en guise de salut.

— Je suis vraiment désolée, bredouilla Henley.

— Tu as tort. Jasna va bien, elle a été un ange. Je suis plus inquiète pour Finn et toi. Quand tu as appelé pour savoir si je pouvais m'occuper de Jasna parce qu'il passait une mauvaise journée, je ne savais plus trop quoi penser.

En travaillant au Refuge, Alaska et Henley étaient malheureusement habituées à ce que les gens aient de « mauvais jours ». Les SSPT pouvaient apparaître n'importe où, n'importe quand.

— C'est l'anniversaire de la mort de son partenaire canin, aujourd'hui, expliqua Henley. Il a du mal. Ça te dérange si Jasna passe la nuit chez vous ? Je suis vraiment désolée de te le demander comme ça, mais...

— Pas besoin de s'excuser, l'interrompit Alaska. Et bien sûr que non, ça ne me dérange pas.

— Merci. Est-ce qu'elle est là ? Je peux lui parler pour lui faire savoir ce qui se passe ?

— Oui. Si tu as besoin de quoi que ce soit, on est là, assura Alaska.

Henley prit une profonde inspiration et fit de son mieux pour contrôler ses émotions. C'était si bon d'avoir des amis aussi merveilleux. Que Finn ait des amis aussi merveilleux.

— Je vais te chercher Jas. Ne raccroche pas.

Quelques secondes plus tard, la voix de Jasna retentissait à l'oreille de Henley.

— Maman ? Tout va bien ?

— Oui, bébé. Je suis dans le chalet de Finn. Il passe une soirée difficile et j'aimerais rester ici avec lui... si tu es d'accord. J'ai déjà demandé à Alaska : pour elle, c'est bon si tu restes avec Brick et elle. Tu es d'accord ? Je peux te retrouver au pavillon demain matin pour le petit déjeuner et on filera à l'appartement pour changer de vêtements. Ensuite, je te ramènerai ici, ou tu pourras rester au bureau avec moi pendant que je reçois quelques patients. Puis on reviendra tous les deux au Refuge pour s'assurer que Finn va bien. Qu'est-ce que tu en penses ?

— Ça me va, maman. Est-ce que Finn va bien ?

— Oui. Il a juste besoin de temps. Le chien avec lequel il travaillait quand il était garde-côtes lui manque. Et ses souvenirs sont un peu écrasants en ce moment.

— Steel, c'est ça ?

— Tu es au courant pour Steel ? s'étonna Henley.

— Un peu. Il ne parle pas beaucoup de lui, mais il m'a raconté quelques histoires sur son intelligence et le nombre de méchants et de drogues qu'il a flairés.

Henley sentit les larmes lui remonter aux yeux. Les

paroles de sa fille prouvaient une fois de plus que Finn était plus à l'aise avec les enfants qu'avec les adultes.

— Oui, c'est ça. Bref, si tu as besoin de quelque chose, n'hésite pas à le dire à Alaska. Je suis sûre qu'elle pourra te prêter un maillot ou autre chose pour dormir ce soir. Et je ne suis pas très loin si tu as besoin de moi. Sois sage… Et on se voit demain matin.

— D'accord, maman. Je t'aime.

— Je t'aime aussi. Bonne nuit.

Henley raccrocha et retourna dans le salon. Elle devrait probablement trouver quelque chose à manger pour eux deux, puisqu'ils avaient sauté le dîner. Mais elle avait le sentiment que Finn n'avait probablement pas faim et, honnêtement, elle non plus.

Elle se rassit sur le canapé et se sentit toute chose quand, levant aussitôt le bras, Finn l'attira de nouveau contre lui. Même à moitié endormi, il était gentil.

Henley somnola un moment jusqu'à ce que son téléphone vibre dans sa main et la réveille. Elle ne l'avait pas reposé après avoir parlé à Jasna. Inquiète, elle consulta l'écran et vit que sa fille lui envoyait un SMS.

Jasna : Je ne peux pas dormir. Je peux venir ?

Henley : Oui. Mais je vais venir te chercher.

Jasna : Ce n'est pas loin. Brick a dit qu'il me surveillerait depuis la porte pour s'assurer que j'arrive sans problème.

Henley était soulagée que Brick sache qu'elle partait. Elle ne voulait surtout pas que l'un d'entre eux se réveille et, ne trouvant plus Jasna, s'imagine qu'elle avait été kidnappée ou autre. Et même si Henley se sentait parfaitement en sécurité au Refuge, elle ne voulait pas que sa fille de douze ans se promène dans la propriété à… elle consulta l'heure sur son téléphone : 1 h 30 du matin. Elle ne savait pas pourquoi

Brick était réveillé, ni, d'ailleurs, pourquoi Jasna l'était aussi, mais si sa fille demandait à la voir si tard, elle avait une bonne raison.

Henley : À toute.

Elle se dégagea une fois de plus des bras de Finn, un peu inquiète de voir qu'il ne remuait même pas, et se dirigea vers la porte du chalet, qu'elle déverrouilla pour sortir sous le porche. Elle distinguait les lumières du chalet d'Alaska et de Brick à travers les arbres. Chacun des propriétaires avait sa propre demeure, séparée des autres. Même s'ils étaient tous en vue, ils jouissaient encore de beaucoup d'intimité grâce aux arbres.

En quelques secondes, elle vit Jasna accourir vers elle à travers les troncs. Sa fille courut jusqu'à l'escalier et se jeta dans ses bras. Henley recula et fit clignoter plusieurs fois la lumière du porche pour indiquer à Brick que Jasna était bien arrivée. Elle vit alors la lumière de Brick clignoter deux fois, puis elle reporta son attention sur sa fille.

— Ça va ? demanda-t-elle.

Jasna hocha la tête et leva les yeux vers elle.

— Je ne pouvais pas dormir. J'étais trop inquiète pour Finn. Je suis si triste que Steel lui manque.

— Moi aussi, admit Henley. Allez, rentrons.

Elle les conduisit dans le chalet, dont elle prit soin de verrouiller la porte derrière elle. Elle réalisa alors qu'il n'y avait pas vraiment de place pour faire dormir Jasna. Finn n'avait pas installé de lit dans la chambre d'amis de son chalet et il n'y avait qu'un seul lit dans la chambre principale. Elle pourrait y installer Jasna, mais elle avait le sentiment que sa fille ne voudrait pas s'éloigner d'eux.

— Chuuut, il dort, murmura-t-elle alors qu'elles s'approchaient du canapé.

Jasna fronça les sourcils en regardant Finn.

— Je ne sais pas quoi faire pour l'aider, balbutia-t-elle.

— Tu l'aides déjà. Tu te soucies assez de lui pour vouloir être là, constata Henley.

— Mais il ne le sait pas.

— Il le saura demain matin, la rassura Henley. Viens. Viens t'asseoir avec moi.

Elle se rassit sur le canapé à côté de Finn et, comme tantôt, il marmonna quelque chose dans son sommeil et l'attira à ses côtés.

Jasna ne cilla même pas en voyant Finn serrer Henley contre lui. Elle les avait vus s'embrasser plus d'une fois, ces dernières semaines, et Henley était soulagée que sa fille ne soit pas dégoûtée et ne semble même pas s'en soucier.

Elle s'assit à côté de Henley sur le canapé et s'appuya contre elle en bâillant. Henley prit l'autre main de Finn, qu'il avait posée sur son ventre, et entrelaça ses doigts aux siens. Puis Jasna plaça sa main sur les deux. Ils étaient connectés, tous les trois.

Très vite, Henley entendit les petits ronflements de Jasna qui s'était endormie sur son épaule. Elle était prise en sandwich entre les deux personnes qu'elle aimait le plus au monde. Comment avait-elle pu tomber si vite et si fort amoureuse de Finn ? En tout cas, elle se sentait plus que bien. C'était un homme bon qui ne méritait pas le sort qui lui avait été réservé. Mais encore une fois, est-ce que quelqu'un méritait les malheurs qui survenaient dans sa vie ? Est-ce qu'elle avait mérité de perdre sa mère dans une agression aussi violente ? Non. Mais on pouvait soit s'embourber dans ses tragédies, soit choisir de les surmonter.

Elle avait choisi de les surmonter, et elle espérait, priait même, pour que Finn parvienne enfin à un point où il le pourrait aussi.

Henley s'endormit, un peu triste de ce qu'elle avait entendu cette nuit-là, cependant satisfaite.

* * *

Tonka n'était pas sûr de ce qui l'avait réveillé : une seconde, il rêvait de Steel, courant et jouant avec une de ses balles, et la suivante, il clignait des yeux dans l'obscurité autour de lui et sentait un léger poids contre son flanc.

Il ne lui fallut que quelques secondes pour réaliser où il était et la nature de ce poids. Henley. Il pouvait la sentir. Il reconnaîtrait aussi son corps contre le sien n'importe où et n'importe quand.

Une petite lueur provenait du couloir où il avait laissé une lumière allumée un peu plus tôt. Observant Henley, il fut content de l'éclairage. À sa grande surprise, Jasna dormait contre sa mère, ce qui la faisait peser un peu plus contre lui. Il baissa les yeux vers son ventre et vit que non seulement Henley tenait sa main pendant qu'elle dormait, mais que la petite main de sa fille était posée sur leurs doigts entrelacés.

L'émotion menaça de le submerger une fois de plus. Il ressentit d'abord de la panique. S'il ne pouvait même pas assurer la sécurité d'un chien, comment pourrait-il empêcher une enfant de se blesser ?

Mais alors la détermination s'éveilla en lui. Il avait retenu la leçon après ce qui s'était passé avec Garcia. Plus jamais il ne resterait assis à laisser un drame se dérouler devant lui. Il n'avait aucune idée de ce qui se serait passé s'il s'était défendu contre Garcia et son larbin sur ce bateau, malgré les liens qui l'immobilisaient. Il serait probablement mort, avec Steel et Dagger.

Mais... peut-être qu'il aurait pu les sauver. Ou peut-être qu'ils n'auraient pas souffert des mains de Garcia.

Si Henley ou Jasna étaient un jour en danger, il ne resterait pas les bras croisés à s'en remettre à la destinée. Non, il se battrait bec et ongles pour les empêcher d'être blessées ou tuées, même si cela signifiait renoncer à sa propre vie dans le processus.

Ces deux femmes étaient les meilleures choses qui lui soient arrivées. Il les aimait. Il n'avait pas honte de ce sentiment. Henley lui rendrait-elle un jour son affection ? Il l'ignorait, mais il se démènerait pour lui prouver qu'elle comptait pour lui. Elle et Jasna.

La sensation de sa main recouverte par les leurs était tout ce dont il avait besoin sans le savoir. Elles ne remplaçaient pas l'amour qu'il avait ressenti pour Steel, elles en étaient une extension.

Son cou était endolori, ses fesses engourdies et son ventre grondait de faim, pourtant Tonka n'envisageait même pas de bouger. Non, il était parfaitement satisfait de rester assis sur son canapé, Henley sous un bras, tandis qu'il les tenait toutes les deux de son autre main.

Il ne se rendormit pas, il avait déjà eu plus qu'assez de repos. Et puis, il voulait mémoriser ce moment, se délecter des soins et de l'attention que ces deux femmes lui prodiguaient. Quand Steel était en vie, il n'avait jamais été seul. Ces dernières années, il s'était complètement isolé. Henley et Jasna l'avaient changé... pour le mieux.

Se retournant, Tonka embrassa Henley sur le front. Elle sourit dans son sommeil, sans toutefois se réveiller. Reposant la tête sur le coussin derrière lui, Tonka fit de son mieux pour imprimer dans son âme ce qu'il ressentait à cet instant précis. Chaque fois qu'il aurait un moment difficile à l'avenir, c'était ce dont il se souviendrait.

CHAPITRE 14

Trois jours plus tard, au milieu de l'après-midi, alors que Jasna était dans le chalet 3 avec Jason, pour l'aider à remplacer une pièce dans les toilettes, Henley poussa un petit cri lorsque les hanches de Finn heurtèrent ses fesses pendant qu'il la pénétrait par-derrière.

Il l'avait retrouvée devant la salle du pavillon où elle venait de terminer son dernier rendez-vous de la journée, pour lui demander s'il pouvait lui parler. Comme elle avait bien sûr accepté, il l'avait escortée jusqu'à son chalet. À la seconde où il avait refermé la porte derrière eux, il était sur elle. C'était presque une répétition de leur première fois ensemble, où il l'avait troussée contre la porte, sauf qu'il avait trouvé assez de maîtrise de soi pour la traîner jusqu'à sa chambre et la jeter sur son lit.

Ils s'étaient tous les deux déshabillés en un temps record et il s'était jeté sur elle comme un mort de faim. Cela faisait une semaine et demie qu'ils n'avaient pas fait l'amour, et Henley était tout aussi pressée que lui.

Elle s'était réveillée trois jours plus tôt à côté de lui sur le canapé, en train de la fixer d'un regard qu'elle n'avait su interpréter. Il avait l'air différent depuis. Plus posé. Et la façon dont il la dévisageait, comme s'il était à deux secondes de lui arracher ses vêtements à tout moment, avait maintenu Henley dans un état d'excitation perpétuel.

Apparemment, il avait fini d'attendre le moment plus propice, aujourd'hui. Et Henley ne trouvait rien à y redire.

— Oui ! Plus fort, Finn !

Finn et elle ne faisaient pas l'amour longtemps, lentement et tendrement. Chaque fois qu'ils étaient ensemble, ils se conduisaient de manière presque frénétique. Leurs étreintes étaient dures et rapides, agressives de part et d'autre. Et Henley n'avait jamais été aussi comblée.

Il lui empoignait une fesse assez fort pour qu'elle sache qu'elle aurait un bleu. De l'autre main, il lui tenait la hanche alors qu'il s'enfonçait dans ses plus trempés.

Soudain, il la redressa pour lui plaquer le dos contre son torse. D'une main autour de son cou, il l'immobilisa sans pour autant la blesser le moins du monde. Son autre main descendit le long de son corps et commença à caresser agressivement son clitoris.

Henley se débattit, mais il s'accrocha fermement.

— Finn, s'il te plaît, baise-moi, supplia-t-elle en se trémoussant contre lui.

La position n'était pas propice à une poussée : en fait, il restait simplement immobile au fond d'elle alors qu'il la poussait de plus en plus près du bord.

— Pas avant que tu jouisses sur ma queue. Je veux le sentir. Je veux sentir tes spasmes autour de moi, grogna-t-il.

Comme si ces mots étaient ce que son corps avait attendu, Henley se sentit monter en flèche. Il la serra fort alors qu'elle tremblait et vibrait dans ses bras.

— Tu n'as pas idée de la sensation incroyable que ça procure ! lui souffla-t-il à l'oreille, quelques secondes avant de la repousser sur le matelas.

Elle gémit alors qu'il commençait à aller et venir vite et fort en elle, prolongeant son orgasme déjà incroyable.

Elle l'entendit grogner alors qu'il s'enfonçait en elle sur un dernier coup de reins punitif, puis il s'agrippa à ses hanches en jouissant.

Il s'effondra sur son dos, mais, au lieu de l'écraser, il se déplaça rapidement sur le côté, tout en l'entraînant avec lui. Henley se laissa faire, avec l'impression de ne plus avoir de muscles.

— Putain de merde, ma belle ! murmura-t-il. Tu as failli me tuer cette fois-ci.

Elle gloussa faiblement.

— Tu te trompes. Qui m'a traînée dans son chalet pour me malmener ?

— Tu n'as pas vraiment protesté, objecta-t-il.

Henley ne pouvait pas le nier. Elle le sentit se retirer et se retourna aussitôt, avant qu'il ne puisse se lever pour jeter le préservatif. Elle détestait le perdre, qu'il sorte de son sexe et qu'il doive ensuite se lever.

— Il faut que je jette ce préservatif, bébé, dit-il.

Henley refusait de le lâcher. Elle le sentit soupirer, faire un nœud au préservatif dans son dos, puis rouler de façon à ce qu'elle soit allongée sur lui.

— Je les déteste.

— Les préservatifs ? demanda-t-il en fronçant les sourcils.

— Oui. J'aimerais pouvoir te sentir en moi sans ça.

Il s'immobilisa sous elle.

— Qu'est-ce que tu es en train de dire, exactement ?

— Je dis que je veux prendre la pilule. Ou me faire poser un stérilet. Ou quelque chose comme ça. Je veux que tu sois nu, Finn. J'en crève. Je veux tout de toi.

— Tu as tout de moi, dit-il en secouant légèrement la tête. Sérieusement. Je n'ai jamais donné autant de moi-même à une femme. Et au lieu de me sentir piégé ou claustrophobe, je me sens plus libre que je l'ai jamais été. Je t'ai dans la peau et je ne peux déjà plus me souvenir de l'époque où tu n'étais pas là. Je ne veux pas. Cela semble fou, étant donné qu'il n'y a pas si longtemps, je m'autorisais seulement à te regarder à l'autre bout d'une pièce, mais... c'est vrai.

— Finn..., chuchota Henley, submergée.

— Je sais que c'est rapide et je n'essaie pas de te mettre la pression... mais je suis à toi. Aussi longtemps que tu voudras de moi. Je me plierai en quatre pour que Jas et toi soyez heureuses. Et en sécurité. J'ai envie d'aller acheter un lit, histoire de meubler la deuxième chambre, de l'autre côté du couloir, mais je ne veux pas non plus faire quelque chose qui pourrait t'effrayer ou te faire penser que je vais trop vite. Quand je me suis réveillé, l'autre nuit, et que je t'avais dans mes bras, avec la main de Jasna sur la mienne... j'ai soudain pris conscience de la brièveté de la vie. Je veux entamer chacune de mes journées avec vous deux. À rire autour de ma table. À nous disputer sur ce que Jas devrait ou ne devrait pas manger. À discuter du système digestif d'une vache et pourquoi il est comme il est. À l'emmener à l'école. Et si tu me veux nu, tu m'auras nu. Je ne peux rien imaginer de mieux que te remplir de mon sperme, en sachant que tu es à moi, dedans comme dehors. Mais je peux attendre. Je veux que tu te sentes en sécurité, protégée. J'utiliserai un préservatif pour le reste de notre vie, s'il le faut.

— Je veux m'endormir avec toi en moi, admit Henley un peu timidement. Je veux savoir ce que ça fait de se blottir contre toi juste après qu'on a tous les deux joui et que tu ne te retires pas immédiatement parce que tu dois jeter un préservatif.

— Moi aussi, admit Finn.

— Tu crois qu'on fera un jour l'amour lentement et tendrement ? demanda-t-elle avec un sourire.

Elle sentit le gloussement de Finn sous elle.

— Aucune idée. Tout ce que je sais, c'est qu'à la seconde où je mets la main sur toi, je ne pense plus qu'à te prendre. Sous peine de mourir dans le cas contraire.

— Un peu exagéré, non ? plaisanta-t-elle.

— Tu vas me dire que tu ressens les choses différemment ? demanda-t-il en arquant les sourcils. Je crois me souvenir que c'est toi qui as attrapé ma queue dès que j'ai arraché mes sous-vêtements et qui m'as supplié de te baiser.

Henley sourit. Oui, elle avait bel et bien dit ça.

— J'aime le sexe, admit-elle en haussant les épaules. Non, ce n'est pas vrai. J'aime le sexe quand c'est avec toi.

— Je ne suis pas fan des petits coups en douce, donc je dois admettre que je commence à avoir hâte que l'école recommence à l'automne. On aura plus de temps pour faire des choses dans le genre sans avoir à nous inquiéter d'être surpris. Mais ça me manquera de ne pas avoir Jas avec moi pour m'aider tous les jours à la grange.

— En parlant de ma fille... combien de temps faut-il pour réparer des toilettes ? demanda Henley.

— Pas assez longtemps, lâcha Finn avec un soupir.

Puis il lui attrapa la nuque et l'immobilisa pendant qu'il levait ses lèvres vers les siennes.

Henley l'embrassa avec tout l'amour contenu dans son cœur. Elle aimait tellement cet homme, que c'en était presque effrayant. Trop effrayant pour l'admettre en cet instant.

— Merci d'avoir été là pour moi l'autre soir, dit-il quand il eut écarté ses lèvres des siennes.

— De rien, répondit-elle. Tu sembles... mieux.

— En effet, confirma-t-il sans hésiter. Appeler Raid a été une bonne décision. Et t'avoir là pour m'écouter parler de

Steel m'a forcé à me souvenir des bons moments, au lieu de ce jour horrible. Tu sais... tu devrais être thérapeute ou quelque chose comme ça.

Il sourit pour lui faire comprendre qu'il la taquinait.

— Je ne veux pas être ta thérapeute, répliqua sérieusement Henley. Je veux être ta petite amie. Ta compagne.

— Tu l'es, dit Finn sans hésiter. Mais tu ne serais pas la femme dont je suis amoureux si tu n'étais pas aussi intuitive. Tu n'as pas besoin de me cacher ton côté psychologue. Je veux dire, je ne veux pas que tu analyses chacun de mes gestes ou chacune de mes paroles, mais je suis sacrément chanceux de t'avoir pour m'aider à me sortir du gouffre où je tombe parfois.

Ses mots étaient très importants pour Henley. Elle était ce qu'elle était et ne pouvait pas simplement éteindre ou oublier son éducation et sa formation, lorsqu'elle était avec lui.

Sentant le membre de Finn durcir entre ses jambes, elle remua sur lui. Elle avait encore envie de lui.

À cet instant-là, leurs deux téléphones tintèrent pour indiquer l'arrivée d'un message. Henley avait beau vouloir bloquer le monde, elle ne pouvait pas. Ils avaient tous les deux des responsabilités. Elle se pencha sur le côté du lit, poussant un petit cri quand les doigts de Finn suivirent l'arrière de sa cuisse et sondèrent l'intérieur de ses replis encore trempés. Elle s'assit avec leurs deux téléphones qu'elle avait sortis des poches de leurs pantalons. Elle tendit le sien à Finn alors qu'elle s'asseyait à califourchon sur ses genoux, pour lire le texto qu'elle venait de recevoir.

Alaska : Attention, Jasna cherche Tonka. Je l'ai distraite en lui disant d'aller voir dans la grange, mais je pense que ça ne va pas la retenir longtemps.

— Merde, fit Finn avec un soupir. Mon texto était de Jason. Il a fini avec les toilettes et Jasna me cherche.

— Oui, le mien vient d'Alaska et raconte à peu près la même chose, confirma Henley avec une moue.

Finn se redressa brusquement, l'entourant de son bras pour qu'elle ne tombe pas de ses genoux, puis il la serra contre lui.

— Tu n'as pas réagi quand je t'ai dit que je voulais acheter un lit pour ma chambre d'amis. Je voudrais que vous restiez ici de temps en temps. Nous ne sommes pas obligés de faire quoi que ce soit, mais t'avoir dans mes bras pour dormir... C'est déjà un rêve qui se réalise, chérie. Je veux que ce soit le plus souvent possible.

— Moi aussi, avoua-t-elle timidement.

— Je vais faire en sorte que ça arrive, dans ce cas, promit-il.

Puis, il se déplaça vers le bord du lit et se leva, Henley toujours dans ses bras.

— Finn ? Il faut qu'on s'habille, lui rappela-t-elle avec un sourire.

Il soupira et relâcha son étreinte. Les pieds de Henley se posèrent sur le sol.

— Bien. Tu peux utiliser la salle de bain d'ici. J'irai dans celle du couloir. On se retrouve à la cuisine ?

Elle sourit et opina.

Finn se pencha pour l'embrasser une fois de plus. Un baiser long, persistant et doux qui donna à Henley l'envie d'essayer de faire l'amour lentement, à l'avenir. Puis il se pencha, prit ses vêtements et ramassa le préservatif usagé sur le lit. Sur un sourire narquois, il se dirigea vers la porte.

Henley mit une seconde à se ressaisir avant de récupérer ses propres vêtements et de commencer à s'habiller.

* * *

Ils dînèrent au pavillon ce soir-là et, bien que Tonka n'ait jamais été le plus bavard des hommes, il avait de plus en plus de facilité à engager la conversation avec les résidents et ses amis. En regardant de l'autre côté de la table, il vit Henley rire de ce que lui disait Alaska.

— Elle est vraiment heureuse, constata Jasna à côté de lui.

— Tu crois ? demanda-t-il avec un petit sourire.

— Oui. Depuis que vous sortez ensemble, elle est plus détendue.

— C'est bien.

— Oui, confirma-t-elle, puis, plus calmement, elle demanda : Finn ? Tu vas épouser ma mère ?

Tonka faillit s'étouffer avec le maïs qu'il venait de mettre dans sa bouche. Il mastiqua lentement, essayant de trouver quoi dire à la gamine. Il opta finalement pour la plus grande honnêteté que possible.

— J'en ai envie, mais c'est à elle de décider.

— Elle dira oui. J'en suis sûre.

Tonka fronça les sourcils. Jasna n'avait pas l'air très enthousiaste à cette idée.

— Tu ne veux pas qu'on se marie ?

Elle haussa les épaules.

Ce n'était ni l'heure ni le lieu pour une conversation approfondie, mais puisque tout le monde autour d'eux était occupé à parler et qu'elle avait abordé le sujet, Tonka décida de se lancer.

— Qu'est-ce qui te préoccupe ?

La jeune fille se tourna vers lui.

— On a toujours été toutes les deux. Inséparables. Comme deux meilleures amies.

Elle fronça un peu les sourcils.

— Je t'aime bien, Finn. Tu es gentil avec elle, et avec moi aussi, et j'aime vraiment vivre ici au Refuge.

— Mais ? insista Tonka en constatant qu'elle n'achevait pas sa pensée.

— Je ne suis pas stupide. Je sais que les pièces rapportées sont généralement mises de côté lorsque deux personnes se marient. Tu auras des enfants avec ma mère, et ils seront à toi. Vos enfants à tous les deux. Moi, je déménagerai et j'irai à l'université avant même que tu t'en rendes compte, et les choses changeront, conclut-elle un peu tristement.

Tonka se déplaça pour poser un bras sur le dossier de sa chaise et, de l'autre, il s'empara de la main qui était posée sur ses genoux, occupée à triturer sa serviette.

— Tout d'abord, si ta mère et moi nous marions un jour, tu ne seras pas une pièce rapportée. Tu seras ma fille. Point final. Je ne sais pas si ta mère et moi aurons des enfants ou non, mais si c'est le cas, tu ne seras jamais moins notre fille. Et même si je déteste que tu parles de grandir et de déménager, tu seras toujours importante pour moi, quel que soit ton âge et où que tu ailles. Tu seras toujours la meilleure amie de ta mère aussi. Je ne peux pas prendre cette place et je n'en ai aucune envie, Jas. Ta mère et toi avez une longue histoire ensemble et un lien spécial. Je ne ferais jamais rien pour gâcher ça. Oui, les choses vont changer... mais j'espère que ce sera pour le mieux.

Jasna eut beau acquiescer, Tonka n'était pas certain qu'elle soit complètement apaisée.

— L'autre nuit, quand je me suis réveillé et que tu étais là, ça voulait dire beaucoup pour moi, admit-il. Non... ça voulait tout dire. Je t'aime, Jas. Et je ne prononce pas ces mots à la légère. Tu les entends même avant ta mère, parce que j'ai une peur bleue qu'elle ne soit pas prête à les entendre. Ou peut-être qu'elle ne ressent pas la même chose. Mais peu importe ce qui se passe entre nous deux, je t'aimerai toujours. Toujours.

— Vraiment ?

— Vraiment.

— Je t'aime aussi, Finn.

Il inspira profondément en entendant ces mots et ils échangèrent un regard tendre.

Puis elle demanda :

— Est-ce que ça veut dire que j'aurai le double de cadeaux à Noël maintenant ? Puisque tu m'aimes et que tu vas épouser ma mère ?

Tonka éclata de rire. C'était bien sa petite chipie tout craché, qui brisait ce moment d'émotion avec une blague.

— Certainement, répondit-il.

Il avait déjà prévu de les gâter, elle et sa mère, aussi souvent qu'il le pourrait. En commençant par lui donner dans son chalet la chambre que n'importe quel enfant de douze ans rêverait avoir.

— Cool, dit-elle.

Tonka serra sa main, puis se retourna sur son siège et fit à nouveau face à la table. Il capta le regard inquiet de Henley.

— Ça va ? demanda-t-elle en silence.

Il sourit et opina. Oui, Jasna et lui allaient plus que bien.

* * *

Christian s'impatientait. L'été était presque terminé et il n'avait pas trouvé l'occasion de kidnapper la fille. Il avait pratiqué ses techniques de couteau sur les écureuils, les chats errants, et même quelques chiens qu'il avait volés dans des arrière-cours. Mais taillader un être humain serait bien différent.

Il brûlait de la voir saigner. D'entendre ses cris. De l'entendre supplier pour sa vie.

Il pourrait toujours se choisir une autre première victime...

Non. Il fallait que ce soit elle. Christian voulait que la psy ait mal. Elle l'avait repoussé sans un regard en arrière. Maintenant, elle allait le regretter.

Dès qu'il en aurait l'occasion, il kidnapperait la gamine. Il en avait assez d'attendre. Il voulait quitter cette putain de ville et aller à Albuquerque pour perfectionner sa technique. Il y avait des millions de personnes dans cette ville, dont beaucoup ne manqueraient à personne. Les hommes et les femmes à zigouiller étaient les plus faciles à attirer dans un motel, ou n'importe quel endroit où dormir. Les prostituées monteraient dans sa voiture de leur plein gré. Il y aurait des enfants laissés seuls dans les magasins, dans les parcs... même coincés chez eux pendant que leurs parents travaillaient.

Il voulait que le monde entier connaisse son nom.

Et ce ne serait pas le cas tant qu'il n'aurait pas de premier meurtre à son actif.

Baissant les yeux, il admira l'ensemble des couteaux et des armes qu'il avait alignés sur le sol du chalet abandonné. Le tapis sentait mauvais et il y avait de la merde de souris partout... mais tout ce que Christian voyait, c'était la fille, nue, étalée devant lui, attendant qu'il frappe. Le sang coulerait sur son corps blanc. Ce serait comme une œuvre d'art.

Il n'arrivait pas à décider s'il utiliserait d'abord le couteau ou le pic à glace. Ou peut-être le tournevis. Il avait aussi un cutter et un démonte-pneu. Il avait prévu d'utiliser celui-ci en dernier, après tous les autres. Il voulait voir le sang éclabousser les murs et le plafond quand il la battrait.

Christian fixait le vide en souriant, imaginant la scène dans sa tête. Oui, il en avait bel et bien fini d'attendre. Il devait agir. Il était prêt.

CHAPITRE 15

— Mamaaan, je ne veux pas aller en colonie ! se plaignit Jasna pour ce qui semblait être la centième fois. Je veux rester ici avec Finn et toi. Alaska a dit qu'ils allaient faire un autre feu de joie et je ne veux pas le manquer ! En plus, j'adore ma nouvelle chambre, et on est censés recevoir les boîtes de livres qu'on a commandées dans la librairie d'occasion californienne qui a fait faillite.

— Non, répliqua Henley, avec plus de patience qu'elle n'en éprouvait.

— Pourquoi tu es si méchante ? s'exclama Jasna avec mauvaise humeur.

Henley soupira et fit de son mieux pour garder son calme. Elle n'était pas surprise que sa douce enfant se transforme en adolescente perturbée par ses hormones, elle s'y attendait depuis longtemps, mais cela ne voulait pas dire qu'elle n'avait pas espéré que la transformation ne se produise pas. Elle se détourna du lavabo de Finn et affronta sa fille. Il était descendu à la grange pour nourrir les animaux, puis il allait revenir pour les conduire en ville,

Jasna et elle. Il déposerait sa fille au camp puis conduirait Henley à son bureau.

— Tu étais enthousiaste à l'idée d'aller à ce camp il y a quelques mois, que s'est-il passé ? Et Sharyn sera là, donc ce n'est pas comme si tu ne connaissais personne là-bas.

— Je sais, mais je préfère être *ici*. Scarlet Pimpernickel pourrait m'oublier, et les chatons commencent à jouer tout le temps, et c'est tellement cool de dormir ici chez Finn que je ne veux plus partir !

— Ce n'est que pour quatre nuits, nuança Henley. Ta génisse ne va pas t'oublier. Et les chatons voudront toujours jouer quand tu reviendras. Il y aura d'autres feux de camp, et Finn sera toujours là à ton retour.

Jasna poussa un soupir dramatique et s'installa à la petite table de Finn. Henley s'assit en face d'elle et lui dit gentiment :

— Veux-tu me dire ce qui te tracasse vraiment ?

Il fallut un long moment pour que Jasna avoue finalement :

— J'aime vraiment Finn. Il est patient et gentil, et il me traite comme si j'étais une adulte. Pas comme si j'étais une gamine. Il me laisse faire des choses difficiles avec les animaux et me fait confiance pour m'y prendre correctement. Si je m'absente trop longtemps, j'ai peur qu'il se passe quelque chose entre vous, que vous vous sépariez et que je ne puisse plus vivre ici.

Henley fronça les sourcils. Elle était allée si vite avec Finn qu'elle avait les mêmes inquiétudes que sa fille. Que si les choses ne marchaient pas, Jasna en souffre. Elle s'était attachée à lui très rapidement et cela rendait Henley malade de savoir que ses actions pouvaient nuire à sa fille.

— Je ne sais pas ce que l'avenir nous réserve, admit-elle après un moment. J'aimerais pouvoir te jurer que Finn et moi allons rester ensemble pour toujours. Que nous allons nous marier et vivre éternellement heureux. Mais je sais mieux que la plupart des gens qu'on ne peut pas prédire l'avenir. Ce que je peux te garantir, en revanche, c'est que quoiqu'il arrive entre Finn et moi... tu seras toujours la bienvenue au Refuge. Il aime passer du temps avec toi, et tout le monde ici aussi.

Jasna poussa un soupir mélodramatique.

— J'aime Finn, lâcha Henley. Il me rend heureuse. Mais plus que ça, j'aime comment tu te sens grâce à lui. Tu sais déjà que je ferais à peu près tout pour toi. Je remuerais ciel et terre pour te rendre heureuse. Pour te donner tout ce dont tu as besoin afin de devenir une femme heureuse et équilibrée, qui a confiance en elle et qui connaît sa propre valeur. Mais même si j'aime passer du temps avec toi sur nos heures de libres, tu dois aussi t'amuser et nouer des relations avec des enfants de ton âge. Je suis certaine que tu vas passer un bon moment au camp et, quand tu reviendras, tu verras que rien n'a changé.

— Laisse tomber, marmonna Jasna.

Ce fut au tour de Henley de soupirer. Elle avait espéré que son petit discours d'encouragement ferait sortir sa fille de sa déprime.

— Tu as fini tes bagages ? demanda-t-elle.

— Oui.

— Tu as mis la crème solaire que je t'ai donnée dans ton sac, hier soir ?

— Oui, bon sang, maman ! s'écria Jasna avant de se lever en faisant crisser sa chaise sur le plancher en bois.

Elle fila vers sa chambre et Henley grimaça quand la porte claqua un peu trop fort derrière elle.

— C'était intense, lança une voix profonde, depuis la porte d'entrée.

Tournant sur sa chaise, Henley vit Finn debout sur le

seuil. Elle était tellement concentrée sur Jasna qu'elle ne l'avait ni vu ni entendu entrer.

— Qu'est-ce que tu as entendu ? demanda-t-elle en fronçant les sourcils, réalisant ce qu'elle avait dit vers la fin.

En réponse, Finn s'écarta du cadre de la porte et s'approcha d'elle. Henley resta assise, essayant de déchiffrer les émotions qu'elle voyait tourbillonner dans ses yeux.

Quand il atteignit la table, il s'agenouilla à côté d'elle et lui écarta les jambes pour se retrouver entre elles. Il la dévisagea longuement.

Puis il demanda :

— Tu m'aimes ?

Merde, merde, merde. La bouche sèche, Henley s'humecta désespérément les lèvres.

Elle pourrait jouer la comédie, prétendre qu'elle essayait simplement d'aider sa fille à se sentir mieux. Admettre que c'était trop tôt dans leur relation pour dire des choses comme ça. Même en faire une blague. Mais elle n'en avait pas envie.

Alors elle se contenta d'un « oui ».

À sa surprise – et à son inquiétude –, elle vit des larmes apparaître dans les yeux de Tonka.

— Finn ?

— Sur ce bateau, il y a toutes ces années, j'ai cru que ma vie était finie. J'ai juré de ne plus jamais m'attacher de la sorte, à une bête ou à un être humain, pour que personne ne puisse me faire du mal comme ça une deuxième fois, en blessant quelqu'un que j'aime. Je me soucie des animaux ici au Refuge et ce serait nul s'il leur arrivait quelque chose, mais j'ai réussi à garder mes émotions enfermées en moi. Ces deux dernières années, tu t'es faufilée sous ma cuirasse. Et maintenant, vous êtes là, ta fille et toi, Henley, conclut-il en indiquant son cœur.

Elle attendait qu'il poursuive, mais ce ne fut pas le cas.

— Ça veut dire que tu m'aimes aussi ?

Il gloussa et ferma les yeux une seconde, puis les rouvrit.

— Je pensais bien que j'allais tout gâcher. Oui, Henley. Je t'aime. Je t'aime tellement. Et pour info, tu peux affirmer qu'on sera ensemble pour toujours, qu'on va se marier et vivre éternellement heureux.

— Finn..., chuchota-t-elle, submergée.

— On a vécu l'enfer et on en est revenus. D'une manière ou d'une autre, on s'est trouvés et on a atterri ici. Je ne vais pas laisser quelqu'un ou quelque chose gâcher ce qu'il y a entre nous. Je suis avec toi sur le long terme. Combien de lits pour adolescents penses-tu que j'ai achetés dans ma vie ?

Henley sourit.

— Hum... un ?

— Exactement.

— Je suis tellement heureuse avec toi, Finn. Mais j'ai aussi très peur que quelque chose ne se produise et que tout cela ait des allures de rêve.

— Ça n'arrivera pas. Parce qu'on est là l'un pour l'autre. On surmontera toutes les tempêtes qui se présenteront à nous. Est-ce que les choses vont toujours être faciles ? Non. Jasna est presque une adolescente et, à en juger par son emportement de tout à l'heure, on peut supposer que les choses seront difficiles de temps en temps, dans les années à venir. Mais on l'aime, et elle aussi... on va s'en sortir. Tu as ton travail, j'ai le mien. On devra travailler dur pour trouver du temps pour nous deux, mais je suis prêt à faire tout ce qu'il faut, y compris accepter celui que Brick voudra engager pour m'aider à la grange.

Henley sourit à cette idée. Elle savait que Finn n'était pas ravi d'avoir quelqu'un d'autre dans « son » domaine, mais elle trouvait adorable qu'il soit prêt à se faire aider pour pouvoir passer plus de temps avec elle.

— Tu veux que j'aille voir Jas ? demanda-t-il.

— Ça ne te dérange pas ? demanda Henley.

— Bien sûr que non.

— Alors oui. Je t'en prie. On doit partir dans une vingtaine de minutes si on veut être à l'heure.

— Très bien. Et pour info... quand je viendrai te chercher cet après-midi, on reviendra directement ici et aucun de nous n'en repartira avant demain matin.

Elle sourit.

— Le programme me semble parfait.

Et c'était le cas. Jasna et elle vivaient dans le chalet de Finn depuis quelques jours, et elle adorait dormir dans ses bras, mais elle était impatiente de faire plus que dormir. Ils avaient été très prudents, puisque cette cohabitation était très nouvelle et la dernière chose qu'ils voulaient, c'était que Jasna les entende ou – Dieu les en garde – les surprenne en train de faire l'amour.

— Si quelqu'un m'avait demandé, il y a six mois, ce qui était sorti de bien de la mort de Steel, je lui aurais répondu : « rien ». Qu'il n'y avait pas une seule bonne chose susceptible de sortir de l'assassinat de mon meilleur ami. Mais maintenant ? Je commence à croire que Steel m'a conduit à toi.

Finn se leva alors, se pencha et embrassa Henley avec une telle intensité que, si elle avait encore eu des doutes sur ce qu'il ressentait, elle n'en avait plus désormais.

Il passa un doigt sur sa joue, puis se retourna pour se diriger vers la chambre de Jasna.

* * *

Tonka avait envie de se frapper la poitrine et de crier au monde entier que Henley l'aimait. Il n'avait pas voulu écouter aux portes, mais il n'avait pas non plus voulu interrompre sa conversation avec Jasna. Et quand il l'avait entendue dire qu'elle l'aimait, il avait arrêté de respirer. Pendant un moment, il s'était dit qu'il avait mal entendu, qu'il entendait simplement ce qu'il voulait entendre, mais plus elle parlait, plus il s'était persuadé qu'elle l'aimait vraiment.

Après que Jas s'était réfugiée dans sa chambre, Tonka n'avait pas pu s'empêcher d'aller voir Henley.

Elle l'aimait.

Il allait falloir du temps pour que ça rentre.

Sa détermination à les garder en sécurité s'était renforcée. Non pas qu'ils soient en danger, mais il avait cru ne rien risquer quand il était monté sur ce bateau, des années plus tôt.

Lorsqu'ils se mirent enfin en route pour la ville, Tonka prit une décision en une fraction de seconde. Il avait beaucoup réfléchi à sa conversation avec Raiden et jugeait maintenant que le moment était idéal pour partager son projet.

— Jas ? demanda-t-il alors qu'ils roulaient.

— Oui ? répondit-elle d'un air maussade.

— Je pensais... peut-être que ce week-end, quand tu rentreras du camp, on pourrait aller au refuge pour animaux, voir s'il n'y aurait pas des chiens qui auraient besoin d'un bon foyer.

Dès que les mots eurent quitté sa bouche, Tonka réalisa qu'il aurait dû en parler avec Henley avant. Mais c'était trop tard maintenant.

— Vraiment ? Oh, bon sang ! Oui ! Tu es sérieux ? Maman ? On pourrait vraiment avoir un chien ?

L'attitude grincheuse de la pré-adolescente avait disparu en un instant.

Tonka sentait le regard de Henley sur lui, mais il gardait résolument les yeux sur la route. Il l'entendit soupirer légèrement avant qu'elle n'ouvre la bouche.

— Oui. Mais il sera sous ta responsabilité.

— Pas de problème ! la rassura Jasna.

— Je suis sérieuse. J'achèterai la nourriture, mais tu devras le nourrir et le promener. Et ramasser ses crottes. Et quand il mâchonnera tes chaussures et mangera ta peluche préférée, interdiction de t'énerver.

— Je sais ! T'inquiète ! s'exclama-t-elle.

— Finn a assez à faire, et tu devras l'éduquer pour qu'il n'effraie pas les animaux de la grange. Si tu ne t'en occupes pas, il retournera directement au refuge.

— Maman ! J'ai dit que je serais responsable de lui ou d'elle. Je me demande quel genre de chiens ils ont ? demanda-t-elle, plus à elle-même qu'à Tonka ou à sa mère.

Il risqua un coup d'œil à Henley. Elle haussa un sourcil quand elle vit qu'il la regardait, et il fit de son mieux pour lui adresser un regard d'excuse. Il était sûr qu'elle aurait beaucoup à lui dire, une fois qu'ils auraient déposé sa fille.

Jasna n'arrêta pas de jacasser pendant le reste du voyage jusqu'au camp de plein air situé à la périphérie de Los Alamos. Les chalets étaient entourés d'arbres, tout comme ceux du Refuge. Mais il y avait aussi un lac artificiel à proximité, où les enfants pouvaient nager et faire du kayak. Henley avait fait beaucoup de recherches sur cet endroit. Leur niveau de sécurité était excellent et les critiques pour la plupart positives.

Jasna parlait toujours de la race du chien qu'elle allait avoir, comment il allait dormir avec elle et la suivre partout. Dès qu'elle vit Sharyn, elle fit un rapide câlin à sa mère, salua Tonka, puis se précipita pour annoncer la bonne nouvelle à son amie.

— Je suis désolé, dit Tonka à la seconde où Jas fut hors de portée de voix. C'est sorti tout seul. Je détestais la voir si grincheuse.

— Tu es en train de la gâter. Et tu sais qu'on va finir par s'occuper du cabot, non ?

— Oui, dit-il avec un sourire.

Henley le regarda de travers.

— Ce qui est ton véritable souhait, n'est-ce pas ?

Tonka haussa les épaules.

— J'ai beaucoup réfléchi à ma discussion avec Raid. Il a un chien de chasse. D'après lui, ça l'a aidé à se rétablir. Et je... ça ne me dérangerait pas d'avoir à nouveau un chien. Mais pas un chien de travail. Un animal de compagnie. J'en veux un qui sera joueur, mais aussi protecteur envers Jas et toi. J'aimerais bien qu'ils aient quelques pitbulls parmi lesquels on pourra choisir. Ce sont généralement des chiens très affectueux, mais la vue de l'un d'entre eux suffirait à faire réfléchir les gens avant de s'en prendre à Jasna ou toi.

Henley esquissa un sourire et leva les yeux au ciel. Elle n'avait pas l'air en colère, ce qui était un soulagement.

— Allez, plus vite je t'emmène au travail, plus vite je pourrai venir te chercher et plus vite je t'aurai pour moi, conclut Tonka en prenant son coude dans sa main pour la ramener vers son pick-up.

Alors qu'ils sortaient du parking, ni Tonka ni Henley ne remarquèrent la vieille berline au modèle indéfinissable qui se trouvait au fond du parking. Un adolescent portant des lunettes de soleil était assis au volant.

CHAPITRE 16

La semaine s'était écoulée bien trop vite pour Henley. D'habitude, elle était heureuse que le temps passe vite, surtout quand Jasna était loin de la maison. Mais cette semaine avait été l'une des meilleures de sa vie. Elle travaillait le matin et animait quelques séances au Refuge l'après-midi, puis Finn et elle passaient toutes leurs nuits dans son chalet.

Ils avaient enfin fait l'amour avec lenteur et tendresse, et cela avait valu la peine d'attendre.

Un Finn impatient et lascif était un rêve devenu réalité, mais le Finn aimant et patient l'époustouflait lorsqu'il pratiquait sur elle l'exquise torture du plaisir au ralenti. Elle finissait par le supplier de la laisser jouir. De la pénétrer. De la baiser. Mais même lorsqu'il avait cédé, il avait réussi à conserver ses poussées lentes et régulières, qui la conduisaient au bord de l'orgasme, encore et encore, avant de se retirer.

Au moment où il avait perdu le contrôle, elle l'avait menacé de toutes sortes de représailles qu'elle ne mettrait jamais à exécution…, la moindre d'entre elles étant de ne plus jamais faire l'amour avec lui.

Puis il lui avait fait couler un bain chaud et l'avait portée dans la salle de bain. Comme ils ne pouvaient pas entrer tous les deux dans la baignoire, il s'était assis à côté d'elle pendant qu'elle se trempait et lui avait raconté d'autres souvenirs de l'époque où il était garde-côtes. Lentement mais sûrement, il s'ouvrait, lui racontait des choses sur lui et sur son passé qu'il admettait n'avoir jamais partagées avec personne d'autre.

Si elle n'avait pas déjà été éperdument amoureuse de cet homme, elle l'était maintenant.

Mais ce qui la confortait dans l'idée que leur relation pourrait résister à l'épreuve du temps, c'était que Finn n'était pas parfait. Dans le cas contraire, elle aurait probablement attendu le retour de bâton. Elle n'avait pas besoin d'un petit ami façon robot domestique. Elle voulait être avec quelqu'un qui se sente assez en sécurité pour être de mauvaise humeur, mais sans s'en prendre à elle. Qui s'énervait au travail, mais qui ne se contentait pas de râler à n'en plus finir sans trouver le moyen de réduire son stress. Il se plaignait qu'elle laisse traîner des vêtements sales sur le sol, mais pas d'une manière qui la culpabilisait.

Ils se disputaient sur la meilleure façon de cuire des pâtes, n'étaient pas d'accord sur ce qu'ils aimaient regarder à la télévision et avaient des opinions différentes sur ce qui se passait dans le pays sur le plan politique, mais elle adorait qu'ils puissent avoir des opinions et des pensées aussi différentes, et pourtant s'aimer autant.

On était jeudi et ils passaient leur dernière nuit seuls avant que Jasna ne rentre du camp. Henley avait reçu de nombreux textos de sa fille lorsque les participants au camp avaient été autorisés à utiliser leurs téléphones, le soir, et elle avait été soulagée de voir l'enthousiasme de sa fille pour toutes les activités qu'elle y avait pratiquées. Ses réticences initiales une fois envolées, il était évident qu'elle passait un moment merveilleux.

Jasna était encore très excitée à l'idée d'aller au refuge pour animaux le samedi : elle avait raconté à Henley qu'elle avait déjà regardé leur site web pour voir quels chiens étaient disponibles. Henley avait le sentiment que, s'ils n'y prenaient garde, ils allaient rentrer au chalet avec plus d'un nouveau membre à la famille.

— À quoi penses-tu si fort ? demanda Finn en arrivant derrière elle.

Il passa les bras autour de sa taille, pour poser le menton sur son épaule. Elle était sur la terrasse derrière le chalet de Finn, à observer les arbres en sirotant son café.

Sans se retourner, elle s'appuya contre Finn.

— Au fait que je suis heureuse. Cette semaine est passée très vite, mais c'était vraiment bien.

Il lui caressa le cou, juste sous l'oreille.

— Oui, j'ai un peu l'impression que c'est ce que tu as ressenti hier soir quand tu m'as agrippé les cheveux et que tu as bien failli m'étouffer quand j'étais entre tes cuisses.

Henley gloussa et pivota enfin dans ses bras, en veillant à ne pas renverser son café, pour lui donner une petite tape sur le torse.

— Je ne t'ai pas entendu te plaindre, rétorqua-t-elle.

— Tu n'aurais pas pu m'entendre, puisque ma bouche était occupée à autre chose.

Henley éclata d'un long rire. Quand elle se fut calmée, elle répliqua d'un ton sérieux :

— Tu sais, je pensais savoir ce qu'était le sexe. Le bon, je veux dire. Mais j'avais tort. Je n'en avais aucune idée. Toi, tu me fais ressentir des choses que je n'avais encore jamais ressenties.

— Quand on est avec quelqu'un qu'on aime, tout est

mieux. Même se tenir sur sa terrasse, à regarder le monde s'animer le matin, déclara-t-il solennellement.

— Je t'aime, dit-elle.

— Tu m'as redonné le goût à la vie, répondit-il.

Elle sourit.

— On est un peu sentimental ce matin.

— Oui, admit-il avec un petit haussement d'épaules.

— On va devoir trouver une solution.

— Une solution pour quoi ? demanda-t-il.

— Pour faire l'amour avec Jasna dans la maison.

Il sourit.

— Tu crois pouvoir être silencieuse ?

— Hum... peut-être ?

Il éclata de rire et Henley feignit la colère.

— C'est exactement ce que je veux dire ! On doit trouver une solution. Parce que j'aime être avec toi, Finn. J'aime t'avoir en moi.

Il redevint sérieux.

— On va trouver. On va finir par être des amateurs de galipettes de jour au lieu de nuit, mais je suis d'accord si ça te va.

Henley réfléchit un moment, puis opina.

— Ça pourrait m'aller, puisque Jasna retourne bientôt à l'école.

— Exactement, convint Finn.

Elle lui sourit.

— Même si ça ne va pas être évident de s'allonger dans tes bras sans faire l'amour avant.

— Je ne l'ai jamais fait avant toi et je dois dire que je suis d'accord.

— Tu ne l'as jamais fait ?

— Non. Avant toi, j'étais du genre à baiser et me tailler. Je ne voyais pas l'intérêt de rester alors que je ne voulais laisser personne penser qu'il y avait quelque chose entre nous, expliqua Finn en haussant les épaules.

Henley fronça le nez.

— Quoi ? demanda Finn.

— Je suis jalouse, admit-elle. Je n'aime pas penser que tu as été avec quelqu'un d'autre.

— Pareil pour moi, convint-il. Alors on pourrait faire un pacte à partir de maintenant : celui de ne plus jamais parler de nos anciens partenaires.

— Ça marche.

— Super. Tu sors avec les filles aujourd'hui, non ? demanda-t-il.

Henley hocha la tête.

— Oui, on va déjeuner, avec Alaska, Ryan et Luna, puis on emmènera Luna dans la boutique qui vend des tas de trucs britanniques, parce qu'elle veut s'acheter le chocolat qu'on a rapporté la dernière fois.

— Cool.

— Tu veux que je prenne quelque chose en ville pour le dîner ? demanda-t-elle.

— Si ça ne te dérange pas.

— Qu'est-ce qui te ferait envie ?

— Je m'en fiche. Tant que je peux être avec toi pour notre dernière nuit en tête-à-tête, je me moque de ce qu'on mange.

Henley ne put s'empêcher de sourire ironiquement et Finn leva les yeux au ciel.

— Tu as l'esprit très mal tourné.

— Je n'y peux rien ! protesta-t-elle. Surtout après ce dont tu viens de parler.

— Que dis-tu de ça : je me fiche de ce que tu rapportes à la maison pour le dîner, parce que je vais manger à ma faim après.

Henley gloussa. Elle aimait cet homme. À la folie.

— Que vas-tu faire, aujourd'hui ?

— Mes corvées, comme d'habitude. Le vétérinaire va passer pour vérifier l'égratignure que Melba s'est faite sur le flanc, l'autre jour, dans le paddock... ce qui ne va pas être une partie de plaisir, vu comme elle aime être examinée. Ensuite, je me suis dit que j'allais passer au refuge pour passer en revue les chiens disponibles. Je veux vérifier le caractère du seul pitbull qu'ils ont, ainsi que leurs chiens de chasse. La dernière chose que je veux, c'est que Jas tombe amoureuse de l'un d'entre eux et qu'il s'avère agressif ou impossible à dresser.

Le soin qu'il prenait de sa fille fit fondre les entrailles de Henley.

— Je t'aime, chuchota-t-elle.

Il lui sourit.

— Je t'aime encore plus. Maintenant, il faut qu'on y aille pour que tu ne sois pas en retard au travail. Tu es bien d'accord pour que Ryan vienne te chercher ?

— Pourquoi ne le serais-je pas ? Elle va venir directement ici, après avoir fini les chambres qu'elle a sur son planning et Luna d'aider son père pour le déjeuner. Elle pourra nous déposer toutes les trois après notre shopping. C'est bon.

— Je voulais juste m'en assurer. Et puisque tu ne conduiras pas, ne t'inquiète pas pour le dîner. On peut faire quelque chose ici, ou bien je prendrai un plat cuisiné par Robert.

— Parfait. Ma pauvre voiture n'est pas très utilisée, depuis que tu nous véhicules tout le temps, Jasna et moi, dit-elle.

Finn haussa les épaules.

— C'est un plaisir pour moi.

— Tu es un peu un maniaque du contrôle, le taquina-t-elle.

— Oui. Et tu m'aimes quand même.

— C'est vrai, concéda-t-elle.

Finn lui prit sa tasse de café des mains, la porta à ses lèvres et but le reste.

— Eh ! protesta Henley. Je n'avais pas fini !

— Maintenant si, répliqua-t-il avec un sourire. Et il faut encore que tu prennes ta douche. Oh, attends, moi aussi. J'ai trouvé : on va se doucher ensemble pour économiser du temps et de l'eau.

— Tu y crois, alors qu'on va devoir se déshabiller pour entrer sous la douche ? plaisanta Henley tandis que Finn la ramenait à l'intérieur du chalet.

Il ne répondit pas, se bornant à sourire tout en les conduisant vers la chambre.

Henley gloussa. Avaient-ils le temps pour un petit coup rapide ? Pas vraiment. Mais son premier rendez-vous n'était pas avant une heure et demie, et Mike ne s'attendait pas à la voir arriver à une heure précise... Elle ne protesta pas lorsque Finn la traîna dans la salle de bain et attrapa l'ourlet de son tee-shirt pour le lui faire passer par-dessus la tête.

— Tu me dois un café, dit-elle en entrant dans la douche chaude.

— On s'arrêtera dans le café que tu adores, répondit-il distraitement en l'attirant contre son corps chaud, nu et humide.

Sentant son érection entre eux, Henley ne put que sourire.

C'était tout ce dont elle avait rêvé quand elle avait une vingtaine d'années. Finn était le partenaire qu'elle avait toujours voulu. Quelqu'un avec qui rire, qui la désirait autant qu'elle et avec qui partager sa vie.

Puis il l'embrassa, et Henley fut incapable de réfléchir plus longtemps.

* * *

Quelques heures plus tard, alors qu'elle déjeunait avec ses amies, Henley sentait encore Finn entre ses jambes. Sous la douche, il lui avait fait l'amour durement, vigoureusement. Et même s'ils avaient été spontanés et qu'ils se trouvaient sous cette fichue douche, il n'avait pas oublié de mettre un préservatif.

Pas une seule fois il n'était revenu sur sa promesse de toujours la protéger.

Mais comme elle le lui avait déjà dit, elle était prête à en finir avec les capotes. Elle avait pris rendez-vous la semaine suivante avec son obstétricien pour discuter des modes de contraception possibles.

— Alors... je suppose, vu ton sourire, que la semaine a été bonne ? constata Alaska.

Luna secoua la tête.

— Je n'arrive toujours pas à croire que vous soyez ensemble, Tonka et toi.

— Pourquoi ? demanda Ryan. Je trouve qu'ils sont adorables ensemble.

— Pour ça, oui, convint Luna. Mais c'est Tonka. L'Anti-social avec un grand « A ». Mon père m'a dit qu'il n'avait rencontré Tonka qu'au bout d'un mois au Refuge.

— Tu sais ce qu'on dit, plaisanta Alaska. Les plus silencieux sont les meilleurs amants.

Tout le monde gloussa.

— N'est-ce pas, Henley ? fit Alaska, en se penchant vers elle.

— Oui, confirma Henley sans la moindre gêne.

Les trois autres applaudirent, si bien que toute la clientèle du petit café les examina avec curiosité.

— Chut, les filles ! gloussa Henley.

— Non, mais sérieusement, ça se passe toujours bien ? insista Alaska.

— Oui. Vraiment bien, répondit-elle en opinant.

— J'ai entendu dire que vous alliez avoir un chien, ajouta Luna. C'est vrai ?

Henley ricana.

— Oui. C'est comme ça que Finn a soudoyé Jasna pour qu'elle abandonne sa mauvaise humeur, quand on est allés la déposer au camp. Il lui a demandé si elle était intéressée par un chien, précisa-t-elle en levant les yeux au ciel. Comme si elle pouvait dire « non ».

— Vous allez au refuge pour animaux en rentrant du camp demain ? demanda Ryan.

— C'est ce que souhaiterait ma fille. Mais non, on y va samedi.

Tout le monde s'esclaffa à nouveau. Henley redevint sérieuse.

— C'est vraiment un grand pas pour Finn, cependant. Il a perdu son partenaire canin juste avant de quitter les gardecôtes. Et ça a été traumatisant et violent. Honnêtement, je n'étais pas certaine qu'il voudrait encore avoir un chien.

— Je suis désolée, lâcha Alaska, qui posa sa main sur celle de Henley.

— Oui, ça craint, convint Ryan.

Elle acquiesça.

— Je pense que ça lui fera du bien. Il a parlé à son excoéquipier récemment – celui qui était avec lui le fameux jour – et après avoir entendu qu'il avait un limier... Je pense que ça a déclenché quelque chose pour lui. Comme si voir son ami aller de l'avant lui avait montré que c'était possible.

— Il est génial avec les animaux du Refuge, commenta Luna. Il va s'en sortir.

— Je le pense aussi, dit Henley. Mais il en fait des tonnes, comme pour la plupart des choses qui nous concernent, Jasna et moi. Il a parlé d'aller au refuge aujourd'hui pour « étudier les chiens » et s'assurer qu'ils sont adaptés à l'âge de Jasna.

— Je ne sais pas, je trouve que c'est intelligent, dit Alaska.

— Tu as regardé le site web ? Pour voir quels chiens étaient disponibles ? s'enquit Ryan.

— Bien sûr. On en a discuté, avec Finn, l'autre soir. Il a dit qu'on devait se cantonner aux gros chiens, mais j'ai trouvé le petit yorkshire adorable.

— Laisse-moi deviner, il veut un grand méchant chien qui peut vous protéger, Jas et toi, non ? demanda Luna en riant.

— Oui.

— Les plus petits ont tendance à aboyer, fit remarquer Ryan. Et je suppose que les gars du Refuge ne veulent pas d'un jappeur qui perturbe les résidents.

— C'est vrai, admit Henley avec un peu de réticence. Mais je suppose que Finn serait capable de dresser n'importe quel chien pour qu'il ne soit pas un aboyeur insupportable. Il est assez incroyable.

Alaska serra la main de Henley, qu'elle n'avait pas encore lâchée.

— S'il te plaît, dis-moi que vous êtes follement amoureux et que tu vas épouser Tonka et emménager au Refuge, comme ça je ne serai pas la seule femme à y vivre à plein temps.

Henley se sentit rougir. Elle adressa un petit sourire à son amie et haussa les épaules.

— Je l'aime et il dit m'aimer aussi. Mais nous ne sommes

pas près de nous marier. Nous allons simplement voir ce qui se passe.

Alaska poussa un cri de joie et se rassit. Prenant une fourchette, elle coupa une frite en deux, pour la plonger dans un récipient de sauce texane avant de regarder Henley avec un grand sourire.

— Vous allez vous marier. Si tu crois que Tonka est assez stupide pour attendre longtemps avant de te passer la bague au doigt, tu ne connais pas bien ces gars-là.

— Je ne vois pas de bague à ton doigt, objecta Ryan à juste titre.

Alaska se fourra une frite dans la bouche et sourit à nouveau. Dès qu'elle eut avalé, elle déclara :

— Oh, Drake a une bague, mais je ne suis pas encore prête à faire le grand saut.

— Quoi ? s'écrièrent ses trois amies. Il a une bague ? Putain de merde, vraiment ?

Alaska hocha la tête.

— Je l'aime. J'ai toujours aimé Drake. Mais je ne sais pas... quelque chose en moi, un petit doute, m'oblige à me demander si on n'est pas allés trop vite. Si ses sentiments pour moi ne sont pas uniquement liés à ce qui s'est passé. Le truc de la demoiselle en détresse et tout ça.

— S'il te plaît, ma belle. Brick ne peut pas s'empêcher de te regarder. Ou de te toucher, d'ailleurs, protesta Luna. Je te jure, l'autre soir, j'ai cru qu'il allait te sauter dessus au bureau de la réception après que tu t'es occupée de cet odieux client qui se plaignait de tout. Quand il est parti, il te mangeait dans la main et il a même promis de faire un don pour le chalet des prisonniers de guerre. Et Brick était impressionné, en observant la scène. Vous êtes parfaits l'un pour l'autre. Épouse cet homme et mets fin à sa misère.

Henley hocha la tête, imitée par Ryan.

— J'y arrive, les assura Alaska.

Henley fut soulagée lorsque la conversation en vint à porter sur des sujets plus banals, comme le menu de la semaine suivante et la décision des gars de commander de nouvelles serviettes plus douces.

— Je ne sais pas pour vous, mais moi, je suis gavée, dit Alaska après avoir commandé chacune un sundae au brownie et en avoir dévoré chaque miette.

— Pareil, renchérit Ryan en se tapotant le ventre.

Henley avait l'impression qu'elle n'aurait pas à se nourrir pendant une semaine, tant la nourriture était bonne et rassasiante.

— Alors, quel est le plan pour le reste de la journée ? demanda Luna.

— Si ça ne vous dérange pas, j'aimerais bien qu'on s'arrête à nouveau dans le dépôt-vente. C'est tellement amusant de chercher des trésors au milieu du rebut, dit Alaska. Puis on pourrait s'arrêter chez Bliss, pour Luna, avant de rentrer. J'imagine que ça ne dérangerait pas Henley de rentrer un peu plus tôt, pour qu'elle puisse profiter de sa dernière soirée avant que Jas ne rentre à la maison avec Tonka.

Henley ne fut même pas embarrassée de hocher la tête avec empressement. Elle se moquait que ses amies sachent qu'elle adorait prendre du bon temps avec son homme. Elle ne se souciait pas non plus que toutes sachent qu'elle l'aimait.

Elles se levèrent de table et se disputèrent pour savoir qui allait laisser le pourboire à l'étudiante qui les avait servies, avant de décider d'y participer toutes. Quand elles grimpèrent dans l'Explorer de Ryan, Henley ne put penser à un moment où elle avait été plus heureuse.

Sa fille était heureuse et en bonne santé, elle-même exerçait une profession qu'elle aimait, elle avait Finn et, maintenant, un cercle d'amies avec qui rire et passer du bon temps.

Après le dépôt-vente – l'arrière du SUV était maintenant rempli de sacs –, elles étaient sur le point de procurer à Luna des bonbons britanniques lorsque le téléphone de Henley sonna. Souriant à l'idée que c'était Finn, elle jeta à peine un coup d'œil à l'écran avant de porter l'appareil à son oreille.

— Allô ?

— Henley McClure ?

— Elle-même, répondit-elle avec un petit froncement de sourcils en entendant cette voix inconnue qui avait l'air... si sérieuse.

— C'est Samantha White, du camp de plein air Horseshoe Bend. Avez-vous eu des nouvelles de Jasna cette après-midi ?

Henley blêmit.

— Quoi ? Non. Pourquoi ? Qu'est-ce qui ne va pas ?

— Elle a disparu. Nous avons cherché partout et nous ne l'avons pas trouvée. Il y a eu une randonnée en groupe cet après-midi et quand nous avons recompté les participants en arrivant au camp, elle n'était pas là. Des animateurs sont partis à sa recherche, mais je voulais vous informer de ce qui se passe.

Henley n'arrivait plus à respirer. C'était littéralement son pire cauchemar.

— Et je déteste avoir à vous demander cela, mais je sais que la police voudra aussi savoir. Nous les avons déjà appelés et ils sont en chemin. Aurait-elle une raison de ne pas vouloir rentrer à la maison ? Vous êtes-vous disputées avant le camp ou depuis qu'elle est là ? Les enfants de son âge sont connus pour se mettre en colère et fuguer pour une raison ou une autre.

Dans la voiture, ses amies la considéraient avec inquiétude, mais elle ne pouvait rien faire d'autre que de fixer l'appui-tête devant elle, le regard vide.

— Quoi ? Non ! Jamais Jasna ne s'enfuirait. Oui, nous avons eu quelques disputes avant le camp, mais tout était résolu quand nous l'y avons déposée. Elle avait hâte de rentrer à la maison, car on va avoir un chien ce week-end. Est-ce qu'elle a son téléphone avec elle ? Est-ce que quelqu'un... est-ce que quelqu'un l'aurait enlevée ?

Elle chuchotait presque en lâchant la dernière question.

— Nous ne permettons pas aux adolescents d'avoir leur téléphone pendant la journée, ils doivent les laisser dans les chalets. Et je suis sûre qu'elle va bien. Elle s'est probablement écartée pour aller aux toilettes et n'aura pas retrouvé son chemin. Nous allons la trouver, j'en suis certaine. Mais en raison de nos protocoles, je me devais de vous en informer.

Henley avait envie de crier. Bien sûr, ils devaient l'informer si son enfant avait disparu ! Elle devait appeler Finn de toute urgence. Il saurait quoi faire. Il retrouverait Jasna.

— Appelez-moi si elle réapparaît, lâcha-t-elle avant de raccrocher rapidement.

— Que se passe-t-il ? Jasna a disparu ? demanda aussitôt Alaska.

Prenant une profonde inspiration, Henley ravala ses larmes.

— Oui. Ils sont partis en randonnée et elle n'était pas avec eux quand ils sont rentrés au camp.

— Alors elle s'est probablement perdue dans les bois, bredouilla Luna d'une voix qui tremblait un peu. Ce n'est pas comme si quelqu'un voulait la kidnapper. Elle n'a que douze ans.

Aux mots de son amie, le sang de Henley se figea.

Elle repensa aussitôt à sa conversation avec Mike, au début de l'été. À la liste de cibles de Christian Dekker. Elle n'y avait pas beaucoup songé depuis ce jour-là. Cela faisait des années qu'elle n'avait pas eu de contact avec le garçon perturbé.

Sauf qu'à présent, elle ne pouvait pas s'empêcher de penser à lui.

— Quoi ? À quoi tu penses ? s'enquit Alaska à côté d'elle sur la banquette arrière.

— À Christian Dekker, chuchota Henley, qui craignait presque de prononcer ce nom à voix haute.

— Quoi ? C'est qui ? demanda Ryan.

— C'est un gamin que j'ai suivi il y a quelques années, quand il avait douze ans. Il était... pas bien, répondit Henley. Vraiment cruel, et je ne dis pas ça à la légère. Mon patron a pris en charge ses séances. Je ne l'ai pas revu depuis des années, mais au début de l'été, Mike m'a dit que les parents du garçon avaient appelé. Ils lui ont raconté qu'ils avaient trouvé un cahier où figurait une liste de noms de personnes qu'il voulait tuer.

— Jasna était sur cette liste ? demanda Luna, horrifiée.

— Non. Mais moi, si. Et Mike, et une vingtaine d'autres personnes. Je n'y ai pas vraiment réfléchi à l'époque, mais maintenant... et s'il s'en était pris à elle ? demanda Henley, les yeux pleins de larmes.

— Ne pense pas au pire, lui intima Luna. Inutile d'envisager le pire. Ils sont à sa recherche, non ?

Henley hocha la tête.

— Et la police a été appelée ?

Henley opina de nouveau.

— OK, donc ils vont la trouver, déclara Luna, qui essayait visiblement de rester positive.

— Ryan, on doit retourner au Refuge, la pressa Alaska. Les gars sauront quoi faire.

Sans un mot, Ryan fit demi-tour en plein milieu de la rue. Elle ignora les gens qui klaxonnaient et lui faisaient un doigt d'honneur pour foncer vers le Refuge.

— Il faut que j'appelle Finn.

Alaska posa une main sur celle de Henley avant qu'elle ne puisse décrocher le téléphone.

— Nous serons là-bas dans cinq minutes. Tu pourras le lui dire en personne. Il ne va pas bien le prendre, et tu ne devrais pas le lui annoncer au téléphone.

Henley aurait voulu envoyer paître son amie. Lui dire qu'elle avait tort. Qu'elle avait besoin du soutien de Finn à cet instant précis. Mais après avoir soupesé les paroles d'Alaska, elle hocha la tête.

Finn allait certainement perdre la tête et la dernière chose qu'elle voulait, c'était qu'il fasse quelque chose d'impulsif et d'irréfléchi. Si elle le lui apprenait de vive voix, ils trouveraient quoi faire ensemble et peut-être que ses amis et elle parviendraient à empêcher que Finn ne parte à la dérive.

Elle hocha la tête et prit une profonde inspiration. Elle voulait croire que Jasna s'était simplement éloignée et perdue. Qu'elle ressortirait de la forêt, peut-être un peu effrayée, mais gênée par les soucis qu'elle avait causés.

Pourtant, au fond d'elle-même, elle savait.

Jasna était une enfant responsable. Elle ne s'éloignerait pas, du moins pas sans prévenir quelqu'un de ce qu'elle faisait.

Elle n'avait aucune preuve que Christian avait enlevé sa fille, cependant... elle savait.

Le mal l'avait retrouvée et, cette fois, il s'en prenait à la personne la plus précieuse de sa vie. Le sort ne se contentait pas qu'elle ait entendu sa mère se faire agresser et poignarder, puis perdu son père dans une bagarre au couteau. Maintenant, elle allait devoir faire face à la disparition de Jasna.

Ce n'était pas juste.

— Tiens bon, Hen, lui souffla Alaska en tenant sa main fermement. On y est presque. On t'amène à Tonka.

Fermant les yeux, Henley était incapable de penser. Elle ne pouvait même plus pleurer. Elle avait besoin de Finn. Maintenant. Il saurait quoi faire. Il retrouverait sa fille.

Toute alternative était impensable.

CHAPITRE 17

— Finnnnn !

Tonka leva la tête en entendant Henley crier son nom. Il laissa immédiatement tomber la fourche avec laquelle il déplaçait le foin : la peur et la douleur dans la voix de sa femme avaient fait grimper son adrénaline en flèche. Il n'avait aucune idée de ce qui n'allait pas, mais il y avait quelque chose, c'était une certitude.

Il avait reçu un message de sa part, moins d'une heure plus tôt, annonçant qu'elles s'amusaient et qu'elle serait de retour au Refuge avant le dîner.

Il était trop tôt pour qu'elle soit déjà rentrée.

Tonka s'était mis à courir sans même s'en rendre compte. Il vit l'Explorer de Ryan garé n'importe comment sur le parking et Henley qui courait vers lui.

Elle se jeta sur lui, parlant si vite et avec tant d'affolement qu'il ne comprenait pas un traître mot à ses paroles.

— Respire, mon amour. Qu'est-ce qui ne va pas ?

Il la regarda inspirer profondément avant de lâcher :

— Jasna a disparu ! Son camp a appelé et ils ne la trouvent pas !

Tonka eut la certitude que son cœur s'était arrêté.

— Quoi ? Comment ?

— Je ne sais pas ! hurla Henley. Ils ont dit qu'ils avaient fait une randonnée et au retour, elle n'était plus là ! Ils la cherchent, mais Finn... et s'ils ne la trouvent pas ?

— Ils la trouveront. Nous la trouverons, déclara-t-il résolument.

L'adrénaline coulait à flots, il allait paniquer. Il ne parvenait pas à s'empêcher de penser à la peur que Jas devait ressentir.

— C'est Christian !

— Quoi ? s'écria-t-il, faisant de son mieux pour se concentrer.

Il avait déjà fait pivoter Henley et l'entraînait rapidement vers le pavillon. Il avait besoin d'aide.

— Christian Dekker. Je t'ai parlé de lui. Le garçon que je suivais et que je n'ai pas réussi à aider ? Le gamin maléfique, acheva-t-elle en chuchotant.

Tonka secoua la tête.

— Tu n'en es pas certaine.

Henley tremblait tellement contre lui qu'elle avait du mal à marcher.

— Si, insista-t-elle en se cramponnant à Tonka avec une poigne de fer.

Il la dirigea vers le pavillon, notant en passant que Luna et Alaska étaient sur leurs talons. Il n'était pas sûr de l'endroit où Ryan était partie mais, pour le moment, tout ce qui l'intéressait, c'était la femme dans ses bras, dont il devait obtenir un maximum d'informations afin de localiser Jasna.

Alaska avait dû envoyer un message à Brick, car il fit irruption par la porte arrière, Spike et Pip sur ses talons.

— J'ai prévenu les autres. Ils sont en route, déclara Pip d'une voix dure.

— Quelles informations possédons-nous ? Où Jas a-t-elle été vue pour la dernière fois ? demanda Spike.

— La police a été appelée ? Il faut lancer une alerte Enlèvement, ajouta Brick.

Tonka ignora ses amis. Toute son attention était focalisée sur Henley. Il l'entraîna à l'intérieur et l'assit sur l'un des canapés du hall, avant de la prendre dans ses bras.

— Commence par le début. Dis-nous tout, ordonna-t-il doucement.

Ils écoutèrent Henley répéter la conversation qu'elle avait eue avec la femme qui avait appelé de Horseshoe Bend. Après leur avoir appris ce qu'elle savait – c'est-à-dire pas grand-chose –, Henley ajouta :

— Mike m'a prise à part au début de l'été pour m'expliquer que les parents de Christian avaient trouvé une liste des personnes qu'il voulait voir mourir. Ou tuer. Mike et moi figurons sur la liste, ainsi qu'une vingtaine d'autres personnes. Je n'y ai pas beaucoup repensé par la suite, mais maintenant je suis incapable de ne pas faire le rapprochement.

— Merde, marmonna Brick.

— Je vais alerter les résidents, déclara Spike.

— Jasna se trouvait sur cette liste ? demanda Tonka.

— Pas que je sache, il a peut-être décidé de s'en prendre à elle parce que c'est une enfant ? Une cible plus facile ?

C'était exactement ce qui l'inquiétait.

— Je pense qu'avant de faire quoi que ce soit, nous devons parler à Mike. Et à la police. Leur faire part des inquiétudes de Henley. Peut-être même discuter avec les parents de ce Christian. Quel âge a-t-il maintenant ? demanda Tonka.

— Seize, je crois, répondit Henley.

Elle tremblait toujours, mais Tonka n'était pas sûr qu'elle s'en rende compte. Ses mains étaient glacées : elle devait être en état de choc. Owl, Stone et Tiny étaient arrivés. Tonka leva les yeux vers Owl.

— Tu peux prendre une couverture pour Henley ?

Sans un mot, son ami acquiesça et se retourna pour attraper l'une des couvertures toujours à portée de main dans le pavillon, au cas où un résident aurait froid.

Quand il revint quelques secondes plus tard, Tonka enroula le plaid autour de Henley. Son esprit tournait à mille à l'heure.

— Est-ce qu'on va au camp pour aider aux recherches ? demanda Stone aux autres.

Tonka resta muet pendant que ses amis discutaient de la suite. Il voulait faire quelque chose. Il avait besoin d'être à la recherche de la jeune fille qui était devenue aussi importante pour lui que sa mère. Mais qui réconforterait Henley ?

Il était déchiré... et ça le faisait souffrir. Il avait juré de ne jamais rester assis à ne rien faire s'il y avait la moindre chance d'empêcher quelqu'un qu'il aimait d'être blessé. Sa passivité pendant que Garcia torturait Steel avait laissé une énorme cicatrice dans son cœur et sa psyché. Pas question de revivre ça, même si cela signifiait qu'il se fasse blesser dans le processus.

Mais comment pourrait-il laisser Henley quand elle avait le plus besoin de lui ?

— Tonka ? demanda Tiny. Tu viens avec nous ?

Après une pause, il secoua la tête, même s'il serra les dents si fort qu'il redouta de s'être cassé une dent.

— Je vais rester ici avec Henley.

— Non.

Ignorant les regards surpris de ses amis, il se tourna vers la femme qu'il aimait.

— Il faut que tu y ailles.

— Il faut que je prenne soin de *toi*, rétorqua-t-il.

Elle secoua obstinément la tête.

— Non. Jasna a besoin de toi. Je sais que tu veux être là-bas pour l'aider. Et quand tu la trouveras, et qu'elle aura peur, mieux vaut que tu sois là pour la réconforter.

Ça craignait. Tonka éprouva une immense culpabilité en voyant à quel point il était soulagé de pouvoir aider à chercher Jas, malgré son envie de réconforter Henley.

— On va rester ici avec elle, promit Alaska. On ne la laissera pas une seule seconde.

— Owl et moi, on va rester avec elle aussi, déclara Stone.

— Moi aussi, dit Pip. Je vais m'assurer que les résidents sachent ce qui se passe et restent attentifs au cas où ce Christian déciderait de venir ici pour une raison quelconque.

— Le kidnapping de Jas pourrait être une diversion pour atteindre Henley, fit remarquer Owl.

Merde, Tonka n'y avait même pas pensé.

— Alors je devrais rester, dit-il.

— Non ! s'écria Henley presque frénétiquement. S'il te plaît, Finn ! Je me sentirai mieux si tu es à sa recherche. Je te fais confiance.

Cette femme allait le tuer. Il prit son visage entre ses mains et se pencha pour poser son front contre le sien. Elle attrapa ses poignets et s'y accrocha si fort qu'elle allait laisser des marques sur sa peau.

— Je jure que je vais te la ramener à la maison.

— D'accord.

— Je te le promets, insista-t-il.

Henley prit une profonde inspiration et il s'en voulut pour les larmes qu'il vit couler de ses yeux et ruisseler sur ses joues.

— Tu ne peux pas me le promettre. Je suis bien placée pour savoir que de mauvaises choses arrivent parfois aux bonnes personnes. Mais je sais aussi que tu feras tout ce que tu peux pour la ramener saine et sauve à la maison, si c'est possible.

Tonka détestait qu'elle ait raison. Il n'aurait rien dû promettre, mais c'était plus fort que lui.

— Je te le promets pourtant, jura-t-il.

Elle acquiesça.

— Vas-y, Finn. S'il te plaît, retrouve mon bébé.

Il l'embrassa et prit de précieuses secondes pour essuyer les larmes de ses joues. Puis il se tourna vers Owl, Stone et Pip, sans retirer ses mains de son visage.

— Prenez soin d'elle, ordonna-t-il d'un ton bourru.

Ses trois amis acquiescèrent sur-le-champ.

— Nous ne la perdrons pas de vue, assura Stone.

— Merci, leur dit Tonka.

Puis il se tourna vers Henley et répéta ce mot. Elle saurait de quoi il la remerciait.

De l'avoir laissé accomplir son devoir.

Elle leva le menton et l'embrassa brièvement avant de le lâcher et de le pousser un peu.

Tonka se leva et se tourna vers Brick, Spike et Tiny.

— Allons-y.

— C'est moi qui conduis, déclara fermement Brick.

Tonka acquiesça, car, honnêtement, il valait mieux qu'il ne soit pas derrière un volant en ce moment. Les quatre hommes sortirent du pavillon, bien décidés à se rendre au camp de Jasna et à découvrir ce qui se passait.

Le temps qu'ils arrivent, l'endroit grouillait de policiers. Les enfants avaient tous été rassemblés dans l'un des nombreux bâtiments, pour être mis en sécurité et à l'écart.

Tonka fonça sur la première policière qu'il vit.

— Je suis de la famille de Jasna. A-t-on des indices sur l'endroit où elle pourrait être ?

La femme lui jeta un regard compatissant et secoua la tête.

— Non, mais nous avons des gens partout dans ces bois. Ils ont des sifflets, donc si elle est là, ils la trouveront et ils nous préviendront.

C'était le « si elle est là » qui inquiétait Tonka.

— Nous sommes du Refuge, indiqua Brick à la femme. Nous pouvons vous aider. Tiny et moi sommes d'anciens SEAL, Spike était de la Delta Force et Tonka était membre de La Garde côtière. Nous avons une formation de secourisme que la plupart de vos volontaires n'ont pas.

Quand il avait dit vouloir aider, la femme avait semblé sur le point de refuser poliment, mais à l'énoncé de leur identité et de leurs antécédents, elle parut changer d'avis. Utilisant sa radio, elle informa son interlocuteur que de l'aide supplémentaire était arrivée.

En quelques minutes, quatre hommes s'avancèrent vers eux. Ils avaient tous des radios de police, mais étaient habillés pour la randonnée. Pantalons cargo, tee-shirts, sacs à dos et bottes.

— Ces gars-là sont du Refuge. Celui-ci est un parent de la disparue, expliqua la policière aux nouveaux arrivants.

Puis elle se tourna vers Tonka et ses amis.

— Chacun de vous accompagne un de nos officiers. Faites ce qu'ils disent, quand ils le disent. Ne me faites pas regretter de vous avoir laissé aider.

Tonka comprit. Accepter des civils, même dotés d'un passé militaire, était risqué dans des recherches comme celle-ci. La dernière chose dont ils avaient besoin, c'était que quelqu'un se perde ou fasse quelque chose qui pourrait les détourner de leur objectif, à savoir trouver Jasna.

Ils acquiescèrent tous. Brick se tourna vers Tonka.

— Reste en contact. On se retrouve ici si quelque chose arrive. Ne pars pas seul. Tu comprends ?

Tonka opina. Il appréciait le professionnalisme de Brick plus qu'il n'aurait su le dire. Cela l'aidait à garder son esprit sur la tâche à accomplir, au lieu de s'inquiéter de ce que Jasna ressentait ou traversait.

Brick serra l'épaule de Tonka, hocha la tête, puis chacun d'eux suivit son escorte pour entrer dans les bois selon des directions différentes.

— Je m'appelle Tonka, se présenta-t-il à son binôme.

— Bret. Je suis garde forestier en poste ici, à Los Alamos.

Tonka hocha la tête. Franchement, il se fichait pas mal que cet homme soit le président des États-Unis. Tant qu'il savait ce qu'il faisait et pouvait communiquer avec les autres, il était satisfait.

— Où avez-vous cherché jusqu'à présent ?

À mesure que Bret lui expliquait comment les recherches étaient menées et où ils se dirigeaient, Tonka sentait sa gorge se nouer. Le temps était plutôt correct. Ni trop chaud, ni trop froid. Il ne pleuvait pas et la nuit était censée être plus chaude que d'habitude. Autant de constats qui auraient dû le rasséréner. Mais ce n'était pas le cas. Parce que penser à Jasna qui devait passer la nuit dans la forêt lui faisait froid dans le dos. C'était une fille intelligente. Mais savait-elle qu'il valait mieux rester sur place si jamais elle se perdait ?

Tonka s'en voulait de ne pas s'être assuré qu'elle connaissait les bases de la survie en plein air. Non, il n'avait pas pensé qu'elle en aurait un jour besoin, mais qui envisageait avant que ça n'arrive qu'il pouvait se perdre dans les bois ? Le Refuge était situé en plein milieu des terres les moins peuplées de l'État. Il aurait dû au moins lui parler de l'utilisation d'une boussole, de ce qu'il fallait faire si jamais elle se perdait dans la propriété.

Ils marchaient et appelaient Jasna depuis environ vingt minutes quand le téléphone de Tonka sonna. En baissant les yeux, il vit que l'appel émanait de Tiny.

— Vous l'avez trouvée ? demanda-t-il en répondant.

— Non. Mais je voulais t'informer que les parents de Christian Dekker se sont présentés au poste de police. L'alerte Enlèvement a été déclenchée pour la disparition de Jasna et ils sont morts de peur.

— Pourquoi ?

— Ils pensent qu'ils pourraient être les prochains sur la liste. Que leur fils pourrait fort bien être en train de mettre en place son petit plan. Ils sont allés parler aux inspecteurs et leur indiquer tout ce qu'ils pouvaient sur Christian. Il n'y a aucune preuve qu'il soit derrière la disparition de Jasna, mais ils n'ont pas voulu prendre ce risque quand ils ont entendu le nom de famille de Henley. Dès qu'ils ont fini leurs dépositions au poste, ils quittent la ville.

— Merde. Qu'est-ce qu'ils ont raconté ?

— Je n'ai pas tous les détails, juste ce que j'ai entendu à la radio de l'officier que j'accompagne. Mais je suppose qu'il allait et venait librement de chez eux pendant tout l'été. Il a abandonné l'école au printemps. Il ne leur parle pas beaucoup, il fait comme s'ils n'étaient pas là. Ils ont dit qu'il agissait bizarrement. La mauvaise nouvelle est que personne n'a vu le gamin. Personne dans le camp ne se souvient de l'avoir aperçu, ses parents ne l'ont pas vu depuis des jours. Il n'y a aucune preuve qu'il a quelque chose à voir avec la disparition de Jasna. Pour le moment, les flics agissent toujours en partant du principe qu'elle s'est éloignée et perdue.

L'estomac de Tonka se retourna. Il se souvenait de la peur dans la voix de Henley lorsqu'elle lui avait parlé de ce patient qui, selon elle, était littéralement né mauvais. Avant de vivre ce qu'il avait vécu avec Steel, il n'aurait probablement pas cru que certaines personnes puissent être nées mauvaises. Mais après avoir fait l'expérience du manque total d'humanité de Pablo Garcia, il avait changé d'avis.

Si Henley pensait que Christian Dekker était capable de nuire sans remords à son entourage, il la croyait.

— Est-ce que les flics recherchent Dekker au moins ? demanda-t-il.

— Officieusement, oui, répondit Tiny.

C'était au moins quelque chose.

— OK. Il a un téléphone ? Ils peuvent le tracer ?

— Pas sans un mandat de perquisition.

Merde. On ne savait pas combien de temps il faudrait pour obtenir un ordre du tribunal. Surtout sans aucune preuve, seulement les craintes de ses parents et les soupçons de Henley.

Si Christian Dekker l'avait kidnappée, Jasna pourrait être n'importe où. Peut-être en route pour Albuquerque à l'heure qu'il était. L'alerte Enlèvement était une bonne chose, elle encouragerait les gens à la rechercher. Mais sans un nom de suspect ou la description d'une voiture attachée à l'alerte... c'était comme chercher une aiguille dans une botte de foin. Si Jas était dans le coffre d'une voiture ou cachée d'une autre manière, personne n'aurait la possibilité de la voir ou de l'identifier.

Tonka connaissait les statistiques. Il n'y avait qu'une toute petite fenêtre pour que les enfants disparus soient retrouvés vivants, avant que cette chance ne s'effondre. Pas question d'imaginer que Jasna puisse être maltraitée ou blessée... ou tuée. Sa mort briserait Henley.

Elle avait survécu à l'agression et au meurtre de sa mère. Il n'était pas sûr qu'elle serait capable de supporter que sa fille soit également victime d'une mort violente.

— Merci d'avoir appelé, dit-il à Tiny, absolument ravagé.

— Je suis désolé, Tonka.

— Je sais. Espérons juste qu'elle soit ici. Quelque part.

— Je te préviens si j'entends autre chose.

Tonka hocha la tête, même si son ami ne pouvait pas le voir.

— OK.

— À plus.

Il raccrocha, heureux que son ami ne lui ait pas servi de platitudes. Prenant une grande inspiration, il se tourna vers Bret.

— À quelle vitesse pouvez-vous marcher ?

— Rapidement, répondit Bret d'un air déterminé.

— Bien. Parce que si je dois fouiller chaque centimètre de cette fichue forêt, c'est ce que je vais faire, lui dit Tonka.

Bret hocha la tête et ils repartirent à un rythme beaucoup plus soutenu. Si Jasna était ici, quelqu'un allait la trouver. Et ce serait eux.

CHAPITRE 18

Christian Dekker regarda la fille qu'il avait menottée à un pieu enfoncé dans le sol du chalet délabré et fronça les sourcils.

Il avait été encore plus facile de l'attraper que ce qu'il avait imaginé. C'en était presque décevant.

Lorsqu'en suivant la psy, il avait découvert qu'elle déposait la gamine dans une colonie de vacances, il avait été ravi. Il y avait beaucoup d'enfants et de moniteurs, mais pas d'anciens militaires, comme les propriétaires du Refuge. Il savait que ce serait facile d'avoir la fille.

Et il avait eu raison.

Il était resté caché dans la forêt pendant des jours, juste sous le nez de tout le monde. Il était doué pour se fondre dans le décor, car il chassait depuis son enfance. Et quand la fille s'était laissé distancer par les autres enfants pendant une randonnée, il était simplement sorti de sa cachette, l'avait attrapée en lui plaquant une main sur la bouche et l'avait traînée entre les arbres.

Les yeux écarquillés, elle était tellement choquée qu'elle s'était à peine débattue. Il lui avait tendu une bouteille de jus d'orange et de vodka – où il avait versé la drogue – et lui avait ordonné de boire. Comme elle avait refusé, il lui avait suffi de menacer de tuer tous ses petits amis du camp.

Et elle avait obéi docilement.

Le pouvoir qu'il avait ressenti à ce moment-là était écrasant. C'était ce dont il avait rêvé toute sa vie. Des gens faisant ce qu'il voulait, quand il le voulait.

Elle avait été groggy sur-le-champ et il avait dû la jeter sur son épaule lorsqu'elle était devenue incapable de marcher. Il était arrivé à bout de souffle à sa voiture, cachée le long d'un chemin de terre à proximité. Il devrait ajuster cette technique à l'avenir. Mais sinon, l'enlèvement s'était déroulé sans problème.

Il avait conduit la fille inconsciente jusqu'à ce chalet avant même que quelqu'un ne se rende compte de sa disparition. Son téléphone portable avait émis un tintement odieux environ une heure après son arrivée pour annoncer une alerte Enlèvement portant sur la fille allongée par terre devant lui.

Christian avait ri. Fort.

Mais plus il restait assis là, à attendre qu'elle se réveille, plus il s'ennuyait. La fille était toujours complètement dans les vapes. Peu importait ce qu'il faisait pour la réveiller, rien ne fonctionnait. Il lui avait versé de l'eau sur le visage. Rien. Il avait utilisé son couteau pour lui entailler la plante de pied, là où il savait que c'était très sensible. Rien.

Il avait merdé et utilisé trop de Rohypnol. Il n'était pas sûr de la quantité, ne connaissant pas son poids, et il avait manifestement trop dosé la boisson. D'après ce qu'il avait lu, l'alcool devait la rendre plus docile et les drogues plus efficaces, mais apparemment il avait mal calculé. Il faudrait qu'il peaufine cet aspect aussi à l'avenir. Il voulait la soumettre rapidement et s'assurer qu'elle ne se débattrait pas. Son plan aurait foiré si elle avait crié et alerté tout le monde.

Le temps passait, et il voulait continuer à s'amuser.

Mais torturer une victime inconsciente n'était pas du tout amusant. Il voulait l'entendre crier, lui faire perdre la tête en découpant lentement ses vêtements, en lui répétant qu'il n'allait pas la tuer, puis la faire pleurer à chaque coup de couteau ou de l'un des nombreux objets contondants qu'il avait alignés, prêts à l'emploi.

Il détestait attendre. Surtout quand il était si près de son premier vrai meurtre. Il rêvait de ce jour depuis si longtemps et il était enfin arrivé. Sauf que cette fichue salope était encore endormie !

Soupirant, Christian faisait les cent pas.

D'avant en arrière.

Aller et retour.

Il vérifia la fille... toujours pas de réaction quand il lui enfonça son couteau dans la chair.

Nouvelles déambulations.

Plus le temps passait, plus il était irrité. Il aurait dû lui donner juste un peu de boisson pour commencer, jauger sa réaction. Au lieu de quoi, il avait insisté pour qu'elle boive toute la bouteille. La prochaine fois, il serait plus avisé. Il s'améliorerait à chaque meurtre, bien sûr. Mais ça ne l'aidait pas en ce moment.

Soupirant, il se tenait au-dessus de la fille, qu'il regardait, frustré.

Son estomac gronda.

Une main sur son ventre, Christian se renfrogna. Il était affamé. Et il avait prévu d'être très occupé pendant les huit prochaines heures environ... au moins une fois que la fille se serait enfin réveillée. Il ne voulait pas être distrait par la faim pendant qu'il serait occupé à la torturer.

Il regarda sa montre. 17 h 30. Il pouvait courir en ville,

prendre un hamburger et des frites, puis revenir et se mettre au travail. Même si la fille se réveillait pendant son absence, elle n'irait nulle part, menottée au sol comme elle l'était. Cela l'effraierait probablement encore plus de se réveiller seule, sans avoir la moindre idée de l'endroit où elle se trouvait ou de ce qui se passait.

Christian sourit. Oui, il allait se chercher à dîner, puis il reviendrait. Peut-être qu'il la taquinerait en la laissant manger aussi. Pour qu'elle baisse la garde. Cela rendrait encore plus doux le moment où elle réaliserait qu'il n'allait pas la laisser partir.

Il pouvait presque sentir sa peur. Sa terreur. Putain, ce qu'il en avait assez d'attendre !

Sa décision prise, Christian s'accroupit à côté de la jeune fille et lui tapota la joue sans ménagement.

— Sois sage, tu m'entends ? dit-il en riant de sa blague. Ne t'en va pas n'importe où. Je reviens. Alors on commencera vraiment à s'amuser.

Son estomac gronda une fois de plus et Christian se leva. Il se dirigea vers la porte de derrière et sa voiture, qu'il avait dissimulée à l'arrière du bâtiment. Il allait apaiser sa faim, puis revenir et se mettre au travail.

Aujourd'hui était le premier jour du reste de sa vie. Bientôt, tout le monde connaîtrait son nom. Personne ne le sousestimerait plus jamais. Il entrerait dans l'histoire comme le tueur en série le plus célèbre de tous les temps. Il n'avait pas l'intention de se faire prendre avant d'avoir tué des centaines, voire des milliers de personnes. Le sang coulerait à flots et il s'y baignerait allègrement.

Avec un grand sourire, Christian démarra sa voiture et prit la route de Los Alamos.

CHAPITRE 19

Rien.

Personne n'avait trouvé la moindre trace de Jasna dans les bois environnants. On aurait dit qu'elle avait littéralement disparu. Mais ceux qui la cherchaient savaient que c'était impossible.

Tonka était de retour au camp principal avec le reste de ses amis. Tout le monde était debout, attendant d'autres instructions. Tout le monde sauf lui. Il faisait furieusement les cent pas, l'impatience bouillant dans ses veines. Il allait bientôt faire nuit, et l'idée que Jasna soit quelque part dehors, morte de peur, dans le noir, lui donnait envie de hurler.

Ils arpentaient les bois depuis quelques heures et chaque fois que Tonka devait répondre à un texto de Henley, lui dire qu'ils étaient toujours bredouilles, une partie de lui mourait. Elle devait être complètement à bout et il n'était pas là pour elle. Et pourtant, il n'était pas là non plus pour Jasna. Est-ce qu'il avait bien fait de s'éloigner de Henley en ce moment ? Il devrait peut-être retourner au Refuge et laisser ses amis se charger de retrouver Jas.

Au moment où il s'apprêtait à aller demander à Brick de le ramener à Henley, les radios à la ceinture de tous les officiers se mirent à crépiter. Tout le monde entendit le rapport.

— Message reçu sur la ligne téléphonique des Crime Stoppers... le suspect, Christian Dekker, a été vu en train de sortir du Sonic et de se diriger vers l'ouest. L'adresse de l'endroit où il pourrait se rendre est la suivante...

Une adresse fut citée : Tonka ne la connaissait pas, mais, comme les officiers se dirigèrent tous vers leurs voitures, Tonka, Brick, Tiny et Spike les imitèrent. Ils s'entassèrent dans la Jeep de Brick qui fit de son mieux pour suivre la file de voitures quittant le camp.

— Comment quelqu'un a-t-il pu savoir qu'il était suspect ? demanda Tiny alors que Brick traversait la ville.

— Et comment la personne qui a donné l'alerte savait-elle où il allait ? Parce que sa maison est au nord de la ville, non ? ajouta Spike.

Tonka se fichait de savoir comment quelqu'un avait eu l'info sur Dekker, il était simplement soulagé qu'ils fassent enfin autre chose que de chercher à l'aveugle. Si Henley avait raison et que Dekker avait enlevé Jasna, ils étaient peut-être sur le point de la récupérer.

La route que la file de voitures finit par emprunter n'était rien de plus qu'un chemin de terre plein d'ornières qui menait dans les bois. Il était évident que cela faisait des années que la route n'avait pas été entretenue et il était impossible de prédire ce qu'il y aurait au bout.

Les voitures s'arrêtèrent avant d'atteindre une quelconque habitation et les officiers en sortirent, certains se déployant à gauche et à droite, tous avançant silencieusement, le long du chemin de terre, l'arme au poing.

Même si Tonka et ses amis n'avaient pas d'arme, ils n'avaient pas l'intention de rester en retrait. Pas question. Si Jasna était retenue captive quelque part au bout de cette route, Tonka devait être là quand on la trouverait. Il était content de la présence de la police, mais une prise d'otage serait forcément dramatique. Et Jasna serait morte d'angoisse. C'était une enfant coriace, mais une telle expérience serait traumatisante pour presque tout le monde.

Finalement, il aperçut un petit chalet délabré au bout de la route. Ce qui avait probablement été la fierté et la joie de quelqu'un était à deux doigts d'être renversé par une forte tempête. Les volets pendaient de leurs gonds, il n'y avait plus de vitre à aucune des fenêtres et de la mousse poussait sur les murs en bois.

Quelques policiers empêchèrent Tonka et les autres de s'approcher davantage.

— Christian Dekker ! lança l'un des officiers dans un porte-voix, une fois que le chalet fut encerclé – nul ne pourrait s'en échapper sans être vu. Vous êtes cerné. Sortez les mains en l'air !

Le policier ne reçut que le silence pour toute réponse.

Tonka se déplaça d'un pas mal assuré.

— Putain. Ils auraient dû se contenter d'entrer, marmonna Tiny.

— C'est vrai, approuva Spike. Maintenant, il sait qu'on est là. Il pourrait riposter. Ou se servir de Jasna comme otage.

C'était exactement ce que Tonka avait pensé. Il s'éloigna de ses amis, avec l'envie de courir jusqu'à la porte et d'y pénétrer lui-même. Mais il n'aurait pas fait la moitié du chemin avant qu'un des officiers ne l'arrête.

C'était aussi terrifiant que d'être sur ce bateau, à regarder Garcia torturer Steel et Dagger. Dekker était peut-être en train de poignarder Jasna en cet instant, juste comme Garcia...

Il coupa court à cette idée. Pas question d'y aller. Pas maintenant.

Il n'avait aucune preuve que Jasna était dans ce chalet. Bon sang, étaient-ils même sûrs que Dekker était à l'intérieur ? Il n'apercevait aucun véhicule d'aucune sorte.

Plus les secondes passaient, plus l'atmosphère devenait tendue. Quelque chose d'important était sur le point de se produire. Tonka le sentait. Et tout ce qu'ils pouvaient faire, c'était de s'accrocher.

* * *

Christian faisait les cent pas, anxieux. Il était allé au Sonic et avait mangé son hamburger et ses frites. Il s'était assis au restaurant en rêvant de tuer la femme et le petit garçon dans la voiture garée à côté de la sienne. Il s'imagina attraper le connard qui lui avait apporté son repas, l'attirer dans sa voiture et lui trancher la gorge. Partout où il regardait, Christian voyait des victimes potentielles. Des gens qui n'avaient pas conscience du danger qu'ils couraient : ils ne vivaient que parce qu'il le leur permettait.

Il était d'excellente humeur lorsqu'il s'était arrêté derrière le chalet et qu'il était entré. Il était prêt à commencer.

À son immense stupéfaction, la fille avait disparu.

Les menottes étaient toujours là, ainsi que le pieu qu'il avait planté dans le sol. Mais la fille était introuvable.

Stupéfait, Christian avait fouillé la petite maison. Il n'y avait pas beaucoup d'endroits où se cacher puisqu'elle était pratiquement vide. Mais il avait vérifié l'intérieur de toutes les armoires de la cuisine et de tous les placards.

Il ne comprenait pas. Elle était purement et simplement partie ! Comment était-ce possible ? Il n'avait pas quitté la maisonnette très longtemps. Les flics l'avaient-ils retrouvée ?

Non, sans quoi ils l'auraient attendu. On aurait dit que la salope s'était tout bonnement volatilisée.

Bien sûr, c'était impossible. Quelqu'un l'avait trouvée et la lui avait volée.

La colère faisait rage en Christian. Personne ne prenait ce qui lui appartenait ! Personne ! Il trouverait le responsable et le tuerait aussi ! Lentement et douloureusement.

En faisant les cent pas, Christian essayait de comprendre où il s'était trompé. Il avait tout fait quasi parfaitement. La fille n'avait pas fait de bruit quand il l'avait capturée. Il n'avait laissé aucun indice dans la forêt. Pour autant qu'il le sache, personne ne l'avait vu, ni lui ni sa voiture, alors qu'il s'en allait.

Son téléphone vibra dans sa poche arrière et Christian se figea. Il ne prit pas la peine de sortir ce fichu truc.

Putain ! Le téléphone.

Il avait été tracé. Quelqu'un avait compris qu'il avait kidnappé la fille et l'avait suivi grâce à son téléphone. Ça devait être ça. Mais... il aurait dû avoir plus de temps ! Il avait regardé assez de séries policières pour savoir que les flics devaient obtenir une ordonnance du tribunal pour tracer son putain de téléphone.

Il avait prévu de brûler le chalet quand il aurait fini pour s'assurer qu'il ne restait pas de traces de son ADN. Il allait prendre la fille et jeter les morceaux de son corps un par un dans des bennes à ordures sur le chemin d'Albuquerque. Ils ne la retrouveraient jamais, une fois qu'elle aurait atterri dans les différentes décharges. Il avait tout prévu !

Et pourtant, quelqu'un avait volé son butin juste sous son nez.

— Putain ! hurla-t-il, regrettant d'être allé chercher de la nourriture en ville.

Si seulement il avait mangé avant l'enlèvement. Si seulement il avait ignoré son ventre qui grondait. Si seulement, si seulement, si seulement...

Alors qu'il s'apprêtait à regagner sa voiture et à quitter la ville, quelque chose attira son attention à travers une planche brisée couvrant une fenêtre.

Il se figea une fois de plus, alors que le sang se glaçait dans ses veines.

Non ! Non, non, non, non, non, non !

Les flics étaient là.

Il était arrivé trop tard.

Non seulement il n'allait pas connaître le frisson de son premier meurtre, mais il n'allait pas pouvoir échapper aux nombreux flics qui encerclaient le chalet alors même qu'il se tenait là, abasourdi.

Rien à foutre d'aller en prison.

Personne ne disait à Christian Dekker ce qu'il devait faire. Pas ses parents, pas les putains de psy, pas les putains de flics.

Ignorant les bouteilles d'essence qu'il avait empilées contre le mur, les instruments de mort et de torture qu'il avait prévu d'utiliser, et la paire de menottes vides qui gisaient lamentablement sur le sol, Christian prit le fusil de chasse qu'il avait apporté comme un énième moyen de terroriser sa victime.

Prenant une profonde inspiration, il leva un pied et le balança contre la porte d'entrée du chalet.

S'il devait sortir, il sortirait selon ses conditions.

* * *

Tonka sursauta lorsque la porte du chalet s'ouvrit de l'intérieur. Comme les charnières étaient probablement rouillées et faibles, la porte entière s'envola, atterrissant sur la terre et l'herbe en contrebas des deux marches de la bâtisse.

— Où est-elle ? hurla le garçon que Tonka supposa être

Dekker en se postant dans l'embrasure de la porte, les pieds écartés, un fusil de chasse dans les bras.

Il le pointa sur les policiers qui se tenaient près du chalet, armes dégainées.

— C'est vous qui l'avez prise ?

— Pose ton arme et parlons ! cria le policier avec le porte-voix.

Tonka voyait que Dekker n'en avait nullement l'intention.

— Va te faire foutre ! rétorqua le garçon.

En l'étudiant, Tonka n'aurait jamais deviné qu'il n'avait que seize ans, vu sa taille. C'était un homme déterminé à mourir. Et non sans avoir emmené autant de personnes que possible avec lui.

Le cœur serré, Tonka attrapa le bras de Brick et le tira en arrière alors que son ami quittait le sentier de terre battue pour s'approcher d'un grand arbre. Mais il n'avait pas besoin de prévenir Brick. Ou Tiny ou Spike. Ils avaient lu la même intention dans les yeux et le ton de Dekker.

Ils s'abritèrent du mieux qu'ils purent derrière les arbres.

Tonka retint son souffle. Il pria pour que Jasna se trouve à l'étage, si elle était toujours dans le chalet. Parce que d'une seconde à l'autre, il allait y avoir une putain de fusillade… et si elle était prise entre deux feux, il allait perdre la tête.

Puis les mots de Dekker en franchissant la porte parvinrent à son cerveau.

Tonka n'eut qu'une seconde pour se demander ce que le garçon voulait dire en demandant : « Où est-elle ? » et « C'est vous qui l'avez prise ? » avant que le bruit des coups de feu ne retentisse dans la soirée jusque-là calme.

Dekker ouvrit le feu sur les policiers, qui n'hésitèrent pas à riposter, leur seule pensée étant de réduire la menace à néant.

Tonka voulait leur crier d'arrêter. Que Jasna était peut-être dans ce chalet ! Ils risquaient de la toucher !

Le temps que l'officier responsable crie : « Cessez le feu ! » par-dessus le bruit de la fusillade, Dekker gisait, en une masse ensanglantée, sur le seuil du chalet... dont l'aspect était encore plus étrange avec les centaines d'impacts de balles dans ses murs.

Tonka se mit en mouvement avant même de réfléchir à ce qu'il faisait.

Il n'alla pas loin. Brick et Tiny lui attrapèrent les bras et le retinrent.

— Lâchez-moi ! Je dois voir Jas ! cria Tonka en se débattant.

— Si tu cours au milieu de ce merdier, ils te tireront aussi dessus ! l'avertit Spike.

— Calme-toi et laisse-les faire leur travail. Si Jas est là, ils la feront sortir et tu pourras aller la voir.

Tonka savait que son ami avait raison, mais il se débattit quand même. Rester là une fois de plus sans rien faire allait à l'encontre de tout ce qu'il était.

Il vit un policier vérifier le pouls de Dekker, tandis que d'autres le contournaient pour entrer dans la maison. Ses amis le tenaient fermement à présent. Il retint son souffle, attendant la confirmation que Jasna était à l'intérieur et toujours en vie.

Dix secondes passèrent. Vingt.

Le cœur de Tonka battait à mille à l'heure, l'adrénaline au plus haut. Il était nerveux et impatient de voir Jas. Pour s'assurer qu'elle allait bien. Pour lui-même, pour Henley.

À son grand désarroi et à son horreur, les policiers commencèrent à sortir de la maison, rengainant leurs armes au fur et à mesure.

— Qu'est-ce qui se passe ? chuchota Tonka.

En dépit de son impatience à se précipiter dans la

maison, un instant plus tôt, il avait maintenant l'impression que ses pieds étaient coulés dans le plomb. Il ne pouvait plus bouger. Les policiers sortaient-ils parce qu'elle n'était pas là ? Ou parce qu'elle était morte ?

Non. Aucune des deux options n'était acceptable.

Brick et Tiny étaient toujours à ses côtés, une main sur son bras, mais aucun ne le retenait plus. Ils le soutenaient.

— Ne panique pas, ordonna Tiny. Je reviens tout de suite.

Il courut vers le policier le plus proche et échangea quelques mots avec lui avant de retourner vers l'endroit où Tonka attendait.

Il lut sur le visage de son ami que quoi qu'il se passe, ce n'était pas bon. Se sentant faible, Tonka raffermit sa posture.

— Elle n'est pas à l'intérieur, annonça Tiny, sans s'attarder sur la nouvelle.

Une partie de Tonka était soulagée : il s'était attendu à cette réponse après ce que Dekker avait dit, mais une autre partie de lui était encore plus horrifiée. Si elle n'était pas dans ce chalet, où était-elle ?

— Putain, jura Brick. Où est-elle ?

Entendre l'écho de ses propres pensées dans la bouche de son ami était à la fois douloureux et réconfortant.

Le téléphone de Tonka vibra dans sa poche et, bien qu'il redoute de devoir répéter à Henley qu'ils n'avaient pas encore retrouvé Jasna, il refusait d'ignorer ses messages.

Il attrapa son téléphone et ses amis le lâchèrent à contre-cœur. Tonka sentait trois paires d'yeux sur lui, mais, sans s'en préoccuper, il baissa les yeux sur l'écran de son téléphone.

Au lieu de voir le nom de Henley, il découvrit un texto laissé par un numéro inconnu.

Déverrouillant son téléphone, il cliqua sur le message qui venait d'arriver.

Inconnu : Jasna est dans le bunker 103. Elle n'est pas blessée.

Tonka relut le texto.

Puis une troisième fois.

Se retournant sans un mot, il fonça vers le véhicule de Brick. Dieu merci, ils avaient été la dernière voiture à s'engager dans l'allée en terre. Ils allaient pouvoir sortir rapidement.

— Tonka ? Qui était-ce ? Henley ? Qu'est-ce qu'il y a ? demanda Brick en courant pour le rattraper.

En réponse, Tonka tendit le téléphone à son ami, mais sans ralentir son rythme.

— C'est quoi ce bordel ? s'exclama Brick en tendant le téléphone à Tiny, qui lut le message à Spike.

Tonka avait mille questions à poser, mais, pour l'instant, tout ce qui l'intéressait, c'était de rejoindre Jas.

— De qui ça vient ? Et comment savent-ils pour les bunkers, putain ? gronda Spike alors qu'ils atteignaient la Jeep de Brick.

— J'ai essayé de répondre au texto, lança Tiny. Mon message m'est revenu comme impossible à délivrer.

— Tu penses que Pip, Owl ou Stone l'ont trouvée et l'ont planquée là ? demanda Spike en fronçant les sourcils, se raccrochant à n'importe quoi pendant que Brick démarrait la voiture.

— Non, répondit Tiny en secouant la tête. Ils n'auraient jamais fait ça sans appeler Tonka. Et ils l'auraient emmenée au pavillon, ou à l'hôpital si nécessaire. Ils ne l'auraient certainement pas planquée dans un bunker.

— Le 103 est le plus proche de la route à cette extrémité de la propriété, réfléchit Brick en reculant si rapidement qu'il faillit heurter une voiture de police.

Après quoi il avança, manquant de renverser un arbre,

avant de reculer à nouveau et de se diriger vers la route 4, qui conduisait au Refuge.

— Pourquoi n'ont-ils pas simplement remonté notre allée pour l'amener à sa mère ? Même s'ils ne savaient pas que Henley était à la maison, ils devaient savoir que quelqu'un serait là, dit Tiny.

— Encore mieux, pourquoi ne sont-ils pas allés au poste de police ? S'ils l'ont trouvée en train d'errer le long de la route ou dans les bois, ils ont dû faire le lien avec l'alerte Enlèvement sur leur téléphone, ajouta Spike.

Tonka ne dit pas un mot. Il en était incapable. S'il ouvrait la bouche, il hurlerait à cause de la tension accumulée en lui. Il avait les mêmes questions que ses amis, mais, pour l'instant, tout ce qui l'intéressait, c'était d'atteindre le bunker et de voir si Jasna était vraiment à l'intérieur. Dans le cas contraire, si quelqu'un se moquait d'eux, il ne savait pas ce qu'il ferait.

Pour la deuxième fois depuis qu'il avait appris la disparition de Jasna, il repensa à Pablo Garcia. Ça pourrait-il être lui ?

Non. Pour autant qu'il le sache, l'homme était toujours en prison. Il aurait été contacté s'il avait été libéré. Et il faudrait attendre de très nombreuses années avant que cela n'arrive. Dekker était manifestement à l'origine de la disparition de Jasna, mais comment avait-elle pu sortir de ce chalet et entrer dans un de leurs bunkers ? Leurs bunkers secrets dont seules huit personnes au monde étaient censées connaître l'existence ?

— Alaska aurait-elle pu laisser échapper quelque chose à propos des bunkers ? demanda Spike, comme s'il lisait dans les pensées de Tonka.

— Non, répondit Brick avec détermination.

— Elle a pu laisser échapper quelque chose en passant, à quelqu'un en qui elle pensait pouvoir avoir confiance, sans réfléchir. Ou peut-être que quelqu'un l'a entendue ? suggéra Tiny.

— J'ai dit « non », répéta Brick sèchement. Elle sait combien il est important de garder ces bunkers secrets. Elle ne dirait jamais rien à personne sans me demander d'abord mon autorisation. Je lui fais confiance à cent pour cent. Ce n'était pas elle.

— D'accord, alors comment une personne quelconque a pu être au courant ? s'enquit Spike.

Personne n'avait de réponse.

— Tonka ? Comment tu tiens le coup ? demanda Brick alors qu'il roulait à toute allure.

Tonka appréciait qu'il conduise à tombereau ouvert.

— Pas bien, répondit-il entre ses dents serrées.

Il était content que personne n'essaie de le rassurer.

Impossible de savoir ce qu'ils allaient trouver en arrivant au bunker 103. Il était à « trois heures », niveau position, par rapport au pavillon. Il y avait sept bunkers au total, profondément enfouis dans les bois de leur propriété, aux positions neuf, dix, onze, douze, une, deux et trois heures. Brick avait caché Alaska dans le bunker 111 lorsqu'il s'était élancé à la poursuite du psychopathe qui la traquait. Le 110 était à l'opposé de celui qu'il avait utilisé pour Alaska, soit une distance d'environ huit kilomètres en ligne droite.

Et comme Brick l'avait déjà mentionné, c'était le bunker le plus proche d'une route principale. Il n'y avait pas de caméras sur la route, donc si quelqu'un s'était arrêté le long de la route 4 pour emmener Jasna dans le bunker, il avait pu le faire sans être vu.

— Je suis en train d'installer des caméras, putain, marmonna Brick, lisant encore une fois dans l'esprit de Tonka, tout en effectuant un demi-tour au milieu de la route avant de se garer.

Les quatre hommes sortirent et s'élancèrent immédiatement dans la forêt, Tonka en tête. Aucun d'eux n'avait besoin d'un GPS pour savoir où aller. Ils avaient tous mémorisé l'emplacement des bunkers en cas d'urgence. Lorsqu'ils étaient arrivés au Refuge, ils étaient encore un peu perturbés dans leur tête à cause des traumatismes qu'ils avaient subis. Avoir des bunkers était une sécurité nécessaire. Des endroits où ils pourraient aller si jamais tout partait en sucette ou pour le cas où ils auraient juste besoin de se cacher s'ils craquaient complètement. Ils les appelaient officieusement des « chalets », mais ce n'en était pas. C'étaient des boîtes en béton souterraines de différentes tailles.

Ils n'avaient pas été utilisés depuis des années, jusqu'à ce que Brick se serve de l'un d'eux pour cacher Alaska, mais ils avaient toujours été approvisionnés, juste au cas où.

Tonka avait l'impression d'être sur le point de vomir alors qu'ils approchaient de la zone du bunker. S'arrêtant, il regarda autour de lui, à la recherche de l'indice, quel qu'il soit, d'une présence. Mais tout ce qu'il vit, ce furent des arbres, de l'herbe et des rochers. Comme d'habitude.

— Laisse-moi faire, suggéra Tiny qui entreprit de dépasser Tonka.

Celui-ci leva le bras pour bloquer son ami.

— Non.

Il n'eut pas besoin d'en dire plus. Tiny hocha la tête et recula. Prenant une profonde inspiration, Tonka se dirigea vers l'entrée. Elle était bien cachée. Personne qui passerait par là ne remarquerait l'anneau circulaire enfoui dans le sol de la forêt. Sans se tromper, Tonka attrapa l'anneau et tira vers le haut. Cela ne demandait pas beaucoup de force : ils avaient construit les portes de manière à pouvoir les soulever avec un minimum d'effort, juste au cas où l'un d'entre eux serait blessé et aurait besoin d'un bunker.

Tonka ne vit rien en regardant par l'ouverture circulaire.

Il faisait nuit noire et son ventre se serra de peur. Ce bunker-là étant plus long que haut, il s'assit sur le bord et sauta souplement dedans. Il se mit à genoux et utilisa sa main pour reprendre son équilibre tandis qu'il fixait l'obscurité du bunker, priant avec plus de ferveur qu'il ne l'avait jamais fait auparavant. Même en ce jour horrible sur l'océan.

— Tiens, dit Spike en tendant son téléphone vers Tonka.

Il avait déjà activé la fonction lampe de poche et, même si la lumière n'était pas très puissante, sans commune mesure avec les lampes torches qu'ils portaient à la ceinture lorsqu'ils allaient en forêt avec des résidents, ce serait suffisant. Tonka n'avait même pas pensé à utiliser la lumière de son propre téléphone. Il était heureux de la présence d'esprit de son ami.

Les mains tremblantes, il souleva le téléphone et le pointa vers l'extrémité opposée du bunker, tous les muscles de son corps en éveil.

— Elle est là ? le pressa Brick.

— Je... je pense que oui, croassa Tonka. Attendez.

Il avança sur les genoux vers la masse sombre au bout du bunker. En s'approchant, il entrevit des mèches de cheveux blond foncé éparpillées sur l'étroit lit de camp. Une couverture chaude recouvrait la masse et Tonka, retenant son souffle, tendit la main pour retirer le plaid.

Il laissa échapper sa première respiration en voyant Jasna. Mais sa peur n'avait pas diminué.

Sa main tremblait tellement qu'il n'était pas sûr de pouvoir déterminer si elle avait un pouls ou non, pourtant Tonka plaça les doigts sur sa carotide. Pendant un bref instant, il paniqua. Mais ensuite, il le perçut. Le bruit rassurant du sang qui circulait dans son corps.

Elle était également chaude au toucher, autre indicateur qu'elle était vivante.

— Elle est... elle est là. Et elle semble aller bien, lança Tonka.

Il aurait voulu clamer la nouvelle, mais sa voix n'était pas plus forte qu'un murmure.

— Tu as besoin d'aide pour la faire sortir ? demanda Tiny depuis le bord du trou.

Prenant un moment pour la regarder et s'assurer qu'elle n'était pas blessée de manière visible, Tonka faillit pleurer en constatant qu'elle ne présentait aucune trace de sang ou de blessure.

— Non. Je la tiens, répondit-il à Tiny.

Empochant le téléphone de Spike, puisqu'il n'avait plus besoin de lumière, maintenant qu'il savait que Jas allait bien, il la prit dans ses bras et recula sur ses genoux. Il sentait à peine son poids, son esprit était vide, tant il était heureux de l'avoir trouvée.

Quand il arriva au trou, il se releva avec précaution, laissant Tiny prendre la jeune fille pour qu'il puisse s'extraire du bunker, puis il reprit aussitôt Jas dans ses bras et se dirigea vers la Jeep de Brick.

— Tu veux que j'envoie un SMS à Henley ? demanda Brick.

Tonka secoua la tête.

— Je l'appellerai de la voiture sur le chemin de l'hôpital.

Les autres acquiescèrent.

— Je vais dire à Pip de les y conduire, Alaska et elle, déclara Tiny.

Tonka s'inquiétait de l'immobilité complète de Jasna, mais, au moment même où il se faisait cette réflexion, elle bougea, enroulant lentement un bras autour de son cou.

— Finn... ?

Il faillit flancher, tant il était soulagé.

— Oui, mon bébé. C'est moi.

Elle enfouit le nez dans son cou.

— Tu sens bon, constata-t-elle.

Tonka allait éclater de rire, quand elle redevint molle une fois de plus. Elle n'aurait pas été dans cet état si Dekker s'était contenté de la frapper à la tête. Il soupçonna aussitôt qu'elle avait été droguée. Malgré cette pensée effrayante, le bref moment de lucidité qu'elle venait d'avoir le rasséréna un peu. Plus vite il la conduirait chez un médecin pour un bilan sanguin complet et s'assurer qu'elle allait bien, mieux ce serait.

CHAPITRE 20

Henley était assise à côté du lit de Jasna à l'hôpital, une main serrant celle de sa fille et l'autre celle de Finn. Les dernières heures avaient été les pires de sa vie. Encore pires que ce qu'elle avait vécu à l'âge de dix ans. Perdre sa mère si violemment, devoir écouter l'attaque, ça avait été dévastateur... mais ne pas savoir où était Jasna, si elle était blessée, si elle était même vivante... l'expérience avait été atroce.

Chaque fois qu'elle recevait un texto de Finn disant qu'ils ne l'avaient pas encore trouvée, elle avait eu la sensation de mourir.

Quand il l'avait appelée pour lui dire qu'il avait retrouvé Jasna et qu'il était en route pour l'hôpital, le soulagement avait été immense. Pip les avait conduites, Alaska et elle, à Los Alamos, et elle avait pu voir brièvement sa fille avant que Jas ne soit emmenée dans l'une des salles d'examen. Elle avait constaté par elle-même que sa fille était entière et semblait aller bien.

Quand Finn et elle purent enfin s'asseoir avec Jasna, elle dormait encore. Le médecin avait bandé une coupure à son pied, effectué un examen approfondi et confirmé qu'elle n'avait pas été violée – ce qui avait été un énorme soulagement pour tout le monde. Une analyse de sang avait révélé la présence d'alcool et de Rohypnol dans son organisme. Savoir que son bébé avait été droguée était un coup dur, mais cela expliquait pourquoi Jasna n'avait pas complètement repris connaissance.

Depuis, elle n'avait cessé d'osciller entre éveil et sommeil, se réveillant suffisamment pour reconnaître sa mère et constater qu'elle était en sécurité avant de se rendormir. Le médecin les prévint qu'elle pourrait rester inconsciente jusqu'à douze heures, et qu'il était probable qu'elle ne se souvienne pas de ce qui lui était arrivé, à supposer qu'elle se souvienne de quoi que ce soit.

Du point de vue de Henley, c'était une bénédiction.

Les médecins lui avaient posé une perfusion pour s'assurer qu'elle était hydratée et voulaient la garder en observation pendant la nuit, afin de s'assurer qu'elle n'aurait pas d'effets durables du médicament ou de son épreuve.

Finn lui avait raconté qu'ils n'avaient pas réussi à comprendre ce qui s'était passé au camp, ni comment quelqu'un avait appelé la police pour leur indiquer la localisation de Christian. Elle ne savait pas non plus comment Finn lui-même avait fini par trouver Jasna, car ils n'avaient pas eu beaucoup de temps pour parler.

Il était minuit passé, et Henley était dans la chambre de Jasna, en compagnie de Finn. Poussant un soupir, elle s'appuya contre lui, sans lâcher ni sa main ni celle de sa fille.

— Tu pourrais me raconter la suite de l'histoire sur ce qui s'est passé ce soir et l'endroit où vous avez retrouvé Jasna ? demanda-t-elle calmement.

— On est allés au chalet où Dekker était censé se trouver, ce qui était bel et bien le cas. Il est sorti avec un fusil de chasse et a tiré sur l'un des policiers.

— Il a été tué ? demanda Henley.

— Oui.

— Tu en es sûr ?

Finn la serra fort dans ses bras, comme s'il devinait ses pensées.

— Oui. Il est mort. Il ne peut plus faire de mal à personne.

Henley hocha la tête. Elle devrait se sentir mal. Christian n'avait que seize ans. Il avait toute la vie devant lui. Mais quel genre de vie cela aurait-il été ? Il y avait quelque chose qui clochait vraiment chez ce garçon. Depuis qu'il était enfant, peut-être même depuis sa naissance. Ce n'était pas une maladie. Ce n'était pas une maladie mentale. Il était juste... mal câblé.

Finn poursuivit.

— Un des inspecteurs m'a parlé dans la salle d'attente, pendant que le docteur était avec Jas, et il m'a expliqué ce qu'ils avaient trouvé dans le chalet. Visiblement, il avait prévu de... lui faire du mal. Il y avait des menottes et il avait divers autres objets... Ils supposent qu'il attendait son réveil. Il avait aussi de l'essence, probablement pour brûler le chalet. Les policiers ont trouvé un carnet rempli de divagations sur le nombre de personnes qu'il voulait tuer, sur les quartiers d'Albuquerque où il y avait le plus de SDF et de prostituées. Leur hypothèse, c'est qu'il allait partir d'ici après avoir brûlé le chalet et se diriger vers la ville, où il trouverait d'autres personnes à kidnapper et à tuer.

Henley tremblait de tout son corps. Elle ferma les yeux. Bon sang, Jasna l'avait échappé belle. Elle avait été entre les mains du mal absolu et, pourtant, elle était encore là. Presque indemne. C'était littéralement un miracle.

— Comment ? murmura-t-elle, en se tournant pour regarder Finn.

— Comment s'est-elle échappée ? précisa-t-il.

Henley opina. Il secoua légèrement la tête.

— Je ne sais pas.

Elle fronça les sourcils.

— Tu peux me le dire. Je ne vais pas flipper.

— Chérie, honnêtement, je ne sais pas, répéta Finn. La seule chose que Dekker a dite quand il est sorti avec son fusil, c'est : « Où est-elle ? » et « C'est vous qui l'avez prise ? » Je n'y ai pas beaucoup pensé sur le moment, car je m'inquiétais davantage de l'arme qu'il tenait et de savoir si Jasna allait être prise entre deux feux lors de l'inévitable fusillade. Mais si Dekker parlait bien de Jas... alors il ne savait pas non plus où elle se trouvait à ce moment-là.

— Je suis perdue, là. Comment l'as-tu retrouvée alors ?

— J'ai reçu un texto. Après que la police a réalisé que Jas n'était pas dans la maison. Je perdais sérieusement pied, Brick et Tiny me soutenaient littéralement... quand mon téléphone a vibré. Numéro inconnu. L'expéditeur m'indiquait où se trouvait Jas.

Henley attendit, mais Finn n'ajouta rien.

— Et ? Où était-elle ? demanda-t-elle en inclinant la tête.

Finn soupira. Il embrassa la pièce du regard comme si quelqu'un pouvait y être à l'affût, tendant l'oreille. Puis il la regarda dans les yeux.

— Ce que je suis sur le point de te dire, seules huit personnes au monde le savent. Merde, bon... peut-être neuf. Tu serais la dixième. Et il est très important que tu ne le révèles jamais à personne.

Il avait l'air si sérieux que Henley s'inquiéta légèrement.

— Je te le promets.

Finn acquiesça.

— Il existe sept bunkers souterrains cachés sur la propriété du Refuge. On les a mis en place lorsqu'on a construit le Refuge. Aucun de nous n'était dans un état d'esprit très reluisant et on avait besoin de la sécurité que ces bunkers procurent. Quand un connard est venu traquer

Alaska jusqu'ici, Brick l'a cachée dans un des bunkers pendant qu'il se mettait en chasse.

Henley le comprenait bien. Elle acquiesça.

— Le texto que j'ai reçu indiquait que Jas se trouvait dans l'un d'eux. Il ne provenait pas de l'un de nos amis. Nous n'avons aucune idée de son expéditeur ou de la manière dont la personne est au courant des bunkers.

Henley était toujours confuse.

— Donc, cette mystérieuse personne a découvert Jasna, l'a sauvée d'un tueur en série, l'a amenée dans l'un des bunkers et l'a laissée là ? Puis elle t'a envoyé un message pour que tu ailles la chercher ?

— Oui.

Les implications étaient troublantes.

— Peux-tu remonter la piste du texto pour savoir qui l'a envoyé ?

— Un de nos amis travaille là-dessus. C'est un génie quand il s'agit de trucs techniques. Il nous fera savoir quand il aura un nom, répondit Finn.

— Donc quelqu'un est au courant de l'existence des bunkers top-secret et... quoi ? Il était dans le coup pour le kidnapping de Jasna ? Peut-être qu'il travaille avec Christian ?

— Respire, Hen. J'en ai parlé un peu avec Brick, et nous ne pensons pas que ce soit le cas.

— Alors comment... quoi... je ne comprends pas, Finn !

— On est déconcertés, nous aussi, admit-il. Mais celui qui m'a envoyé ce message... s'il voulait du mal à Jas, il aurait eu tout le temps de lui en faire. Il aurait pu l'emmener très loin et on ne l'aurait jamais retrouvée.

Henley grimaça. Ses mots étaient un peu durs, mais il avait tout à fait raison.

— Et maintenant ?

— On ramène Jas à la maison et on reprend nos vies, déclara fermement Finn.

— Mais... qu'en est-il de la personne qui sait pour les bunkers ? Elle est peut-être en train d'espionner le Refuge.

— Tex découvrira qui c'était, mais, en attendant, on continue à vivre. Peut-être qu'il faudra se montrer un peu plus prudents, mais, encore une fois, je ne pense pas qu'on soit menacés par celui qui m'a conduit à Jas.

Henley se retourna et regarda sa fille endormie. C'était un miracle absolu qu'elle soit là. Les statistiques sur les enfants disparus étaient déchirantes et déprimantes. La plupart des victimes d'enlèvement étaient tuées dans les deux heures suivant leur disparition. Jas avait déjoué les pronostics. Elle était entre les mains de quelqu'un qui aurait pu devenir le tueur en série le plus prolifique que le pays ait jamais connu. Et pourtant... elle était là. Souriant dans son sommeil et complètement inconsciente de ce qui s'était passé.

Elle s'accorda une seconde pour savourer sa joie que Christian ait utilisé du Rohypnol sur Jasna. Elle ne se souviendrait pas d'avoir été entre ses griffes. Du moins Henley l'espérait-elle.

Elle se retourna vers Finn.

— Comment vas-tu ? demanda-t-elle.

— Bien.

— Non, Finn. Sérieusement. Comment vas-tu ? Je sais que rien de ce qui s'est passé n'a été facile pour toi. Je voulais que tu restes avec moi, mais je savais que tu devais partir à la recherche de Jasna. Où as-tu la tête en ce moment ?

Finn lui adressa un petit sourire et serra sa main.

— Tu me fais le coup du psy ?

— Oui, répondit Henley sans une once d'hésitation ou de remords.

Elle avait besoin que les deux personnes qu'elle aimait le plus au monde aillent bien. Et maintenant qu'elle savait que c'était le cas pour sa fille, ou que ça le serait, elle devait s'en assurer pour Finn.

— Honnêtement, ça va, murmura-t-il. Tu as raison, j'avais besoin de rechercher Jas. Je ne pouvais pas rester assis à regarder ce qui se passait, comme je l'avais fait avec Steel.

Henley ouvrit la bouche pour objecter. Pour lui répéter que s'il avait fait quelque chose de différent à l'époque, il ne serait peut-être pas là aujourd'hui, mais il leva sa main libre.

— Je sais ce que tu vas dire et tu as raison sur ce point aussi. Mais ça ne change pas ce que je ressens. Je ne vais pas te mentir. Ce soir, j'ai eu peur. Je me suis battu contre mes démons et il y a eu quelques moments où j'ai cru qu'ils allaient gagner. Mais nous y voilà. Steel va me manquer pour le reste de ma vie. Je n'oublierai jamais ce qui s'est passé, mais la douleur que j'ai ressentie ce jour-là, et chaque jour depuis, s'estompe. Sais-tu pourquoi ?

— Pourquoi ? demanda doucement Henley.

— Grâce à toi. Et Jas. Et Melba, Scarlet et Chuck. Et grâce à Brick, Spike, Pip et tous mes autres amis. Raid, et l'entendre me raconter comment il a été capable de se lier avec son limier. Je serai toujours surprotecteur. C'est plus fort que moi. Je ne serai jamais élu M. Amabilité, mais je suis prêt à embrasser mon avenir. Côtoyer Jas tout l'été m'a permis de retrouver les joies de la vie. À bien des égards, elle me rappelle Steel. Elle est amicale, loyale et excitée par la moindre chose. Elle embrasse de nouvelles expériences et n'a peur de rien. C'est comme ça qu'était mon chien. Il aimait la vie et j'aimais voir le monde à travers ses yeux. Maintenant, je veux voir le monde à travers ceux de Jas. Et les tiens. Et à travers les yeux de nos nouveaux chiens. Et de nos enfants, si nous avons la chance d'en avoir.

— Finn, balbutia Henley, les larmes aux yeux.

Il l'attira dans ses bras et elle lâcha sa main assez long-temps pour l'entourer de son bras et enfouir son visage dans son torse. La position était inconfortable, car ils étaient assis sur des chaises séparées à côté du lit d'hôpital de Jasna, mais cela ne semblait pas les déranger.

— Je ne peux pas promettre que je n'aurai pas de mauvais jours à l'avenir, mais j'ai l'impression de sortir enfin la tête de l'eau après être resté coincé dessous pendant des années. J'ai besoin de toi, Hen. Et de Jas. Sans vous deux, j'ai peur d'être à nouveau aspiré vers les profondeurs et de ne pas pouvoir faire surface une seconde fois.

— Tu nous as. Mais tu te trompes. Tu n'as pas besoin de nous. Ça n'a jamais été le cas. Tu es l'homme le plus fort que j'aie jamais rencontré. Et nous n'avons pas besoin que tu sois quelqu'un d'autre. On s'en fiche si tu as de mauvais jours. Je suppose qu'on va en subir un certain nombre à cause des hormones de notre adolescente dans les années à venir. On a juste besoin que tu sois là. Pour que tu ries avec nous, que tu veilles sur nous. Que tu sois toi.

— Je t'aime, dit Finn d'une voix rauque.

Henley leva les yeux de sa poitrine.

— Je t'aime, moi aussi. Je peux te poser une question ?

— Tu viens de le faire, répliqua-t-il avec un petit sourire.

Elle leva les yeux au ciel.

— On va toujours au refuge pour animaux ce week-end ?

— Oui, déclara fermement Finn. Plus vite je trouve un pitbull de cinquante kilos à l'air méchant pour suivre Jasna partout et avoir l'air de pouvoir dévorer quiconque dépas-sera les bornes, mieux ce sera.

Henley gloussa.

— Tu sais que ça n'aurait pas empêché ce qui s'est passé, n'est-ce pas ? Ce n'est pas comme si elle aurait pu emmener son chien au camp.

— Elle peut si c'est son chien de thérapie.

— Ce n'est pas le cas. On ne va pas mentir sur quelque chose comme ça. Ce n'est pas cool, protesta Henley, un peu contrariée.

— Relax, Hen. Je sais, soupira-t-il. Mais si je pouvais donner à Jas un garde du corps qui fusillerait du regard quiconque oserait la regarder de travers, je le ferais.

— Tu devras te contenter de lui apprendre à fusiller les importuns du regard. Et le kung-fu.

— Oh, c'est vraiment en train d'arriver, constata Finn.

— Tu vas être un père génial.

Il la regarda d'un air inquiet.

— Je ne sais pas.

— Moi si, lui dit-elle fermement.

— Les bébés sont encore plus impuissants que les chiens, nota-t-il. Je n'ai pas pu protéger Steel. Qu'est-ce qui te fait penser que je peux protéger un enfant ?

Prenant une profonde inspiration, Henley lâcha la main de sa fille et se leva. Elle grimpa à califourchon sur les genoux de Finn et il attrapa ses hanches, pour la maintenir fermement en place. Elle prit son visage entre ses mains et se pencha vers lui.

— Ce qui est arrivé à Steel n'était pas ta faute. C'était l'œuvre de ce connard. En plus, tu auras mon aide. Et celle de tous les autres au Refuge. Et du chien que nous allons adopter, et de tous les résidents qui viendront au Refuge. Élever Jasna seule a été difficile. Vraiment difficile. Et si je devais redevenir mère célibataire, même en sachant à quel point j'aime ma fille, je ne voudrais pas essayer. Mais savoir que, si nous avons la chance d'avoir des enfants, je ne serais pas seule ? La perspective m'excite. Tu n'as pas à nous protéger tout seul, Jasna, nos enfants et moi, Finn. Il faut un village. Et notre village du Refuge se mobilisera, je n'en doute pas.

— Je t'aime, chuchota Finn.

— Je ne pense pas me lasser un jour d'entendre ça, déclara Henley.

— Tant mieux, parce que je ne vais pas me lasser de te le répéter. Maintenant, je pense que tu as besoin de te reposer pendant quelques heures.

Il regarda derrière eux le lit de camp qui avait été apporté un peu plus tôt.

— Et avant que tu protestes, je vais rester pour surveiller Jas. Si elle se réveille, je te le ferai savoir. Promis.

— Je suis fatiguée, admit Henley. Mais tu dois être épuisé, toi aussi.

— Je suis plus excité qu'autre chose. Je m'effondrerai plus tard. Pour l'instant, je veux juste veiller sur mes femmes.

Ses femmes. Henley aimait ça. Non, elle adorait ça.

— OK. Finn... merci d'avoir été là pour Jasna et moi, aujourd'hui.

— Je serai toujours là pour vous deux.

Après quoi il se leva en la tenant dans ses bras et elle posa les pieds par terre. Il la conduisit jusqu'au lit de camp. Quand elle fut allongée, Finn se pencha et l'embrassa sur le front.

— Dors, mon amour.

Henley n'était pas sûre de pouvoir s'endormir avec l'agitation de l'hôpital. Mais avant de s'en rendre compte, elle ferma les yeux. La dernière chose qu'elle entendit avant de sombrer fut la voix grave de Finn, murmurant à Jasna combien il l'aimait.

CHAPITRE 21

Tonka regarda le box voisin de celui où il se trouvait et sourit. Il brossait l'un des chevaux et Jasna était assise dans le foin, caressant Scarlet Pimpernickel et lui chuchotant qu'elle la trouvait douce et belle.

Deux semaines et demie s'étaient écoulées depuis son enlèvement, et Tonka remerciait chaque jour le ciel qu'elle ne se souvienne de rien. La dernière chose qu'elle se rappelait clairement, c'était le déjeuner avant de partir pour la randonnée au camp. C'était une bénédiction, certes, mais Tonka jugeait aussi cette amnésie un peu frustrante. Avec le reste de ses amis, il avait espéré qu'elle serait capable de leur dire qui l'avait amenée au bunker. Mais elle ne se souvenait de rien, sauf de s'être réveillée à l'hôpital et de les avoir vus, Henley et lui, à son chevet.

Il repensa au coup de fil que les autres et lui avaient passé à Tex, la veille. L'ancien SEAL avait essayé de retrouver le numéro à partir du texto que Tonka avait reçu.

Ses mots exacts avaient été :

— Qui que ce soit, il est meilleur que moi.

Ce qui les avait tous choqués au plus haut point. Tex, incapable de retrouver un numéro de téléphone ? Impossible. Il se vantait de pouvoir tout pirater, de retrouver n'importe qui. Pourtant, dans le cas présent, la personne en question avait utilisé un téléphone jetable et avait non seulement fait rebondir son signal sur plusieurs tours différentes – ou du moins avait donné l'impression de le faire –, mais elle avait aussi apparemment utilisé des satellites juste pour le plaisir. Jusqu'à présent, il avait été impossible de sortir du labyrinthe pour trouver qui avait envoyé le texto.

Ils n'étaient pas plus avancés pour ce qui était de comprendre comment Jasna était passée du chalet où Dekker l'avait cachée, au bunker sur la propriété du Refuge. Et le mystère demeurait aussi de savoir comment leur sauveur anonyme avait appris l'existence des bunkers.

Tex avait émis l'hypothèse que si la personne était aussi douée qu'elle semblait l'être pour couvrir ses traces électroniquement, il lui avait été probablement assez facile de découvrir l'existence des bunkers.

Aucun d'eux n'était vraiment ravi de savoir que quelqu'un capable de les suivre à la trace évoluait dans les parages, mais, comme cette personne avait sauvé Jasna, ils faisaient de leur mieux pour reprendre une vie normale, bien que plus prudemment.

Jasna elle-même n'avait pas de séquelles après ce qui s'était passé. Elle avait été un peu inquiète et avait voulu connaître tous les détails de cette journée, mais, globalement, elle était la même qu'avant l'incident.

C'est Henley qui avait du mal à s'en remettre. Elle faisait des cauchemars qui arrachaient le cœur de Tonka chaque fois qu'il se réveillait en la voyant gémir et se débattre. Tout ce qu'il pouvait faire, c'était la tenir dans ses bras et lui dire qu'elle était en sécurité. Que Jasna était en sécurité. Que c'était terminé. Tout le monde au Refuge la surveillait de près, s'assurant qu'elle sente leur soutien.

La famille de Dekker avait déménagé hors de l'état. Ils avaient envoyé une lettre au patron de Henley, s'excusant pour les actes de leur fils. Ils étaient soulagés de ne plus avoir à regarder par-dessus leur épaule, même s'ils étaient bien entendu tristes que les choses aient tourné de cette façon.

Un après-midi, Tonka et le reste des gars s'étaient rendus au chalet où Dekker avait prévu de torturer et de tuer Jasna, pour en démolir jusqu'aux fondations. C'était un geste cathartique, d'enlever un bâtiment où tant de choses maléfiques avaient été planifiées et presque exécutées.

— Finn ? lança Jasna.

Plus qu'heureux de faire une pause dans le brossage du cheval, Tonka se dirigea vers le box suivant.

— Oui, Jas ?

— Tu crois que Scarlet aime son nœud ?

Tonka fit de son mieux pour ne pas rire. La génisse grandissait rapidement et n'était plus la petite bête mignonne et câline du début. Elle était aussi très gâtée, mais Tonka s'en moquait éperdument. Elle aimait s'allonger avec sa tête sur les genoux de Jasna afin de se faire grattouiller les oreilles.

Un peu plus tôt, Jasna avait apporté un énorme nœud rose fluo dans la grange en disant à Scarlet que c'était un cadeau. Tonka ne doutait pas que, le lendemain, le joli nœud rose serait sale et probablement détaché et écrasé dans la boue dehors, mais voir en cet instant le sourire sur le visage de Jasna était inestimable.

— Je pense qu'elle aime bien, constata-t-il finalement.

— Évidemment, répliqua Jasna avec l'assurance d'un enfant, avant de lever les yeux vers Tonka d'un air un peu plus sombre. Comment va maman ?

Depuis son enlèvement, Jasna était obsédée par l'état mental de Henley. Tonka supposait que cela venait du fait qu'elle savait ce qui lui était arrivé quand elle était enfant et au courant de son mutisme pendant des années. Bien que Jas n'ait pas été affectée par ce qui s'était passé, elle était inquiète pour sa mère.

— Ça va, répondit Tonka. Pourquoi me demandes-tu ça ? Il s'est passé quelque chose ?

— Pas vraiment. Mais je commence l'école demain et je m'inquiète pour elle. Tu sais, qu'elle puisse penser que je vais encore être enlevée. Je lui ai promis que je ferai plus attention, mais je ne suis pas sûre que ça l'a rassurée.

— Je vais te confier un secret, Jas. Tu m'écoutes ? demanda Tonka en s'accroupissant à côté d'elle.

— Oui.

— Les mères s'inquiètent toujours pour leurs enfants. Peu importe leur âge, Henley va s'inquiéter. Tout ce que tu peux faire, c'est ce que tu m'as dit : être attentive à ton environnement et aussi prudente que possible. Mais tu dois vivre ta vie. Ne laisse pas la peur te retenir.

Jasna réfléchit à ses paroles pendant un moment avant de hocher la tête.

Tonka n'avait pas prévu de faire ça maintenant, mais il se dit que le moment en valait un autre.

— J'ai peut-être quelque chose qui fera oublier à ta mère de s'inquiéter pour toi.

— Qu'est-ce que c'est ?

— Je veux lui demander quelque chose, mais je tenais d'abord à m'assurer que tu étais d'accord.

À sa grande surprise, Jasna se dégagea de l'énorme tête de Scarlet et s'approcha de lui. Ses yeux ambrés étincelaient, lui rappelant une fois de plus la façon dont Steel le regardait lorsque Tonka s'apprêtait à lui lancer une balle. Avec un mélange d'anticipation et d'excitation.

— S'il te plaît, dis-moi que tu veux lui demander de t'épouser !

Tonka cligna des yeux, surpris.

— Eh bien… oui. Comment as-tu deviné ?

Jasna rit.

— Finn, vous êtes ridicules, tellement vous êtes exubérants, tous les deux. Vous êtes toujours en train de dire combien vous vous aimez et de vous embrasser en cachette quand vous pensez que je ne vous vois pas. Bien sûr, tu veux l'épouser.

Sa perspicacité était surprenante et, en même temps, un peu déconcertante. Tonka n'était pas sûr d'être prêt à la voir grandir. Il avait l'impression de connaître la fillette depuis toujours, alors que cela ne faisait que quelques mois.

— J'aime vraiment ta mère, dit-il. Mais je ne veux pas que tu penses que je m'immisce dans votre relation ou quoi que ce soit. Vous deux aurez toujours un lien étroit.

— Je sais, dit Jasna. Vous allez avoir des bébés ? Est-ce que j'aurai un frère ou une sœur ?

Ce fut au tour de Tonka de glousser maintenant.

— Je ne sais pas.

— Mais vous voulez un bébé ?

— Honnêtement ? Je pense que oui.

— Cool. Moi aussi. Même si je serai vieille quand il ou elle sera assez grand pour jouer, mais ça veut dire que je devrai revenir souvent à la maison pour ne pas être oubliée. Quand est-ce que tu vas la demander en mariage ?

Cette discussion ne se passait pas comme il l'avait prévu. Tonka haussa les épaules.

— Je ne sais pas trop.

— Ce soir, déclara fermement Jasna. Je vais voir si Alaska veut bien regarder un film avec moi au pavillon. Comme ça, vous serez seuls. Vous pourrez partager un dîner romantique, vous bécoter, puis tu lui feras ta demande. Et quand elle dira « oui », envoie-moi un SMS, que je rentre à la maison pour fêter ça.

Tonka sourit et se leva, en tendant la main à Jasna. Elle la prit et il l'aida à se lever.

— Ça me semble pas mal, comme plan.

Elle se jeta dans ses bras et le serra fort.

— Je suis heureuse que tu sois entré dans nos vies, Finn.

Tonka lui rendit son étreinte, en essayant de contrôler ses émotions.

Heureusement, un aboiement retentit depuis la porte de la grange.

— Wally ! s'exclama Jasna avec excitation, en le lâchant pour aller saluer son chien.

Ils s'étaient rendus au refuge le lundi suivant sa sortie de l'hôpital et, à sa grande joie, Jasna était tombée amoureuse du grand pitbull noir dès qu'elle l'avait vu. Il avait un peu trop tendance à lécher le visage des gens au goût de Tonka, et il avait un penchant pour l'abreuvoir du corral, dans lequel ce gros bêta adorait sauter, mais, comme il rendait Jasna heureuse, Tonka s'en fichait.

Puis, alors qu'ils quittaient le refuge, en marchant le long de la rangée de chenils, Tonka avait vu la chienne la plus pathétique qui soit. Une sorte de terrier croisé, recroquevillée dans le fond de sa cage, tremblante. Elle ne devait pas peser plus de trois kilos... et à la seconde où il l'avait aperçue, Tonka avait compris qu'elle était destinée à être à lui.

Il ne pouvait pas expliquer ce sentiment, et il n'aurait certainement jamais choisi un si petit chien. Il aimait les gros chiens. Ceux avec qui il pouvait se bagarrer sans craindre de les blesser. Des chiens comme Steel et Dagger. Et le pitbull que Jasna avait choisi quelques instants auparavant.

Il y avait juste quelque chose dans cette petite chienne qui l'interpellait.

Il avait demandé à l'employée du refuge s'il pouvait voir la bestiole et elle lui avait adressé un petit sourire.

— Bien sûr. Mais ne soyez pas offensé si elle ne vous accepte pas. Elle est vraiment timide, avait-elle répondu avant de froncer les sourcils. Et pour être honnête... elle est sur la liste de cet après-midi.

Tonka savait ce que cela impliquait. Sur la liste pour l'euthanasie.

À sa surprise, et à celle de l'employée, la petite chienne rampa vers lui dès que la porte de sa cage fut ouverte. Elle sentait mauvais, avait besoin d'un toilettage, mais quand Tonka la prit dans ses bras, ce fut le coup de foudre. Pour la petite chienne et lui. Tout ce qu'il réussit à dire, ce fut : « Je la prends. »

Henley avait simplement souri quand il lui avait dit qu'ils ramenaient deux chiens à la maison. Brick et les autres avaient ri aux éclats quand ils avaient vu la petite chienne pathétique blottie en toute confiance dans ses bras. Tonka s'en moquait. Il l'avait appelée Beauty, parce que ce nom faisait rire Jasna... et il espérait qu'il donnerait un peu de confiance à la bestiole.

C'était ridicule, il le savait, mais il s'en fichait. Au cours des dernières semaines, la chienne n'était pas vraiment sortie de sa coquille. Elle était capricieuse et rechignait à accorder sa confiance, mais elle se glissait parfaitement dans le creux du bras de Tonka. Elle s'asseyait généralement dans la niche qu'il lui avait construite dans la grange et le regardait travailler, sans jamais le quitter des yeux si elle le pouvait.

Pensant à elle, Tonka se retourna pour regarder le lit et, quand Beauty le vit jeter un coup d'œil dans sa direction, elle se leva et trottina jusqu'à lui. Comme d'habitude, Tonka la prit dans ses bras. Spike se moquait tout le temps de lui, en lui rappelant que sa chienne avait des pattes qui lui permettaient de marcher, mais Tonka ne se souciait pas de cela non plus. Il aimait la tenir et la porter.

Jasna revint vers lui avec Wally sur ses talons.

— Dis-moi que tu as une bague, lui dit-elle sévèrement.

Tonka sourit.

— J'ai une bague.

— Bien. Elle est grosse ?

— Plutôt.

En vérité, la bague n'était pas énorme. Mais Tonka ne voulait pas que Henley porte quelque chose de trop voyant qui pourrait faire d'elle la cible d'un voleur. Pour compenser, il la gâterait de toutes les façons possibles à l'avenir.

— Cool. Finn ?

— Oui ?

— Si maman change son nom pour s'appeler Matlick... tu penses que... peut-être... moi aussi ?

Elle s'était un peu emmêlée dans ses derniers mots, comme si elle était nerveuse pour lui poser la question.

Tonka prit une profonde inspiration. Il avait prévu d'aborder la question de l'adoption à un moment donné, mais il voulait que Jas et sa mère soient complètement à l'aise avec cette idée avant d'aborder le sujet.

— Il n'y a rien que j'aimerais plus que de te donner mon nom, répondit-il.

Les épaules de Jasna se détendirent : elle rayonnait.

— Génial ! Il faut que j'aille trouver Alaska et que je me renseigne sur ce film. Bonne chance, même si tu n'en auras pas besoin !

Elle s'enfuit, Wally sur ses talons, qui aboyait et sautait comme si elle jouait à un jeu.

— Qu'est-ce que tu en penses, Beauty ? On devrait aller demander à maman si elle veut se marier ? demanda Tonka à la petite chienne dans son bras.

Il lui gratta la tête, ce qui la fit gémir de contentement.

— Je prends ça pour un oui.

Il se dirigea vers son chalet, un grand sourire aux lèvres. Henley allait sortir d'une séance de groupe dans une demi-heure, il voulait être prêt pour elle.

CHAPITRE 22

Henley était fatiguée, mais dans le bon sens du terme. La séance de cet après-midi avait été riche en émotions et plus dure que d'autres. Les hommes et les femmes qui séjournaient au Refuge cette semaine faisaient tous partie de la même unité à l'étranger lorsqu'ils étaient tombés dans une embuscade. Ils avaient été bloqués par le feu ennemi pendant des heures avant que les renforts n'arrivent. Cela les avait affectés différemment, mais elle était heureuse de voir qu'ils s'accrochaient tous ensemble.

Parfois, cela l'aidait d'entendre les inquiétudes et les peurs des autres, les siennes ne lui semblaient pas si hors-norme. Henley s'était toujours inquiétée pour sa fille, elle voulait ce qu'il y avait de mieux pour elle, mais, maintenant, cette inquiétude était encore plus grande à cause de ce qui s'était passé. Deux fois par semaine, elle travaillait sur ses propres sentiments à ce sujet avec Mike et elle se sentait mieux. Le fait que Jasna soit la même petite fille qu'avant, qu'elle n'ait pas été traumatisée l'avait aidée.

Finn aussi l'avait beaucoup aidée. Il était toujours là, qui l'observait de son regard intense, comme s'il voyait directement dans son âme. Il l'avait emmenée dans le bunker où Jasna avait été transférée par son mystérieux sauveteur et, d'une certaine manière, voir les lieux, savoir que celui qui l'avait enlevée du chalet de Christian l'avait placée dans l'endroit le plus sûr qu'il ait pu trouver la détendait un peu plus.

Elle avait décidé de se figurer la personne mystérieuse comme un ange, plutôt que comme quelqu'un d'effrayant qui était là à regarder et à attendre.

Lorsqu'elle sortit de la chambre pour entrer dans le pavillon, Henley fut surprise de voir Jasna.

— Tout va bien ? demanda-t-elle, les sourcils froncés.

— Oui ! Ça baigne. Super. Finn est au chalet. Il t'attend. Je vais manger ici au pavillon et ensuite, Alaska et moi, on va regarder un film. Comme ça, Finn et toi, vous pourrez avoir un peu de temps seuls. Donc... allez-y... amusez-vous bien.

Jasna était bizarre, mais, comme elle souriait, Henley ne se posa pas trop de questions. Elle était plus que d'accord pour passer du temps seule avec Finn. Jasna et elle vivaient pratiquement avec lui maintenant, et ne retournaient presque jamais dans leur appartement de Los Alamos. Elle aurait pu se sentir coupable, mais elle aimait trop être avec lui pour s'en soucier. Et comme Finn lui avait répété plus d'une fois combien il était heureux que Jasna et elle soient avec lui, elle avait décidé de le prendre au mot.

— Très bien, répondit-elle à sa fille. Mais ne laisse pas Wally grimper sur le canapé de la salle de télévision. Tu peux t'asseoir avec lui au sol, mais c'est une plaie pour Ryan et les autres de nettoyer les poils de chien sur les canapés.

— D'accord, maman, promit Jasna.

— Je suppose que Beauty est avec Finn ? demanda-t-elle.

Jasna leva les yeux au ciel.

— Bien sûr.

— Désolée, la question était stupide.

Henley ne put s'empêcher de sourire en pensant à Finn et à sa petite ombre. C'était incroyable de les voir ensemble. Ils étaient vraiment faits pour se trouver.

— OK, si tu as besoin de quelque chose, fais-le-moi savoir. Ne reste pas ici après 20 h 30.

— Maman... c'est trop tôt ! 22 heures ? supplia Jasna.

— 21 heures. Tu as école demain. Et si tu continues à quémander, ce sera 20 heures.

— D'accord, 21, dit Jasna avec désinvolture. Amusez-vous bien. Au revoir !

Puis elle se retourna et courut vers la cuisine. Probablement pour quémander auprès de Robert et Luna une collation avant le dîner.

Elle salua Alaska et la remercia avant de se diriger vers la porte. Son amie la salua en retour.

Dès qu'elle eut quitté le pavillon, Henley prit une profonde inspiration. Le temps était encore chaud, mais l'air ne tarderait pas à se rafraîchir. Elle aimait vivre dans les montagnes, même avec la neige et le froid qu'ils avaient en hiver.

Bien qu'épuisée, elle s'anima à l'approche du chalet. Cela faisait un moment que Finn et elle n'avaient pas eu de temps pour eux. Tout à coup, elle était bien moins fatiguée que quelques minutes plus tôt. En regardant sa montre, elle vit qu'ils disposaient de trois heures et demie avant que Jasna ne rentre à la maison.

Ses tétons durcirent rien qu'à la pensée de tout le plaisir qu'ils pourraient avoir en si peu de temps. Une semaine s'était écoulée depuis la dernière fois où Finn et elle avaient fait l'amour, et elle était plus que prête.

Entrant dans le chalet, elle poussa un petit cri quand elle faillit percuter Finn. Soit il attendait son arrivée à la porte, soit, l'ayant vue approcher, il était venu l'accueillir.

Elle ouvrit la bouche pour dire bonjour, mais il couvrit

aussitôt ses lèvres des siennes, et la libido de Henley s'emballa. Elle laissa tomber son sac à main quand Finn claqua la porte du pied, avant de la verrouiller, juste au cas où Jasna viendrait les chercher.

Les souvenirs de leur première fois ensemble affluaient dans le cerveau de Henley alors qu'elle se démenait pour ôter ses vêtements. Cette fois, au moins, Finn se déshabillait lui aussi. Elle grimaça, se rappelant comment il s'était traîné jusqu'à sa chambre, après lui avoir fait l'amour contre la porte, son pantalon sur les chevilles.

Mais tout ce à quoi elle pensait à présent, c'était aux sensations délicieuses que lui procurait Finn. Ses mains couraient le long de son corps, la préparant pour lui. Mais elle était déjà plus que prête. Il semblait que son corps avait été entraîné à être prêt dès l'instant où ils étaient seuls.

Et Finn était tout aussi excité. Son érection palpitait sous ses caresses.

— Je ne peux pas attendre, grogna-t-il en prenant ses hanches dans ses mains. Saute.

Henley obéit avec empressement, les jambes autour de sa taille et le dos appuyé contre la porte.

— Mets-moi en toi. Et tout de suite, exigea-t-il.

La semaine précédente, après une longue discussion sur la contraception et les enfants, ils avaient pris la décision de ne plus utiliser de préservatifs. Ils allaient laisser la nature suivre son cours. Si elle tombait enceinte tout de suite, ça leur allait. Si ça prenait du temps, ça allait aussi.

La première fois où Finn lui fit l'amour sans protection fut inoubliable. Ils avaient tous les deux été capables d'y aller doucement, de profiter du moment et, même si faire l'amour sans barrière était beaucoup plus salissant, ce n'était certainement pas un obstacle.

Là, en l'occurrence, la lenteur et la douceur étaient les pensées les plus éloignées de leurs esprits. Henley positionna le sexe de Finn et il la pénétra sur-le-champ, profondément. Ils gémirent tous les deux quand il se retrouva fiché en elle jusqu'à la garde.

— Je t'aime, murmura Finn en allant et venant en elle.

— Je t'aime aussi, répondit-elle, à bout de souffle.

Tout son corps la picotait et elle haletait d'excitation. Elle resserra ses jambes autour de la taille de Finn tandis qu'il passait une main sous ses fesses et l'autre à l'arrière de sa tête, en l'écrasant contre la porte.

Il la prit sans cesser de la regarder dans les yeux. Il ne fallut pas longtemps avant que Henley ne sente l'orgasme approcher.

— Finn... Oui ! Bon sang, s'il te plaît, encore.

En réponse, il accéléra ses mouvements de hanches. Incapable de s'en empêcher, Henley faufila une main entre leurs corps en sueur et se frotta le clitoris.

— Oui, c'est ça. Fais-toi jouir autour de moi, ordonna Finn.

Ça ne prit pas longtemps. Elle était plus que prête. Trop amoureuse de cet homme pour se retenir. Elle frissonna autour de lui en explosant. Quelques coups de reins plus tard, Finn s'enfonça profondément en elle et s'immobilisa alors qu'explosait son propre plaisir.

Essayant encore de reprendre son souffle, Finn lâcha :

— Veux-tu m'épouser ?

Elle le regarda fixement, choquée.

— Quoi ?

— Épouse-moi, dit-il. Sois ma femme. Fais-moi des bébés. Vis au Refuge avec moi. Tu es mon roc. Ma raison de vivre. S'il te plaît, dis « oui ».

— Oui ! répondit-elle sans la moindre hésitation.

S'ils avaient parlé de bébés, ils n'avaient jamais vraiment abordé la question du mariage.

Finn sourit, puis lui mit ses deux mains sous les fesses et se retourna, pour la porter vers leur chambre.

— Mais il faut qu'on trouve une meilleure histoire que celle où tu me demandes en mariage après m'avoir baisée contre la porte d'entrée, gronda-t-elle. Parce que tu sais que Jasna va vouloir entendre tous les détails, et je ne lui raconterai pas ce qui s'est réellement passé.

Finn gloussa et elle le sentit bouger en elle pendant qu'il marchait. Elle sourit.

— Quand je t'aurai fait jouir trois autres fois, qu'on se sera douchés, que tu m'auras sucé et qu'on sera enfin sortis de notre chambre pour manger quelque chose, je te le demanderai comme je l'avais prévu. Je prendrai l'éclair au chocolat que j'ai volé dans la cuisine de Robert et je te le donnerai avec une fourchette. J'aurai un sourire idiot sur le visage, je serai tout en sueur et nerveux. Tu mangeras l'éclair, sans remarquer la bague que j'ai enfouie dans la crème. J'aurai peur que tu l'avales et qu'on doive aller à l'hôpital, mais, finalement, à la dernière bouchée, tu remarqueras qu'il y a quelque chose d'étrange au bout de ta fourchette. Quand tu lèveras les yeux vers moi, je serai à genoux à côté de ta chaise, te suppliant de m'épouser et de faire de moi l'homme le plus heureux du monde. Est-ce que ça marche comme ça ?

Le cœur de Henley fondit.

— Tu as vraiment glissé une bague dans un éclair ?

— Oui. Mais comme d'habitude, quand je suis près de toi, je ne peux pas me contrôler et j'ai brûlé les étapes.

— Je pense que c'est ma réplique, plaisanta-t-elle quand Finn l'allongea sur leur lit.

Son membre glissa hors d'elle quand il se redressa, ce qui lui arracha une petite moue.

— Je sais, tu te vengeras bien assez tôt. Mais d'abord... tu as besoin d'un autre orgasme.

Henley n'avait aucune intention de protester. Finn et elle ne faisaient peut-être pas l'amour tous les soirs, mais, quand ils se ménageaient un peu d'intimité, ils en profitaient au maximum. Quelque chose lui vint à l'esprit.

— Jasna savait parfaitement que tu allais me demander en mariage ce soir, non ?

— Je lui ai demandé sa permission, confirma Finn avec un haussement d'épaules.

Une fois de plus, Henley se rappela la chance qu'elle avait.

— Et tu dois savoir que si tu prends mon nom après le mariage, elle m'a demandé si elle pourrait le porter, elle aussi.

Henley ne pensait pas pouvoir être plus heureuse qu'une seconde plus tôt. Elle avait tort.

— Enfin, tu ne veux peut-être pas changer de nom, et ce n'est pas un problème. Mais j'aimerais que Jas devienne officiellement ma fille, elle aussi. Quand vous serez tous les deux à l'aise avec ça. Je veux l'adopter. Oh, et... elle veut un frère ou une sœur.

— J'ai envie de prendre ton nom. Et c'est une bonne chose qu'on ait déjà décidé qu'on voulait d'autres enfants.

Finn la dévisagea, sans que Henley parvienne à déchiffrer son expression.

— Quoi ?

— Je ne serai jamais l'homme que j'étais avant... mais je commence à penser que je suis maintenant l'homme que je devais être.

Des larmes jaillirent des yeux de Henley. Elle se pencha pour l'embrasser et ferma les paupières lorsque leurs lèvres se rencontrèrent. Puis Finn rompit le baiser et descendit le long de son corps, lui souriant au passage.

Henley prit une brusque inspiration alors qu'il s'apprêtait à tirer le meilleur parti de leur temps en tête-à-tête.

Plus tard – beaucoup plus tard... –, après que Finn eut fait sa demande comme il l'avait prévu, après que Jasna les eut rejoints, admiré la bague de fiançailles et voulu connaître tous les détails, et après que Beauty, Wally et Jasna eurent été mis au lit, Henley s'allongea dans leur lit entre les bras de Finn et réfléchit à tout ce qui s'était passé dans sa vie.

Il y avait eu des moments bons, excellents, terribles et vraiment horribles, mais ils avaient tous conduit à cet instant, ici et maintenant. Et elle était reconnaissante. Elle avait une fille heureuse et en bonne santé, un toit au-dessus de leurs têtes, de bons amis, et un homme qui l'aimait autant qu'elle l'aimait.

Elle s'endormit, le sourire aux lèvres, avec la certitude que quoi que la vie lui réserve, elle aurait Finn à ses côtés pour affronter la tempête.

ÉPILOGUE

Spike était seul dans son chalet. Assis sur son canapé, le regard perdu dans le vide. Les choses avaient été mouvementées depuis que Jasna avait été kidnappée puis sauvée. Les autres propriétaires du Refuge et lui s'étaient creusé la tête pour comprendre comment la fille avait pu passer du chalet délabré au bunker, mais ils n'étaient pas plus près de trouver la solution aujourd'hui qu'ils ne l'étaient au moment des faits.

Ils avaient également revu leurs protocoles de sécurité et décidé d'ajouter des caméras de sécurité autour du pavillon et des chalets, ainsi que des caméras de surveillance du gibier dans toute la propriété.

Ils avaient fait tout ce qu'ils pouvaient étant donné les circonstances. Et même s'il aurait dû se détendre après une longue journée de travail, il en était incapable.

Il était agité, sans savoir exactement pourquoi. Il aimait le Refuge. Il était reconnaissant à Brick de l'avoir invité à en faire partie.

Il avait également aimé être membre des célèbres Delta

Force de l'armée, dont il avait notamment apprécié l'atmosphère de camaraderie. Mais il était épuisé. Il avait été déployé plus souvent qu'il n'était rentré chez lui pendant ses deux dernières années dans l'armée... Il avait vu trop de mort et de destruction.

Il n'avait peut-être pas les problèmes de SSPT dont souffraient ses amis et les résidents du Refuge, mais cela ne signifiait pas qu'il n'était pas affecté par tout ce qu'il avait vu et fait.

Et maintenant qu'il vivait au Refuge depuis des années, il ne tenait plus en place. En voyant Brick et Tonka s'installer avec deux des femmes les plus extraordinaires qu'il ait eu le privilège de rencontrer, il se demandait s'il aurait un jour autant de chance. Contrairement à beaucoup d'hommes, Spike était plus que prêt. Il avait presque quarante ans et ne voulait pas passer le reste de sa vie seul. Mais trouver sa moitié s'avérait extrêmement difficile, surtout dans leur coin peu peuplé du Nouveau-Mexique.

Son téléphone sonna. Surpris, il fronça les sourcils. Personne ne l'appelait jamais. Enfin, presque personne. Il n'était pas proche de ses parents ou de sa sœur et, même s'il faisait de son mieux pour rester en contact avec ses anciens coéquipiers de l'armée, ils communiquaient généralement par mails ou SMS.

Baissant les yeux, il fut étonné de découvrir le nom de Bubba sur l'écran.

— Salut, Bubba ! Quoi de neuf ? lança Spike en décrochant.

— Pas grand-chose. Toujours la même merde, plaisanta son ancien coéquipier.

Ils discutèrent pendant quelques minutes, avant que Bubba n'en vienne à la raison de son appel.

— Tu as eu des nouvelles de Woody récemment ?

Spike fronça les sourcils.

— Non, pourquoi ?

— C'est probablement rien. Mais j'ai reçu un appel de sa sœur Reese, hier, et elle voulait savoir si j'avais eu des nouvelles de lui. J'ai dû insister, mais elle a fini par me dire ce qui se passait.

— Et ? demanda Spike devant le silence de son vieil ami.

Bubba soupira.

— Apparemment, il est descendu en Colombie il y a deux semaines. Il a indiqué à Reese qu'il ne serait parti qu'une semaine, grand maximum, mais il n'est toujours pas revenu et elle n'a pas de nouvelles de lui.

— Merde. Il est allé là-bas pour trouver Isabella, c'est ça ? demanda Spike, en s'avançant sur sa chaise.

— Oui. Les choses ne vont pas bien là-bas. Reese dit que Woody a reçu un email d'Isabella, le suppliant de l'aider à les faire sortir du pays, son frère et elle.

— Putain, jura une nouvelle fois Spike. Et elle n'a pas eu de nouvelles de lui ? Reese, je veux dire ?

— Non. Mais ce n'est qu'une partie de la raison de mon appel.

Le ventre de Spike se serra.

— Reese prévoit de partir en Colombie pour le retrouver.

— C'est quoi, ce bordel ? s'insurgea Spike, qui se leva d'un bond pour faire les cent pas.

Il se souvenait vaguement de la jeune sœur de Woody, car elle avait rendu une ou deux visites à son frère, lorsqu'ils étaient dans le pays entre deux affectations. C'était une grande femme toute en courbes, aux cheveux blonds et aux yeux bleus. Elle était toujours impeccablement habillée, calme et très timide.

— Elle ne peut pas aller là-bas. Est-ce qu'elle parle espagnol, au moins ? Elle s'imagine quoi ?

— Je ne sais pas, mec. C'est pour ça que j'espérais que tu

avais des nouvelles de Woody, pour qu'on puisse convaincre Reese de renoncer à son projet, répondit Bubba.

Se frottant le front, en proie à une soudaine migraine, Spike essaya de se rappeler tout ce qu'il savait sur Isabella Hernandez. Elle avait été leur traductrice lors d'une mission à laquelle ils avaient participé, peu de temps avant que Spike quitte l'armée. Elle avait une vingtaine d'années à l'époque, et Woody était tombé éperdument amoureux de cette belle femme. Elle avait un frère plus jeune – il était adolescent quand ils étaient dans le pays –, mais c'était tout ce dont Spike se souvenait.

Woody était manifestement resté en contact avec Isabella, et Spike n'était pas surpris qu'il se soit précipité à son secours lorsqu'elle l'avait appelé à l'aide. N'étant plus dans l'armée, il pouvait aller où il voulait, quand il voulait. Mais le fait qu'il n'ait pas gardé le contact pendant son absence – surtout avec Reese, avec qui il était très protecteur – signifiait que quelque chose avait mal tourné.

— Je prends un vol demain pour Kansas City, dit Spike à son ami. Je suis sûr que Woody va bien. Ce connard n'a utilisé que cinq de ses neuf vies.

— Génial. J'y serais bien allé moi-même, mais ma femme va accoucher d'un jour à l'autre, dit Bubba, dont la voix trahit un net soulagement.

— Félicitations, mec. Et ne t'inquiète pas, je vais raisonner Reese et faire ce que je peux pour découvrir ce qui se passe avec Woody.

— Tu me tiens au courant ? demanda Bubba.

— Bien sûr. Et dis bonjour à Katie de ma part.

— Je n'y manquerai pas. Et... merci, Spike.

— Pas besoin de me remercier. Je te recontacte.

— À plus.

— À plus.

Spike coupa la communication et prit une profonde inspiration avant de se tourner vers l'ordinateur portable qu'il avait laissé sur la petite table à côté de la cuisine. Il ne mangeait jamais là – il détestait manger seul – et il utilisait plutôt la table comme un bureau. Il devait acheter un billet pour Kansas City. Il rencontrerait Reese Woodall, obtiendrait toutes les informations qu'elle détenait sur Woody et sur sa destination et, si nécessaire, il se rendrait en Colombie et ramènerait lui-même Woody par la peau des fesses aux États-Unis.

Son ami savait qu'il ne fallait pas se lancer seul dans une mission. Mais si Isabella lui avait dit que son frère et elle étaient en danger, il n'y avait aucun moyen de prévoir ce que Woody ferait.

Spike espérait juste que la sœur n'était pas aussi impulsive que le frère. La dernière chose dont il avait besoin, c'était d'avoir à la retrouver, elle, en plus de son ancien coéquipier.

**

Il semblerait que Spike ait quitté la ville à la recherche de son ancien co-équipier... mais comme vous le savez, rien ne se passe jamais comme prévu, et Reese et lui ne vont pas tarder à faire bien plus ample connaissance ! Ah, ha ! Découvrez Un soutien pour Reese, le prochain tome de la série Le Refuge.

Et avant que vous ne me posiez la question... Raiden aura aussi son histoire. Retrouvez-le dans la suite de la série Le Refuge. Il reste un peu de temps avant la parution de son histoire (elle s'intitulera Un soutien pour Khloe), mais ne

vous inquiétez pas, vous retrouverez Tonka dans ce tome !
Raiden et Tonka sont liés par ce qu'ils ont vécu ensemble, et
je ne pourrais jamais écrire l'histoire de Raid sans inclure
Tonka. Restez à l'écoute !

344

DU MÊME AUTEUR

Autres livres de Susan Stoker

Le Refuge

Un soutien pour Alaska

Un soutien pour Henley

Un soutien pour Reese (30 May)

Un soutien pour Cora

Un soutien pour Lara

Un soutien pour Maisy

Un soutien pour Ryleigh

Sauvetage à Eagle Point

Un sauveteur pour Lilly

Un sauveteur pour Elsie

Un sauveteur pour Bristol

Un sauveteur pour Caryn (4 April)

Un sauveteur pour Finley

Un sauveteur pour Heather

Un sauveteur pour Khloe

Delta Force Deux

Un refuge pour Gillian

Un refuge pour Kinley

Un refuge pour Aspen

Un refuge pour Jayme

Un refuge pour Riley

Un refuge pour Devyn (15 Décembre)

Un refuge pour Ember (1 Mar)

Un refuge pour Sierra

Hawaï : Soldats d'élite

Un paradis pour Élodie

Un paradis pour Lexie

Un paradis pour Kenna

Un paradis pour Monica

Un paradis pour Carly

Un paradis pour Ashlyn (7 Feb)

Un paradis pour Jodelle

Mercenaires Rebelles

Un Défenseur pour Allye

Un Défenseur pour Chloé

Un Défenseur pour Morgan

Un Défenseur pour Harlow

Un Défenseur pour Everly

Un Défenseur pour Zara

Un Défenseur pour Raven

Ace Sécurité

Au Secours de Grace

Au Secours d'Alexis

Au Secours de Bailey

Au Secours de Felicity

Au Secours de Sarah

<u>Forces Très Spéciales Series</u>

Un Protecteur Pour Caroline

Un Protecteur Pour Alabama

Un Protecteur Pour Fiona

Un Mari Pour Caroline

Un Protecteur Pour Summer

Un Protecteur Pour Cheyenne

Un Protecteur Pour Jessyka

Un Protecteur Pour Julie

Un Protecteur Pour Melody

Un Protecteur pour l'avenir

Un Protecteur Pour Les Enfants de Alabama

Un Protecteur Pour Kiera

Un Protecteur Pour Dakota

<u>Forces Très Spéciales : L'Héritage</u>

Un Sanctuaire pour Caite

Un Sanctuaire pour Brenae

Un Sanctuaire pour Sidney

Un Sanctuaire pour Piper

Un Sanctuaire pour Zoey

Un Sanctuaire pour Avery

Un Sanctuaire pour Kalee

Un Sanctuaire pour Jane

<u>Delta Force Heroes Series</u>

Un héros pour Rayne

Un héros pour Emily

Un héros pour Harley

Un mari pour Emily

Un héros pour Kassie

Un héros pour Bryn

Un héros pour Casey

Un héros pour Wendy

Un héros pour Mary

Un héros pour Macie

Un héros pour Sadie

Un héros pour Annie

Autre

Un moment suspendu : Recueil de nouvelles

AUDIO

Un paradis pour Élodie

À PROPOS DE L'AUTEUR

Susan Stoker est une auteure de best-sellers aux classements du New York Times, de USA Today et du Wall Street Journal. Elle a notamment écrit les séries Badge of Honor: Texas Heroes, SEAL of Protection et Delta Force Heroes. Mariée à un sous-officier de l'armée américaine à la retraite, Susan a vécu dans tous les États-Unis, du Missouri jusqu'en Californie en passant par le Colorado, et elle habite actuellement sous le vaste ciel du Tennessee. Fervente adepte des fins heureuses, Susan aime écrire des romans où les sentiments laissent place au grand amour.

http://www.StokerAces.com

 facebook.com/authorsusanstoker

 twitter.com/Susan_Stoker

 instagram.com/authorsusanstoker

 goodreads.com/SusanStoker

www.ingramcontent.com/pod-product-compliance
Lightning Source LLC
Chambersburg PA
CBHW060223100726

47907CB00003B/486